ВАЛЕРИЙ БОЧКОВ

БРАЙТОН-БЛЮЗ

[ДВЕНАДЦАТЬ ИСТОРИЙ]

Printed in the United States of America

Second Printing, 2012

ISBN 978-1-105-39537-6

Book design and illustrations by Val Bochkov

val@bochkov.com

БРАЙТОН - БЛЮЗ

Aгнесса Васильевна крупная, костистая старуха с готическим затылком и тугим пучком на макушке, сошла с ума.

Шестьдесят четыре – неуклюжая цифра, никакой тебе гармонии. Не то что, к примеру, шестьдесят шесть или шестьдесят девять. Даже шестьдесят три на худой конец. Эти - благородно симметричные, похожи на билибинский орнамент, радуют глаз округлостью форм и изящной приветливостью тягучих линий – чисто узоры!

 Агнессе Васильевне стукнуло шестьдесят четыре всего месяц назад, в сентябре.

 Хотя, если честно, после того как она сошла с ума, возраст (как и прочие условные нелепости) перестал иметь какое бы то ни было значение.

 В категорию нелепостей попало почти всё, что называют неясным словом «жизнь». Почти - потому что вчера ещё оставалась одна зацепка, один, последний повод для беспокойства и переживания, единственная нить от неё к реальности. Сегодня порвалась и эта нить.

1

Агнесса Васильевна с неспешной педантичностью перетягивала бечёвкой коробку из-под ботинок. Обмотала ещё раз вдоль, перекрестье в центре, после поперёк. Прижав сухим пальцем узел, ловко смастерила бантик, расправила петельки. Чикнула ножницами лишние концы, строго оценила взглядом – порядок.

Вот и порядок, - именно так и подумала Агнесса Васильевна, - ну вот и всё.

Поёжилась, вздохнула. Погладила глянцевый бок чёрной коробки, - удачный цвет, вот ведь совпало как – подумала с рассеянной умильностью, - да, действительно удачно.

Мыслей особых не было, было ощущение безнаказанности и свободы.

Она накинула шерстяной платок мрачных тонов с кистями, мимоходом показав остренький язык мутному зеркалу в прихожей, прихватила палку и, бережно прижав коробку, пошла вниз на улицу.

2

День брызнул ослепительным светом, засиял разноцветным мусором мостовой: битое стекло и смятые жестянки из-под пива, пёстрые фантики.

Жмурясь и моргая, тут же оступилась сослепу. Грубо, по-мужски, ругнувшись вполголоса, Агнесса Васильевна подобралась и уверенно зашагала в сторону набережной. В сторону конца света.

Это и вправду был конец света. Не в смысле Апокалипсиса, нет, в географическом смысле. Край земли, конец суши, материка. Дальше, если конечно верить картам, на целое полушарие простиралась вода - Атлантический океан. Потом, где-то там, в немыслимо туманной дали, океан якобы утыкался в Европу. Но это лишь в том случае, если карты не врут.

У Агнессы Васильевны недавно появились серьёзные

сомнения на их счёт, но это тоже, скорее всего, не так важно. А что же важно?

Важно: ну для начала хотя бы сегодняшняя зыбкость горизонтальных поверхностей, просто-таки возмутительная неустойчивость! – для неё как бывшего преподавателя начертательной геометрии это было почти личным оскорблением. Эпюр лимона, ортогональная проекция облака, фронтогональное сечение коробки из-под ботинок – сплошная аксонометрия!

Да, испорченная голова валяла дурака, играла с Агнессой Васильевной в прятки – кто не ш-шпрятался, я не виноват, - шепеляво гунделo в затылочной части испорченной головы и нежно позвякивало бубенцами. В то же самое время деревянный настил набережной норовил коварно качнуться и втихаря уплыть вбок.

– Ну-ну, – усмехалась Агнесса Васильевна, - знаю я ваши уловки, ну-ну... – и уверенно шагала параллельно океану, отбивая ритм палкой и инквизиторскими каблуками своих допотопных ботинок. Ботинкам этим было невозможное количество лет – шутка ли - прошлое тысячелетие! – они прибыли вместе с Агнессой Васильевной двадцать лет назад из почти мифической страны, чуть ли не Атлантиды (этой страны, кстати, тоже теперь нет на карте) и были приобретены через каких-то покойных ныне знакомых, приобретены с забавными хитростями, подробности коих забыты и утрачены теперь уже окончательно. Хотя, это, впрочем, неважно совсем.

3

Набережная широкая, прохожих – раз-два и обчёлся, да и те плетутся едва передвигая ноги. Низкое солнце бесцеремонно режет глаза – чего уж теперь – всё, лето отгуляли, на носу зима. Тощие, долгие тени черны как креп.

– А что это – креп? – мерно тукают каблуки, тут же острой синкопой вплетается клюка, усложняя ритмический рисунок, – Агнесса Васильевна улыбаясь, перемещается по набережной параллельно океану – слева пустынный пляж – скука и мусор, дальше вода и мутный прибой, ещё дальше – стёртый горизонт, нет, Европы не видать.

Справа и вовсе тоска – унылые рестораны в тени навесов, кокетливые скатерти невозможных цветов, стайка сонно курящих официанток – белый верх, чёрный низ. Красный рот.

Неожиданно для самой себя Агнесса Васильевна круто свернула и уселась за крайний столик. Резкая тень пролегла точно по диагонали ядовито лимонной скатерти. Агнесса Васильевна поставила коробку в тень, откинула голову и зажмурилась.

– Покушать? – экономно поинтересовалась официантка с профессиональным безразличием.

– М-да-а, – задумчиво прошептала Агнесса Васильевна не разжимая губ, – да. А после громко:

– И водки!

Чего это я? – испугом дёрнулась в мозгу мелкая мысль, слабая, явно из прошлой жизни. Сегодняшняя Агнесса Васильевна строго добавила:

– Графин! – и на всякий случай стукнула палкой в пол.

Официантка Чёрный-верх-белый-низ вздрогнула и, взяв старуху в фокус старательно отретушированных глаз, выдохнула интимным контральто:

– Грамм сто – сто пятьдесят?

– Сто? Да, сто пятьдесят. Для начала. Да. И сарделек! Сардельки есть?

4

Агнесса Васильевна щурясь прямо в нахальное солнце – ему тоже было нечего терять, опустила ладонь на скатерть и осторожно вползла рукой в тень, коснулась пальцами коробки, провела ногтём по бечёвке вверх, тронула безукоризненный бантик узла.

Усмехнулась уголком тонких губ: - И как это вся твоя жизнь уместилась в картонку из-под ботинок, а? Те проворные мысли, те сладкие слёзы счастья? Мечты?

Она выпила рюмку водки задумчиво, мелкими глотками, как микстуру.

– Как же это всё нелепо, вот ведь недоразумение, – прошептала она, – и как же это всё нелепо сложилось... И что я такое? Я – просто древний ископаемый ящер, господи...

Агнесса Васильевна древняя как ископаемый ящер сильно зажмурилась: неожиданно остро ощутив шершавость плотной бумаги в детской руке, восторг ажурной вязи слова «приглашение», красиво нарисованный кремль с красной звездой в ночи, дед мороз и тисненые золотом цифры 1955. Прошлый век.
Но как же живо ощушение этой шершавой бумаги, живо в пальцах, живо в душе! Я и говорю – словно вчера...
И вот уже ползёт из утренней кухни и растекается по сонным комнатам дух запечённого гуся, наливающегося сочной антоновкой. Новый год... Какой? А ведь шутка ли, только представить – никто тогда не знал, кто такой Гагарин и где притаился некий населённый пункт Чернобыль – как забавно? - Агнесса Васильевна даже улыбнулась.

Из небытия долетел всхлип пионерской трубы и мерное уханье умирающего марша, дальнее эхо донесло «...ить, учиться, бороться как завеща...», а после – всё, конец, и лишь бегущие пятна солнечных бликов и липкая горечь отчаянно зелёных тополей апрельского Лефортова, Немецкое кладбище над Яузой, да исцелованные до немоты губы... Нет, погоди, что-то ещё, что-то в зеркале, может, глаза, чуть раскосые – по лисьи, зеленоватые, когда злилась, тёплая шелковистость шеи и наглая вера в личное бессмертие. Как полуденный сон на летней веранде, пленительно томный и сладкий до муки.
– Как же ускользнуло всё? И куда...
Агнесса Васильевна с сердечной истомой выплыла оттуда, из небытия, вяло подалась вперёд, вытянув по скатерти руки пустыми ладонями к небу, вздохнула:
– Вот ведь недоразумение.

5

Сардельки оказались восхитительными, чуть подкопчёные – с

дымком, сочно трескались весело брызжа во все стороны под ножом и вилкой. Они тоже явно получали неслыханное удовольствие от участия в обеде. Агнессе Васильевне жутко хотелось оставить церемонии и впиться в сардельки зубами, да так, чтоб горячий сок тёк по подбородку и кистям рук, щекотно забираясь под манжеты и дальше до самых локтей.

Но она продолжала кромсать их тупым мельхиором, усердно макала в злющую, до слёз, горчицу, заедая тушёной капустой и чёрным хлебом.

Захмелев с непривычки быстро и основательно, Агнесса Васильевна разомлела, блаженно подставив улыбающееся лицо тёплым лучам. От водки бубенцы в голове оживились и теперь позванивали задорно и переливчато — как те лефортовские трамваи, что резво скользили тогда вдоль Яузы — вот ведь весёлый транспорт — ухохочешься! Она вспомнила как однажды перед окнами её кабинета (кабинет № 17 – «Черчение и начертательная геометрия», - но это неважно, особенно номер), новенький, яркий как желток трамвай переехал какого-то бедолагу, пьяньчужку, -«зарезал» - как уточнил усатый майор-артиллерист из толпы, разглядывая стоптанный ботинок рядом с рельсом.

Именно зарезал – очень верно подмечено.

Разумеется, студенты тут же загалдели и сорвались, высыпали на улицу. Вышла и она.

Была ранняя весна, один из этих пронзительных мартовских дней с нервно летящими облаками, когда вокруг так беспокойно и светло от журчанья и искристого сиянья остатков тающего снега. Плюс воздух – безошибочно весенний, насквозь прошит птичьим щебетом и стеклянными лучами и было совершенно непостижимо как это можно умереть в такой восхитительный день, да ещё таким нелепым манером.

А вот сейчас в хмельной истоме Агнессе Васильевне вдруг подумалось, что умирать лучше всего именно вот в такой день – звонкий и весёлый. Как тот далёкий мартовский. Или как сегодняшний – октябрьский.

По гиппотенузе от неё под лавкой, в полосатой фиолетовой тени дремал пегий пёс, накрыв мохнатую морду лапой.

Агнесса Васильевна умилилась - под старость она стала так

сентиментальна, что запросто могла пустить слезу от любой чепухи. Вот и сейчас в этом собачьем жесте ей почудилось что-то щемящее, стариковское, человеческое, столь созвучное её собственной душевной тоске, с этим проклятым бездонным одиночеством, от которого и жить-то уже не хочется.

Она заморгала влажными, сразу же покрасневшими глазами, слепая и вялая выцедила остатки водки в рюмку, вздохнула и выпила.

6

Пегий пёс на самом деле не спал, даже не дремал. Из-под лапы он с интересом наблюдал за странной старухой с чёрной коробкой из-под ботинок. Ещё у старухи была палка, трость с костяным набалдашником. А за палками, – пегий это знал по опыту, - за палками нужен глаз да глаз. Человек с палкой это тебе не человек без палки, совсем уже другой зверь.

Кстати, палка (Агнесса Васильевна презрительно называла её – клюка) на самом деле была изящной тростью с гладким костяным набалдашником, пожелтевшим от времени, прохладным и приятным на ощупь. Куплена была за сущие гроши на каком-то развале, Агнесса Васильевна как и большинство старух обожала рыться в бесполезном антикварном хламе. А позже открылась главная тайна «клюки» – внутри трости прятался кинжал, острый как жало узкий стальной клинок. У основания ручки была едва заметная кнопка, замыкавшая трость. А так – палка и палка, ничего особенного.

Хотя именно эта вот старуха, даже с палкой, угрозы не представляла ни малейшей – это он нутром чуял. Напротив, от неё тянуло тоскливым одиночеством, горем и смертью. Ещё - пёс был почти уверен, - в коробке у старухи была кошка – уж этот запах ни с чем не спутаешь.

Пегий был прав – Зигфрид или просто Зиги, как Агнесса Васильевна его обычно называла, умер вчера под вечер. Умер, можно сказать от старости, - почти девятнадцать лет – возраст для котов нешуточный. Печень была ни к чёрту, да и камни в почках, а причиной смерти стал банальный инфаркт.

На ветеринаров у неё денег не было, и она уже несколько месяцев готовила себя к этому проклятому дню, повторяя как мантру: Это кот, всего-навсего кот, кот и ничего больше. Ей даже показалось, что удалось-таки себя убедить.

7

У Когана, лысоватого мелкого мужичка, таких непременно дразнят в школе коротким и метким словом «шкет», настроение было отменное. Шикарное.

Прямо с утра ему удалось провернуть лотерейку, его собственное изобретение, ничего мудрёного, но работает безотказно. Старичьё нелепо суетилось, выигрывая копеечные призы, ставки-приманки; они толкались, отчаянно ругались и спорили на какой номер ставить – и откуда у пенсионеров такая страсть к азартным играм? А когда через час санитар позвал их на обед и дуралеи с пустыми карманами побрели в свой приют, Коган, пересчитывая потные от чужих ладоней купюры,уже сворачивал своё казино-шапито, другие посетители парка его не интересовали.

Адрес дома престарелых и день выплаты пенсии – для толкового человека это почище, чем Эльдорадо. Час работы на свежем воздухе и полтыщи в кармане, а вы говорите – Клондайк!

Удивительно, но Коган был русским, чистокровным уральским русаком, ну, может, чуть с татарщинкой, как же без этого и поэтому, когда заявлял, что еврейство не национальность, а состояние мятежной души, определённо знал, о чём толкует.

Выехав по подложным документам и помыкавшись сперва в Ганновере – тогда немцы с неожиданным, но кратким радушием принимали русских евреев – после, к собственному удивлению, очутился в Хайфе – тамошний климат уж очень хорош (тем более по сравнению с родным Челябинском – лучше и не вспоминать – дрянь, а не погода), отпустил кучерявую рыжую бороду лопатой. Однако уже через несколько лет, разочаровавшись в идеях пан-сионизма и его влиянии на парламентаризм, а главное, из-за угрозы неотвратимо надвигающегося конфликта с местным уголовным кодексом, плюнув на всё и чисто выбрившись, перебрался через Атлантику.

Здешний климат, это конечно, не средиземноморье, но уж и не Челябинск, слава тебе господи.

Короче, жить можно. Особенно если знаешь как. А уж насчёт «как» Коган был безусловным экспертом.

Ну вот к примеру – работа. К работе, как средству добывания денег, Коган относился с презрительным превосходством поэта-романтика, хотя ни поэтом, ни тем более романтиком никогда не являлся. Он обладал удивительным свойством, почти сверхъестественным даром выжимать деньги из всевозможных организаций, фондов и комитетов содействия, помощи и спасения. Причём, как правило из нескольких одновременно. Исполнял он это с безукоризненностью виртуоза и усердием медицинской пиявки.

Ещё Коган был совершенно уверен, что как никто другой умеет наслаждаться жизнью, умение это, отточенное с годами и доведённое до абсолюта к зрелой поре тихой старости, заменило ему убеждения и принципы и стало его нерушимым кредо.

Вот и сейчас, когда по тускнеющему небу уже начали показывать не бог весть какой закат, неброский, пыльный – всё больше в лимонных тонах, Коган туманно улыбался и щурился, причмокивая, ловил на нёбе приятную горечь только что выпитого пива, своего пятичасового, предвечернего, с жареным солоноватым миндалём вприкуску, точнее – впригрызку. Ленивой, чуть развинченной (ему казалось – изящной) походкой, он спустился с дощатого настила набережной на пляж и направился в сторону океана.

Песок был как соль, мелкий, грязновато-белый и лез в ботинки. Когана это не беспокоило вовсе, он с интересом рассматривал мусор, вынесенный океаном. Остановился понаблюдать как суетливая пара чаек, на редкость неприятных вблизи птиц, вмиг растерзала замешкавшегося в полосе прибоя краба.

– Чисто сработано! – усмехнулся Коган, запустив в нервных чаек смятой жестянкой, – Не зевай, морепродукт! Посмеиваясь побрёл дальше.
Выбеленные, словно обсосанные палки, похожие на доисторические инструменты неясного назначения, пластиковые бутылки разного калибра, вонючие спутанные водоросли, ещё влажные и тёмные, как косы утопленниц – эту гадость Коган брезгливо обходил. Зато со смачным хрустом припечатывал к мокрому тугому песку мидий и мелких улиток.
Ещё попалась одинокая туфля, замечательно гладкий камень с голубиное яйцо, чёрный с белым пояском, потом футляр от очков. Коган покрутил его в руках и выкинул в воду.

Чуть дальше, метрах в двадцати по берегу, на самой кромке тёмного сырого песка стояла старуха. Её нелепо мордатые башмаки на квадратных каблуках время от времени захлёстывало мелкой волной, пена суетливо шипела как газировка и стремительно убегала обратно. Старуха не обращала на это внимания и пристально вглядывалась вдаль.
Коган тоже посмотрел, но там не было ничего кроме воды и чуть порозовевшего неба с обрывками вялых облаков.

«Чеканутая, – решил Коган, разглядывая старуху, – как есть, мозг набекрень».
Вспомнилось вдруг, как пацаном возили его к бабке, там была Катька-дурочка у которой дочь умерла, так она её выкопала и в сарае за огородами спрятала, нарядила, в косы ленты вплела, венок из васильков. Всей деревней после смотреть ходили, когда психовозка из района прикатила.

Коган поморщился, сплюнул: «И чего дрянь всякая в голову лезет, вот ведь гнусь, прости господи».

Он остановился – замер на полушаге, улыбнувшись, театрально кашлянул и произнёс неожиданным фальцетом:
– Здрасссе!

Старуха вздрогнула, повернула белое лицо.
«Точно – шиза! Во глазища-то бешеные, – весело подумал Коган, - ох и везёт же мне сегодня на старичьё – сами на крючок насаживаются. Щас и эту вмиг отутюжим, – а сам тут же зачастил ласковой скороговоркой:
– Прогуливаюсь, видите ли, вечерний так сказать моцион, врачи советуют, да я и сам как-никак э-э-э доктор. Да-с! Психотерапевт. Вот ведь как.
Запнувшись на миг от неудержимости собственного вранья, он снова откашлялся и мотнув головой сказал:
– Сперанский. Доктор... Иван э-э Моисеч.
И, кокетливо шаркнув по песку, добавил:
– Честь имею, так сказать. Если можно так выразиться.

8

Старуха молча глядела на него.
«Может, буйная? Ещё укусит. Чего у неё там в коробке-то?» – быстрые мысли сновали в голове у Когана:
– Обувь приобрели, я вижу? – кивнув на коробку, – дело хорошее, тем более распродажа. Я и сам уважаю – это ж какая экономия! До пятидесяти процентов! – Коган взмахнул рукой. Глупые чайки, рассчитывая на поживу, метнулись к нему, ужасно галдя и хлопая розовыми от заката крыльями.

«Как слабая марганцовка, – подумала Агнесса Васильевна совсем не к месту. – Розовые». Она внезапно увидела всё происходящее отчётливей, резче, – словно пыльное окно протёрли.
Крикливые птицы, забавный коротышка, – он сказал, что доктор? – а сам птицам кричит «кыш!» – разве ж птицам кричат

«кыш»?

Серый песок пляжа, разноцветные пятна ресторанных зонтиков по набережной, залитый сиреневым мраком силуэт домов и хилых деревьев – а за всей этой нелепостью – небо. Глубокое и бескрайнее – вот куда надо. Красно-оранжевый выдох его как округлая басовая нота – звук уже умер, а эхо бесконечно перекатывается ворча и жалуясь.

– А я ноги вконец промочила, – рассеянно улыбаясь проговорила Агнесса Васильевна, – насквозь. Вот ведь незадача. А в коробке, – она погладила крышку, – там не обувь.

Ей, в общем-то, было наплевать на промокшие ноги, причём тут ноги – она с удивлением ощутила странное желание, почти непреодолимую страсть высказаться напоследок, рассказать этому нелепому доктору про свою бессмысленную жизнь, про Зиги, о том как звенят весёлые трамваи над Яузой, разрезая пополам зазевавшихся прохожих. Что ещё?

– ... самой себе доказывать тысячу раз, я и ехать-то не хотела. Уговорил, уломал, уволок! – я ж никакая и не еврейка даже, смешно сказать – дед немец – Краузе фамилия, а тут сплошной шолом. А ведь я вузовский преподаватель – ну да, а вы как думали, - начертательная геометрия, а здесь сижу на пособии, как нищая – нелепость какая! Живу на Третьем Лучевом, дыра жуткая и соседи шашлыки на балконе жарят – вонь вся ко мне, просто Зугдиди, честное слово, дикари, но зато с кухни кусочек океана видно – промеж домов, а так – кирпичные стенки, сплошной кирпич, и ведь это каждый день! Вот я и спрашиваю – какой в этом смысл? Кирпичные стенки изо дня в день. Тут же какое терпение-то нужно, а? Да и того не хватит... А он меня бросил, через год как приехали, сказал – надо на Западное побережье перебираться, климат, пальмы, на разведку, говорит, поеду. Разведчик... Да мне это трын-трава, от вас, мужиков, проку всё одно – ноль, с глаз долой – из сердца вон, вот так вот, уважаемый доктор.

9

«Доктор» ухмылялся, жмурясь потирал руки, изредка от удовольствия привставал на цыпочки. Он сочувственно кивал, покусывая нижнюю губу, чтоб не рассмеяться; старуха вошла в раж и представление было хоть куда. «А вдруг в коробке драгоценности, сложила и в ломбард тащит? – Когана даже пот прошиб от этой догадки, - Точно! Ох ты, господи бога твою мать, вот ведь фарт какой!»

– Носил тут один пирожные, – она хохотнула коротко и хрипло, – любовничек, ну да, ну да, из Житомира, начинал «будьте так любезны, если вас не затруднит», а после оказался мазохист. Представляете? Я его линейкой по заднице лупцую, аж до синяков – а он только рад, всё пирожные носит. Миндальные. А я обожаю миндальные, знаете, с такой хрустящей корочкой, рассыпчатые, во рту так и тают. Я ему говорю – Семён, ты что ж носки-то не снимаешь – а он, дурак, улыбается, весь излупцованный как тигр полосатый, а в Житомире секретарём каким-то был, по профсоюзной линии что ли. Ну да вам, докторам, и не про такое доводилось слыхать, я думаю, да... Уморительные случаи бывают...
Агнесса Васильевна будто выдохлась – последняя фраза растянулась и повисла, словно наконец-то размотавшаяся пружина.
– Рак лёгких, – устало и тихо произнесла она, – просто сгорел за три месяца – Семён – я ревела, ревела... Вы думаете по нему, по Семёну? По себе!

С набережной донеслось нетрезвое пение.

Коган покашлял в кулак и фальшивым баритоном бодро спросил, про себя прикидывая как бы завладеть коробкой :
– Обрисуйте вашу сексуальную жизнь на текущий момент. Как доктор я постараюсь оказать посильную... э-э-э, советом и так сказать рекомендацией. Тут стесняться нечего – это мой долг, клятва Гиппократа и всё такое.
Он покрутил головой, осмотрелся. Безлюдно, на набережной пара пьяниц, да и те далеко, не увидят: «А что, дать по рогам и

вся недолга, чего тут канитель разводить».

До Агнессы Васильевны вдруг дошло, внезапно - как озарение: какой к чёрту доктор! Просто издевается мерзавец, вот ведь какая сволочь! Но даже и не это было важно (важно? - страшно!), а то, что она видела это лицо, видела раньше, видела там – на рельсах, серое с розовой пеной у рта. Редкие зубы и жуткие белые глаза. Как сказал тот военный? Зарезали!

Неожиданное открытие обрадовало её – согласитесь, было бы странно ожидать от этого мира чего-то ещё – даже на прощанье – по крайней мере, теперь всё встало на свои места. Теперь всё логично: вот и шута подослали напоследок, под занавес!
Липовый доктор продолжал скалиться, щурясь глазами и щеря мелкие зубы, но тут по его лицу пробежала лёгкая рябь, как по воде; Агнесса Васильевна догадалась, ага – те же глупые шутки – и не надоест им, вот ведь навязались на мою бедную голову!

Рябь прошла сильной волной и по небу, вздыбила и пляж, и плоский городской пейзаж за ним: трубы и антенны выгнулись, чёртово колесо в парке сплющилось в эллипс (проекция окружности под углом) – верхние кабинки, раскачиваясь, беспечно ловили оранжевый луч почти закатившегося за тёмно-лиловые дома солнца.
Агнессу Васильевну тоже качнуло – чёртов песок словно кто-то выдернул из под ног – чтобы не свалиться она ступила назад и опёрлась на палку. Трость сочно вошла в мокрый песок.
Агнесса Васильевна хотела остановить это всеобщее кружение, пытаясь сосредоточить взгляд хоть на чём-то устойчивом, не выгибающемся и не колеблющемся.
Тщетно.

Мерзкий доктор приблизившись, протянул руку к коробке и скорчил рожу, чайки хохоча выделывали жуткие сальто-мортале, небо подёрнулось тонким узором мутной пелены – словно пеной, живые прозрачные пятна быстро побежали по воде к упругой и гибкой как хлыст линии горизонта.

Она закрыла глаза – там было не лучше: пьяная круговерть пёстрых цветов – маки и нарциссы, изредка васильки. А ведь василёк, – в непонятном сентиментальном восторге подумала она, – ведь это же самый русский цветок!

Агнесса Васильевна глубоко вдохнула, задержала дыханье и вдруг ощутила внезапный прилив невероятной энергии – словно чугунные цепи пали.

Тоска сладко наполнила её гибкое страстное тело, такое молодое и сильное. Обтянутые тугим чёрным бархатом бёдра – разворот – это уже почти танго! – острый змеиный взгляд. Жуткие глаза, прозрачные, зелёные, обведены чёрными линиями – декаданс, эстетическое кощунство, – Агнесса Васильевна крепко сжав рукоять трости, нащупала кнопку и, выгнув талию, вонзила клинок в горло Когана.

Коган выпучил глаза и застыл.

Неубедительно охнув, он сделал шаг назад, оступился, и вяло взмахнув руками, упал.

Агнесса Васильевна повернулась на каблуках, усилием воли собрала воедино рассыпающийся пейзаж – очень мешали чайки. Небо к этому времени уже погасло и потемнело, включили и пробную звезду.

11

– Ну вот, – подумала она, – похоже, что этот день всё-таки подошёл к концу.

Агнесса Васильевна прижала к груди коробку и шагнула в воду. Мелкая волна робко облизнула ботинки, следующая, посмелей, проникла внутрь.
Это лишь сперва очень холодно, – успокаивала она себя, - после уже всё равно.

Дно пологое, чуть волнистое, как стиральная доска, плавно уходило под уклон. Траурная скука платья, наливаясь океанской тяжестью, сначала тянула вниз, а когда вода дошла до подбородка эта тяжесть вдруг исчезла и сменилась неторопливой плавностью. Будто во сне, когда всё так тягуче медлительно и неспешно.

Ей почудилось, что она растворяется, сама становится частью океана. Она хотела обернуться напоследок, но ей стало лень – чего она там не видела?

Зажмурясь, она с головой погрузилась в воду. А когда вновь открыла глаза, уже под водой, то не увидела уже ничего – очевидно, кто-то, наблюдавший сверху за всем происходящим, заскучав, выключил свет.

– Оно и понятно - скука, – усмехнулась Агнесса Васильевна, – кустарная мелодрама, драмкружок.

Однако, приглядевшись к тёмно-сизой толще воды, в мутной туманной глубине она различила округлые серые холмы и впалые долины, бескрайние донные ландшафты, по большей части мрачных изумрудных тонов, по которым беззвучно скользили гигантские тени, - вероятно, левиафаны. Самих исполинов не было видно, но движение их мощных тел безошибочно угадывалось кожей, Агнесса Васильевна ощущала нежную вибрацию.

Ища, чем бы занять себя, она слегка оттолкнулась – едва-едва и плавно поплыла. Слово «парить» само пришло на ум – она улыбнулась, – видать, понапрасну тревожилась, всё оказалось не так уж безнадёжно.

Одной рукой прижимая отяжелевшую коробку, другой она распустила пучок - волосы ленивыми волнами потекли назад. После она вытянула свободную руку, разрезая неповоротливую воду энергичным жестом ладони и словно указывая на восток, потекла в сторону предполагаемого восхода.

Да, всё и вправду не так уж безнадёжно.

12

На берегу поспешно темнело.

Коган лежал навзничь на мокром песке.

Лежал в полосе прибоя, широко раскинув удивлённые руки и
подставив бледные ладони слабым, едва различимым,
новорожденным звёздам.

Солнце, скорее всего, уже зашло: здесь, на восточном
побережье оно садится, увы, не в океан, – это вам не
знаменитые калифорнийские закаты с неукротимой феерией
сумасшедших цветов – от золотисто-лимонного до пурпурно-
кровавового.

Нет, тут закат проще и скромней: солнце незатейливо
заваливается за щербатый силуэт города: посиневшие дома,
уныло утыканные антеннами, чахлые верхушки тополей,
фонарные столбы – всё сливается воедино. Пепельно-розовое
небо перечёркивается провисшими проводами и слепым шумом
от метания то ли летучих мышей, то ли вечерних ласточек. Ещё
минута, другая – воздух уже свеж и чуть сыроват, сумерки
выползают из густых теней и оседают, как тяжёлый дым. Небо
неумолимо тускнеет, темнеет и умирает. Вот, собственно, и весь
здешний закат.

13

Пегий пёс, пропетляв по одному лишь ему ведомому
маршруту, пересёк пляж от дощатой набережной до океана и
остановился у Когана. Пугливо и недоверчиво, с
осторожностью бездомной собаки (разве ж можно кому-нибудь
сегодня доверять?) обнюхал тело.

Убедившись в относительной своей безопасности, забавно
фыркнув или чихнув, пегий упёр передние лапы Когану в грудь,
присел и замер.

Не очень громко, словно пробуя голос, он заскулил. Звук

получился неважный, больше похожий на скрип. Пёс, стушевался и замолчал.

 После зевнул со вкусом, помотав мохнатой мордой, принялся разглядывать лиловое небо. Нашёл в верхнем правом углу молодой месяц, сосредоточился, завыл снова.

 На сей раз звук удался – задумчиво-протяжный вой тоскливо поплыл над чёрной водой в сторону уже едва различимого в сумерках горизонта – воображаемой линии, отделяющей небо от океана.

Нью-Йорк – Вирджиния, 2009

БРАТ МОЕГО БРАТА

1

Городишко назывался Линде, двухэтажный, бедноватый, но по-немецки чинный, он лежал в двухстах километрах на восток от Риги на берегу Даугавы. Отца перевели сюда из Германии, где он служил военным лётчиком.

Старая кирха, из которой разносились страшноватые звуки органа, два ресторана, две парикмахерских и один кинотеатр составляли культурную жизнь Линде.

Ещё был замок – громоздкая постройка с пузатой башней и невпопад звонящими часами. Замок с парком, озером, мельницей и пустырём когда-то принадлежали барону фон Виттенгофу, верховному госпитальеру Тевтонского ордена.

На баронских землях и расквартировался гарнизон. В замке устроили дом офицеров с библиотекой, бильярдной, буфетом и кинозалом, который в праздники превращался в банкетный зал. Аэродром построили километрах в десяти, во время ночных полётов было хорошо слышно, как «миги» прогревают движки на форсаже. Впрочем, и латыши, и армейские к шуму истребителей постепенно привыкли, рёв моторов влился в птичий гомон и шум деревьев, стал частью звукового фона местной жизни.

От тевтонской суровости замка не осталось и следа: военное начальство приказало стены оштукатурить, жесть готических крыш солдаты покрасили в шоколадный цвет, отчего на закате розовобокий замок приобретал кокетливый вид кондитерского изделия. Заднюю стену белить не стали, её дикие камни нависали над озером. По берегам рос камыш, желтели упругие кувшинки, на их круглых листьях грелись стрекозы.

На дальнем берегу стояли ивы, а дальше тянулся пустырь, заросший дремучими лопухами. Там, среди лопухов, белела часовня с узкими стрельчатыми окнами и облезлым куполом. Дверь была накрест заколочена досками, в окно едва пролезала ладонь, внутри можно было разглядеть лишь грязный шахматный пол, да кусок лестницы, ведущий куда-то вниз. По слухам, ступени вели в подземный ход, именно там были зарыты сокровища барона. Утверждали, что он приказал замуровать живьём свою неверную жену в одной из стен часовни. Кое-кто из местных пьяниц видел даже призрак, разгуливающий по ночному озеру.

Часовня и репейное поле принадлежали нам, взрослые тут не появлялись. Здесь произошло легендарное побоище между «финнами» и «белодомцами». Лётчики с семьями жили в финских домиках, а в двух трёхэтажках из белого кирпича обосновались семьи техсостава аэродрома.

Сражения на деревянных мечах постепенно сменились игрой в индейцев, здесь же, в лопухах, я учился курить, помню липкий портвейн из тёплой бутылки, горький рижский бальзам с барбарисками на закуску. Тут я учился драться, дрались обычно до первой крови.

Здесь я учился целоваться, постигал искусство расстёгивания

крючков, пуговок и петелек. Надо сказать, что это умение пригодилось в дальнейшем куда больше, чем мой коронный хук с левой или апперкот, которому меня обучил Серёга Козлов.

У часовни я первый раз увидел Яну, она стояла с Шурочкой Авиловой и другими гарнизонными девчонками, смеялась, покусывая длинную травинку с метёлкой на конце. На ней было жёлтое платье, такое яркое на фоне оштукатуренной стены, что у меня перехватило дыхание. Каникулы подходили к концу, было жарко, с берега горьковато тянуло костром и варёными раками. Яна улыбалась, морщила веснушчатый нос, от заката её загорелые плечи и лицо казались оранжевыми, а волосы сияли. Я остолбенел, боясь пошевелиться, услышал, как над головой тихо гудят телеграфные провода, за лесом еле слышно пыхтит локомотив, а над озером кто-то зовёт какую-то Вику. Я был уверен, что никого красивей я не встречал в жизни. Тогда мне только исполнилось пятнадцать, сейчас, спустя двадцать девять лет, я по-прежнему придерживаюсь того же мнения.

В жизни не так много моментов, которые действительно имеют значение. Обычно ты их замечаешь лишь после того, как они уже промчались. Задним числом, оглядываясь, с недоумением осознаёшь, что только по невероятной случайности ты оказался именно там и именно тогда. Мне повезло – свой звёздный момент я распознал сходу. У старой часовни меня пронзила уверенность, что эта рыжая девчонка в жёлтом платье перевернёт мою жизнь. Я желал этих перемен, ощущал кожей их волшебное приближение. Будучи уже достаточно взрослым для принятия решений, я в то же время оставался вполне наивным, чтобы решения эти стали причиной целой череды бед.

Солнце покраснело и запуталось в макушках парка, от деревьев протянулись фиолетовые тени, башенные часы пробили три раза, потом нерешительно звякнули ещё раз. Я продолжал пребывать в почти религиозном предвкушении чуда, кто-то крикнул: «Айда на плотину!» и наша компания шумно двинулась сквозь лопухи в сторону водонапорной башни. Я оглянулся и поймал Янин взгляд. Мне показалось, нет, я был почти уверен, что она мне кивнула.

Меня кто-то больно ткнул в рёбра, я с разворота хотел влепить наглецу, но Валет цепко ухватил мой кулак и, заломив руку за спину, крикнул мне в лицо:

– Втюрился! В лахудру чухонскую втюрился!

Внутриутробные месяцы, проведённые бок о бок с Валетом, оказались самыми безмятежными за всё время наших братских отношений. Мать рожала в гарнизонном госпитале, я появился первым – быстро и без проблем. Валету повезло меньше: армейские эскулапы вытаскивали его щипцами и умудрились сломать берцовую кость. Родители боялись, что он так и останется хромым, первые годы постоянно болел, долго не говорил, поздно начал ходить. Мне кажется, что именно тогда Валет раз и навсегда решил, что я являюсь причиной всех его напастей. И пусть в пятом классе он уже лучше меня играл в футбол, а к концу школы даже перерос на пару сантиметров, любви ко мне он не питал по-прежнему.

Не будучи двойняшками, мы были очень похожи – нас путали и в яслях, и в детском саду, и в школе. На новогодней фотографии мы сидим на коленях у Деда Мороза – даже родители не могли точно сказать, где я, а где Валет.

В книгах и кино близнецов непременно связывает дружба. Те вымышленные братья, симпатичные и остроумные проказники, они подменяют друг друга на свиданиях и экзаменах, одновременно демонстрируя благородство, доброту и преданность. Мой брат в три года пытался отстричь мне ухо маникюрными ножницами, когда я спал. Шрам остался до сих пор.

Я был не ангел и платил брату той же монетой. Ни одно существо на свете не будило во мне столь лютой злобы. Наша щенячья возня обычно заканчивалась слезами, взрослея, мы перестали плакать, слёзы сменились кровью из рассаженных губ и разбитых носов. Валет зверел моментально, он бледнел, лицо его обострялось, приобретая какую-то волчью угловатость. Мне и в голову не приходило, что тогда я видел своё зеркальное отражение.

Нам не было и семи, когда мать умерла: родители возвращались с Кондорского озера, отец не вписался в поворот и его «Урал», пробив заграждение, свалился в овраг. Гибель матери наш мужской клан переживал поодиночке: отец пил – его отстраняли от полётов, он пил ещё больше и от безысходной злобы на себя и весь мир лупил нас.

Запах кожи портупеи, белые рубцы от офицерского ремня, вонь ваксы сияющих сапог стали запахами моего детства и навсегда определили моё отношение к армии. Мы с Валетом продолжали колотить друг друга смертным боем, благо мать теперь не разнимала нас.

Отцу дали майора и сделали начальником эксплуатационной части, больше он не летал. Днём он гонял по гарнизону на открытом «газике», подражая командирам из американских фильмов про войну, вечерами пил пиво в офицерском буфете и до закрытия катал шары в биллиардной. Он раздался, заматерел, но по-прежнему был по-цыгански красив: смуглый, голубоглазый и без единого седого волоска в шевелюре. Как и раньше форма сидела на нём щеголевато, ремни скрипели, пряжки сверкали, он ловко взбегал по лестнице, цокая подковками надраенных до зеркального блеска сапог. Изменились глаза – они стали тусклыми, будто погасли, я с трудом выносил его оловянный взгляд. В кобуре, вместо табельного тупорылого «Макарова», он носил, привезённый из Германии, изящный «Браунинг», воронёный, с накладками из слоновой кости на рукоятке. Я могу только догадываться, что останавливало отца от того, чтобы не приставить ствол к виску и не нажать курок. Трусом он не был никогда, это уж точно.

2

Валет позвонил в пятницу. Номер высветился какой-то

тарабарский, я помешкал, но всё-таки взял трубку. Последний раз я говорил с братом лет пятнадцать назад – сдуру сам позвонил в припадке благодушия. Видел же я его последний раз, когда нам было по семнадцать. Ещё там, в Линде.

– Знаю, тебе плевать, – с обычной мрачной усмешкой в голосе проговорил Валет, – звоню для очистки совести. Вчера умер отец. Похороны в среду.

Меня ошарашило не столько само известие, сколько ощущение нереальности: я не только моментально узнал его голос, который спрессовал тридцать лет в ничто, главное, мне вдруг показался невозможным и нелепым я сам сегодняшний. Словно я – пацан с цыпками на руках, прогульщик и двоечник, обрядился взрослым человеком и пытаюсь себя выдать за неведомо кого.

Я не произнёс ни слова. Трубка уже пищала короткими гудками, я смотрел вниз на мокрые огни, уныло текущие в темноте, светофоры на перекрёстке одновременно загорелись красным, ярко и болезненно, огни застыли. Светофор дал зелёный и огни снова начали медленно плыть в сторону моста через Ист-Ривер. Часы на руке тихо цыкнули – наступила суббота, первая суббота октября. Страшно захотелось выпить, я прошёл на кухню, тесную, как встроенный шкаф, налил красного, подумал и выплеснул в раковину. Нашёл в потёмках бурбон, свернул пробку и сделал большой глоток прямо из бутылки. Рот обожгло, я глотнул ещё.

Сел в продавленное кресло, пружина привычно уткнулась в бок. Уродливое кресло в турецких узорах, вместе с дюжиной других мебельных калек достались мне при разводе. Уверен, если бы мы не развелись, Лесли этот хлам выкинула бы на помойку.

Думать о Лесли, как о хищной мерзавке, было приятно, но несправедливо, виноват во всём был только я. Удивительно, что она продержалась так долго – почти восемь лет. С ней повторилась та же история, что случалась и до, и после:

33

невероятным чутьём рано или поздно они все чувствовали, что лишь замещают кого-то. Лесли была права, говоря: «Я – не Яна. И никогда ей не стану. И я не хочу до конца жизни видеть твой тоскливый взгляд. Ты, как пёс, потерявший хозяина, не живёшь, а ждёшь. Чего ты ждёшь, сам-то хоть знаешь?».

Да, я знал. Я ждал Яну. Я до сих пор стоял у часовни и ждал её, ждал, когда она придёт, улыбнётся и скажет: «Ну что, Чиж, готов?». Та сентябрьская ночь для меня так и не закончилась, я боюсь, она не кончится никогда. Какая-то часть меня до самой смерти так и будет ожидать её там. А может и после смерти.

Тем вечером я сложил в рюкзак всё необходимое: джинсы, майку с портретом Джимми Хендрикса, лётный верблюжий свитер, две кассеты «Битлз», бутылку Крымского шампанского, украденную у отца, которую я рассчитывал откупорить уже в Риге и отпраздновать начало нашей новой жизни. Во внутреннем кармане куртки лежали билеты на утренний пятичасовой поезд, новенький паспорт и двести сорок рублей, что я скопил за последний год, подрабатывая у Гунтара.

На озере поднимался туман, он сползал с дальнего берега, путался в ивняке и камышах. Белёсые клочья над водой, стелились, как дым. На луну и звёзды тоже время от времени наползала молочная муть, звёзды гасли, а луна становилась серой и плоской.

Свежо пахло крапивой и горьковатой осенней травой, ночи уже стали холодными, но у меня от волнения потели ладони. Я смотрел на часы, то и дело ощупывал карман с билетами, словно они могли испариться, доставал фонарик и, закрыв ладонью, щёлкал кнопкой, проверяя батарейки. Ладонь светилась красным, я прятал фонарь и снова смотрел на фосфорный циферблат своих «Командирских». Изредка по мосту у плотины, гремя на стыках, проносились невидимые грузовики, за чернотой деревьев в одном из финских домиков проснулся и заплакал ребёнок. Часы в замке уныло пробили три, я вздрогнул, сердце заколотилось, я приложил запястье к уху, «Командирские» уверенно тикали и показывали час ночи.

Яна должна была появиться с минуты на минуту. Где-то едва слышно играла музыка, я узнал латышскую песню. Мужской голос подпевал, от души и невпопад. В ночной тишине звуки казались громкими. Потом я услышал женский голос, он долетел с озера. Женщина вскрикнула, застонала, вскрикнула снова. Я улыбнулся, мы с Яной иногда сами устраивались там, у тех ив, она тайком приносила из дома грубое колючее одеяло. От этой мысли мне стало ещё жарче, я поправил лямки рюкзака и нервно зашагал от часовни до лопухов и обратно.

Со станции прогудел локомотив, протяжно и тоскливо, лязгнули буфера, диспетчер что-то прохрипел по громкой связи, запутавшись в собственном эхе. Состав дёрнул и, тихо постукивая, покатил. Без четверти два я уже не находил себе места, сердце выпрыгивало из груди и трепыхалось где-то в районе горла, я был уверен, что именно так случается инфаркт.

Выкурив подряд три «примы» и кое-как дождавшись двух часов, я бросился через лопухи в сторону Латышской балки. Каждую секунду я надеялся, что мне навстречу из темноты вот-вот появится её силуэт. Она подойдёт, улыбнётся и скажет: «Какой же ты всё-таки нетерпеливый, Чиж!» Я добежал до её дома, калитка не запиралась, ломая хрустящие гладиолусы, я подкрался к её окну. Осторожно толкнул раму, окно тихо распахнулось.

Постель была аккуратно заправлена, три подушки стояли безукоризненной пирамидой, я провёл жёлтым кругом по коврику на стене -- знакомые лебеди, знакомый пруд. На одеяле сидел знакомый плюшевый мишка и держал в лапах лист бумаги. Я подтянулся, перелез через подоконник, на цыпочках подошёл к кровати. Записка оказалась на латышском. Написано было немного, но моих познаний хватило лишь на два слова «до свидания» и «люблю». Я сложил листок, вернул его мишке и перемахнул в сад. Было ясно, что мы разминулись, она, наверняка, пошла кружной дорогой, решив не продираться сквозь репей впотьмах. Мне снова стало весело, я уже представлял себе эти сердитые брови и упёртые в бёдра кулаки: «Ну и где тебя черти носят?» – она, моя Яна, девка с норовом. Я даже засмеялся и припустил ещё быстрее. У часовни никого не было.

В четыре я оказался на станции. В зале ожидания не было ни души. Снаружи пахло паровозным дымом. По платформе бродил мрачный латыш-железнодорожник с вислыми сивыми усами. Он степенно засмолил мою «приму» и сказал, что в десять на Ригу проследовал фирменный «Даугава», в час сорок два отбыл семнадцатый скорый, стоянка три минуты, следующий будет в пять ноль три. Стоянка пять минут.

Я перебил его. Усач укоризненно оглядел меня, но всё-таки ответил, что, да, на семнадцатый были пассажиры, но девицы с рыжими волосами он не помнит, была вроде какая-то, но он стоял у почтового вагона и разговаривал с Луцисом, с которым он работал в Даугавпилсе, а теперь Луцис возит почту, а он застрял в этом Линде, будь он неладен. Я невпопад пробормотал «лудзу» и побрёл вдоль перрона, глядя на полированную сталь рельсов. В лунном свете они казались синими и, темнея, уходили вдаль, постепенно сливаясь с чернотой.

Потом, в качающемся тамбуре, в прогорклой вони окурков и мокрого угля, я, всхлипывая, достал из рюкзака бутыль шампанского. Распахнув дверь в грохочущий проход между вагонов, я изо всех сил саданул бутылкой в стальной пол сцепки. Брызнули осколки, вино взорвалось пеной, резко запахло кислятиной и дрожжами. До Риги оставалось всего два часа.

3

Утро началось омерзительно: накануне я умудрился высосать треть бутылки бурбона. Разбудил меня телефон.

– Ник оделся и спрашивает, когда же придет папа? Вот я решила позвонить и узнать: когда же придет папа?

Голос Лесли исходил вежливым ядом.
Я с отчаянием вспомнил, что сегодня суббота, и я обещал Нику пойти смотреть динозавров и чучело мамонта. А потом есть клубничное мороженое в парке у пруда, где пускают модели парусных лодок.

– Дай ему трубку, – сипло сказал я, нервно роясь в кухонном ящике в поисках аспирина.

– Эй, приятель, как ты? – начал я бодро, испытывая к себе быстро растущее отвращение. – У нас изменение планов, динозавров придётся отложить до следующих выходных. Мне надо слетать в одно место, я вернусь, и мы с тобой сразу же пойдём смотреть динозавров. Лады?

– Лады... – уныло отозвался Ник. – А куда ты летишь?

Он застал меня врасплох. Дело в том, что вчера я, в конце концов, решил никуда не ехать. Проанализировав (не без помощи бурбона) свою реакцию на звонок Валета, я пришёл к выводу, что будет мальчишеством сломя голову нестись на другое полушарие, в то место и к тем людям, от которых я сбежал тридцать лет назад и без которых я худо-бедно прожил почти всю взрослую жизнь.

– А подарок привезёшь? – спросил Ник.

– Конечно! – тут же отозвался я.

– А какой?

– Ты не подумай, что я удивляюсь, – в трубке снова возникла вежливо-холодная Лесли, – нет, наоборот, твоё поведение отличается последовательностью и даже предсказуемостью. Просто, ты должен уяснить, что у меня могут быть свои планы и если субботы, которые ты выторговывал с таким упорством, тебя не устраивают, ты должен...

— Звонил брат, — перебил я, — отец умер. Там, в Латвии.

Лесли замолчала, потом, своим нормальным голосом сказала:

— Прости... — помолчав, добавила, – Я думала, что он давно уже...

— Я тоже. – Ты летишь?

Я не знал что ответить: – Чёрт его знает...

— А виза? – Лесли во всех ситуациях оставалась практичной. – Тебе ведь русские...

— Какие русские? Это теперь отдельное государство.

— А-а, ну да... Я забыла, – она помолчала. – Ты сам как?

Я пожал плечами. Она не видела, но поняла:

— Я с Ником поговорю, езжай, если надо. Мне, правда, жаль... насчёт отца.

Лесли была хорошей бабой, впрочем, как и все остальные. Проблема была во мне. Яна поняла это первой. Я проглотил две таблетки, запил тепловатой водой из-под крана и включил компьютер. Прямых рейсов до Риги я не нашёл. «Люфтганза» с пересадкой во Франкфурте была наиболее удачным вариантом.

4

Рижский международный аэропорт напомнил мне аэровокзал в Мидлберри – вермонтском захолустном городке, где я полтора года отучился в университете, пока не перевёлся в Нью-Йорк.

В прокате машин клерк, худой и сутулый, с острым гусиным кадыком, неприятно суетился и пытался мне всучить «мерседес» или «ягуар». Он заискивал, часто моргал и, развязано жестикулируя бледными руками, нёс какую-то околесицу на отвратительном английском. Мне становилось всё более неловко за него и я, протянув кредитку и права, сказал, что возьму «фокус». Он сник, словно у него кончился завод, и покорно выдал ключи.

В бардачке оказалась карта, из аэропорта я решил проехать через город, пересечь Даугаву по мосту Вальдемара, а после рвануть на восток по Двадцать Второму шоссе прямиком на Линде. В своё время я порядочно поколесил по Штатам и расстояние в двести миль выглядело пустяковой прогулкой.

Уже на мосту, когда передо мной развернулась открыточная панорама с нарядными башнями и шпилями, я понял, что совершил ошибку. В Риге я прожил самый мрачный год своей жизни и один вид этого города моментально возродил во мне те же чувства тоски и отчаяния. Я запарковал машину.

Дойдя до синагоги, я свернул налево и направился в сторону Святого Якова. Ноги вспоминали горбатую брусчатку узких улиц, узнавались фасады и вывески, ставшие ярче и кокетливей. Старый город, лишившись трещин, пыли, корявых подпорок и серой трубной сажи, теперь походил на муляж. Деревья казались вымытыми с мылом, мелкие кусты были подстрижены и напоминали сидящих детей. Горожане и редкие туристы проходили мимо, ныряя в густые тени и всплывая в солнечных прогалинах. Коровистая американка, одёргивая своего мелкого мужа в парусиновых шортах, елозила пальцем по экрану «мака» и с южным акцентом возмущалась отсутствием на карте Домского собора. Я подошёл, помог, тётка обдала меня тёплой волной христианской признательности.

Дойдя до аптеки с кованой змеёй на вывеске, я вспомнил, как стоял тут в такой же закатный час и не мог найти ни одной причины, чтобы жить дальше. Город что-то бормотал, не обращая на меня внимания, если бы ко мне подключили прибор по измерению отчаяния, то он бы зашкалил и, скорее всего, сгорел. Я никогда не был так одинок, чувство было абсолютным, ничего подобного я не испытывал ни до, ни после Риги.

Я добрёл до Ратушной площади. Уже стемнело, жёлтые огни горели ярче и рассыпались мелочью по мокрому булыжнику мостовой. Я зашёл в первую подвернувшуюся забегаловку, сел в угол и попросил коньяку. Отчего Яна решила бежать одна – этот вопрос не давал мне покоя и сейчас. Поначалу я просто сходил с ума, мне казалось, что даже её смерть я пережил бы легче. Первые месяцы я пытался искать её, метался по улицам, вздрагивая при виде каждой рыжеволосой, но Рига, после моего захолустья, оказалась гигантским городом.

Пытался искать я и Айвара, который собирался помочь нам с жильём на первых порах. Яна показывала мне письмо и фотографию – письмо было на латышском, а на фото Айвар выглядел белобрысым бородатым здоровяком. Она подтрунивала над моей ревностью, в конце концов, я смирился и почти убедил себя, что викинг-красавец не более, чем друг детства.

Я знал, что скажу, когда случайно столкнусь с ними где-нибудь на улице или в парке, какие жалкие будут у них лица, как у неё будут дрожать губы, когда она будет оправдываться, а он угрюмо пялиться в землю.

Я устроился в порт. Работа в доках была грязная и тяжёлая, но именно это и спасло меня – я едва доползал до общаги. Времени и сил на мысли просто не оставалось. Ещё в Линде мы с Яной решили поступать в Рижский Политех, по вечерам я листал учебники, что-то конспектировал. Экзамены я не сдал и тут же получил повестку из военкомата. Мой бывший бригадир, Лиепиньш, матёрый антисоветчик и пьяница, похожий на морского разбойника, пристроил меня на сейнер-холодильник «Гинтарас».

Военкомат Бривибасского района на пару месяцев потерял мой след, я уже провонял насквозь балтийской сельдью и почти успокоился, когда Костя по секрету меня предупредил, что капитану пришло радио от военкома, и что меня будут встречать в рижском порту.

На обратном пути сейнер попал в шторм, у нас заклинило винт, и шведы с грехом пополам дотащили «Гинтарас» до Стокгольма. Пока решали, вставать в док или дожидаться своих ремонтников, я стянул из медчасти резиновую перчатку, сунул туда паспорт и сиганул за борт. Шведы деликатно выудили меня и доставили в полицию, где обогрели и напоили чаем с ромом. К моему требованию связаться с «American Embassy» они отнеслись с пониманием и вскоре в участок прикатил здоровенный негр в кремовом плаще и лайковых перчатках. Когда он их снял, руки его оказались темнее, чем кожа перчаток. Это был первый живой негр, увиденной мной.

Словарный запас подходил к концу, пробелы в языке я компенсировал жестикуляцией. Снова помог пьяница Лиепиньш: припоминая его антисоветский трёп, я удачно вкручивал крамольные имена, названия каких-то правозащитных хартий, я так увлёкся, что уже чувствовал себя отпетым диссидентом. Под конец, размотав резинку и шлёпнув, будто козырным тузом, своим паспортом, я потребовал политического убежища. Негр пришёл в восторг от моей смекалки в использовании медицинского инвентаря, басовито захохотал, а после, подмигнув по-свойски, заверил, что всё будет окей.

Негр оказался прав – всё сложилось довольно неплохо. Мрачный малый с говяжьим лицом и в клерикально-чёрной униформе принёс мне ещё коньяку, я спросил его про гостиницу. Не меняя выражения лица, он весомо рубанул рукой на северо-восток, в сторону занавески, за которой прятался сортир.

Допив коньяк, я покинул душный зал и вышел наружу. Постоял в дверях, глядя на водяную пыль, клубящуюся вокруг фонаря, на зыбкие шпили костёлов и башен, затейливо освещённых золотистым светом. Где-то далеко бренчало дрянное пианино. Я поднял воротник и, следуя указанию пастора-официанта «норд-ост», пошёл искать отель.

5

Следуя античной традиции, возвращаться домой из долгих странствий надлежит пешком и в лохмотьях странника, а не на «форде» пожарного цвета. Вспомнив о Валете, я с сожалением подумал, что зря отказался от того серебристого «ягуара». Удивительно, но детское соперничество не сгинуло, оно вовсю бурлило во мне, искусно выдавая себя за принципиальность и желание справедливости.

Сознавать это было достаточно противно, и я решил считать, что мне плевать на Валета, что еду я только из-за отца. Я инстинктивно потрогал затылок – зашивали меня той ночью гарнизонные лекари. Зашили добротно, но неделикатно, шов прощупывался и сейчас. Тогда я вернулся около десяти, на кухне горел свет и оттуда в тёмный коридор полз приторный дым – отец, почему-то в последнее время стал курить «Золотое Руно» вместо «Тройки».

– А-ну, поди сюда!

Мрачный тон мне не понравился, но я поплёлся на кухню. Отец сидел на табуретке, подавшись вперёд и широко расставив ноги в надраенных сапогах. Он исподлобья оглядел меня, словно прикидывая, сколько я вешу. Тут же был и Валет, прислонясь спиной к буфету, он щурился, как от солнца, и загадочно улыбался. У меня засосало под ложечкой, как перед дракой, я сунул руки в карманы и буркнул:

– Ну?

Отец казался трезвым, на нём была полевая униформа болотного цвета. На столе лежала красная повязка, судя по всему, он вечером сдал дежурство.

– Ты с кем это там шляешься?

Я не ответил.

– Ты с кем там шашни разводишь?

Я молча сжал кулаки в карманах. Отец, не сводя взгляда, закурил, прикусив зубами фильтр, сунул горелую спичку в коробок.

– Ты – сын боевого офицера, – отец зло затянулся, – связался с фашистской шалавой. Ты знаешь, что её дед Гитлеру служил?!

Единственное, что я точно знал, так это то, что отвечать нельзя. Я знал, что именно этого и ждёт Валет.

– Не смей оскорблять её!

Отец хмыкнул и выпустил дым мне в лицо. Я мотнул головой и продолжил:

– И дед её служил не Гитлеру, а был в лесных братьях!

Отец засмеялся, резко и нехорошо:

– Братьях? А кому твои братья служили? Не Гитлеру?

– Они сражались против оккупантов!

Отец свирепел моментально, то ли цыганская, то ли казацкая кровь его вскипала вмиг. Я не успел даже понять, что произошло, только кухня подскочила, словно качели, жёлтый свет брызнул в глаза, а чугунная раковина гулко запела, будто где-то в полях ударили в большой колокол. Боли не было, просто померк свет, и кто-то заботливый выключил моё сознание.

6

В десять я проскочил Огре, считай, треть пути позади. Меня пугала стремительность, с которой я приближался к Линде.

Слева то появлялась, то исчезала серая гладь Даугавы, прячась за убранные поля или проваливаясь за лысый песчаный холм с сосновым бором на макушке. Я заметил, что балтийские сосны, высокие и осанистые, с голым стволом-мачтой, совсем не похожи на наши, американские. Те, по-мужицки кряжистые и разлапистые, узловатые ветки начинают расти низко, почти у земли. Путь мой лежал на восток, солнце встало и уже не слепило глаза. В отдалении проплывали хутора, крыши амбаров, пустые поля, с фигурками одиноких крестьян, за изгородями из камней паслись коровы цвета молочного шоколада.

Серебристая щель, вспыхнув, раскрылась круглым голубым озером с бревенчатым хутором на пологом берегу. Яна рассказывала, что на таком же хуторе на Зилани Эзерс прятался отряд её деда. Их окружили и расстреляли, а хутор сожгли. Было это в июне пятьдесят шестого, за пять лет до её рождения.

Тем нашим летом мы с Яной часто гоняли на Зилани. Семь километров на велике – не расстояние; дорога петляла просёлками, по бокам желтели ржаные поля с точками васильков, знойный полдень звенел кузнечиками и стрижами.

Ближе к озеру дорога шла под гору, поля сменялись орешником и редкими осинами, постепенно мы въезжали в сосновый лес. Шины мягко катили по ковру из рыжих иголок, иногда звонко хрустела шишка под колесом. Здесь было свежо, даже прохладно, пахло смолой, неяркие лучи наполняли бор торжественным сиянием, похожим на свет в католических соборах. Взявшись за руки, мы молча спускались к воде.

В Зилани били ключи, вода была кристальной, можно отплыть от берега и наблюдать, как на глубине бродят тёмные рыбины. Мы купались, ныряли, валялись на белом, мелком, как соль, песке. Ловили раков. Яна бесстрашно совала руку в нору, не пищала, если рак прихватывал палец клешнёй. Потом я собирал хворост, под берегом у нас был припрятан котелок, в котором мы варили раков или уху.

Солнце садилось, плавно опускалось на верхушки сосен, а после выкладывало длинные тени по траве. Лес становился полосатым, Яна, зябко потирая ладонями плечи, накидывала мою рубаху, и мне казалось, что счастливей меня нет никого. Я верил, что наша связь предопределена свыше, что тайные нити, соединяющие нас, священны. Ещё бы – ведь я пролил свою кровь и в доказательство мог даже предъявить свежий шрам на затылке.

– Мне запретили с тобой встречаться, – сказала Яна и пристально посмотрела мне в глаза. У неё были золотистые брови, изогнутые и строгие.

– Тоже? Да пошли они все... – я махнул рукой. Яна меня перебила:

– Отец, когда узнал про... – она запнулась и потрогала свой затылок, – про госпиталь, сказал, что отправит меня к тётке в Даугавпилс. Если я с тобой не... – она искала слова, но не нашла.

– Вот так. – Да пошли они... – уже не так бодро повторил я.

Яниного отца я видел мельком, нечто по-латышски сумрачное с пепельно-стальной шевелюрой. С матерью столкнулся, когда околачивался у калитки их дома. Мать её была похожа на артистку, на каблуках, тоже рыжая, с красными губами и такими же красными клипсами. Мне показалось, что я встречал её раньше. Она остановилась, от неё загадочно пахнуло духами, чем-то волшебно-пряным, в нашей мужской коммуне ничего, кроме незатейливого «Тройного» не употреблялось. От её весёлого взгляда мне стало легко и если бы я был поумней, то мог себе вообразить в какую красотку превратится моя Яна лет через десять-пятнадцать.

— А вы есть сын того симпатичного майора? — спросила она, поигрывая брелоком на своей сумке. — Очень похожи.

Она говорила с акцентом, словно изображала иностранку в кино. На «вы» меня никто не называл и я, не зная, что ответить, стоял и улыбался как дурак, глядя на блестящий брелок – маленькую Эйфелеву башню. Точно такой же я видел на ключах отца.

Тут на крыльце появилась Яна, она торопливо взяла меня за локоть и, не глядя на мать, сказала:

— Пошли, сеанс уже начинается.

Я, продолжая ухмыляться, рассеянно спросил:

— Какой сеанс?

Лишь поздней, уже дома, я вспомнил, где я видел её мать. Она работала в офицерском буфете в замке.

7

Всё верно насчёт реки – дважды никак не войти, но время –

штука хитрая. И я не знал главного: по улицам Линде в эти дни уже разгуливал дьявол в образе часовщика, предлагая свои услуги. Меня всегда завораживала эта строчка из Хармса, но только здесь я понял, что он имел в виду.

Я проскочил Вороний Хутор – крыша амбара прогнулась, как спина клячи, а вот дуб совсем не изменился, да и что такое тридцать лет для дуба? Сверкнув стёклами, пронеслись мелкие домики, похожие на дачи, я взлетел на холм и сразу же увидел кирпичную водонапорную башню, ломтик озера и башню с часами. На пустыре, среди бурых лопухов белела макушка часовни. Нашей часовни! Я съехал на обочину, остановился и вышел, не закрыв дверцу.

Здесь не изменилось ничего – даже облако, похожее на дервиша в чалме, что зацепилось за шпиль кирхи, было из моего детства. Со станции донеслось бормотанье репродуктора, звякнули вагоны – я взглянул на часы – да, полуденный экспресс покатил на Ржев.

Я прислонился к капоту. Полез за сигаретами, достал бумажник, паспорт. Сигарет не было. Вспомнил, что бросил лет двадцать назад, когда жил с китаянкой и снимал чердак в Сохо. Впрочем, все эти факты вызывали сомнение. Паспорт с американским орлом казался ловко подстроенным трюком, а тридцать последних лет были не более реальны, чем просмотренное позавчера кино.

Янин дом штукатурили, пахло извёсткой, по мусору и стружкам ходили рабочие-латыши и весело переговаривались. Длинный парень, окликнул меня. Я ничего не понял и, улыбнувшись, кивнул:

– Свейки!

Парень крикнул что-то в сторону дом, и в дверном проёме появилась Янина мать-актриса. Верней, это первое, что мне пришло в голову. Женщине было под сорок, она вытирала руки о передник и пристально разглядывала меня.

– Валет? – подходя, спросила она.

Это была сестра Яны, в те годы нечто рыжее, сопливое, путающееся под ногами. Я даже не помнил, как её зовут. – Чиж?! Она тоже не знала моего имени, но отлично помнила мою кличку. Сквозь её лицо вдруг проступило лицо Яны, проступило неуловимо, намёком. Это напоминало неудавшийся портрет, где вроде все черты похожи, всё на месте, но что-то главное ускользнуло.

– А Яна? – она спросила, разглядывая меня.

От неё пахло детской: тёплым молоком, пелёнками и ещё чем-то вроде карамели. Я поперхнулся, именно тот же вопрос застрял у меня в горле.

– Она ж уехала с тобой. Вы же вместе... – она запнулась, видя выражение моего лица.

Мы стояли и молчали, я пытался хоть кое-как собрать свою разлетевшуюся вдребезги вселенную.

– Она уехала одна, – странным, глухим голосом произнёс я. – Там же записка... на латышском... я думал...

– Там написано, что она уезжает с тобой... – неуверенно проговорила сестра, губы её затряслись, она по-девчоночьи сморщилась и зарыдала. Я взял её за руку, но она зло вырвалась и, что-то крикнув мне по-латышски, побежала к дому.

Рабочие с хмурым интересом разглядывали меня и мою ядовито-красную машину. Я доехал до Русского кладбища. Оставил машину, пошёл по аллее. Уже за воротами вспомнил, что не запер дверь. Вернулся, машина оказалась закрытой.

Я побрёл вдоль холмов и оград, крашеных серебрянкой. К

невысоким обелискам были приделаны пропеллеры, дюралевые модели «мигов», просто красные звёзды. Здесь хоронили лётчиков. Я узнавал молодые лица капитанов и майоров в керамических овалах, вспоминал фамилии. Четверо из наших соседей в разное время погибли во время полётов, Лихачёв разбился при катапультировании, Миша Куцый утонул. Моя мать тоже лежала здесь.

Рядом с её камнем зияла яма. Справа высилась гора песка, вперемешку с чёрным грунтом, торчали две лопаты с отполированными рукоятками. Тут же, в затоптанной траве, лежал на боку фанерный обелиск с моей фамилией, набитой чёрной краской по трафарету. В «р» краска подтекла и буква стала похожа на ноту. Я совершенно забыл насколько звучна моя фамилия, тридцать лет она не означала ничего, кроме набора звуков явно славянского происхождения.

Вдали ухнул барабан, за ним нестройно завыли трубы. Мне жутко захотелось убежать, исчезнуть, я бы согласился очутиться в любом другом месте, где угодно, только не тут. Вместо этого я лишь отошёл в сторону, покорно слушая, как грозно приближается пугающая какофония. Над кустами показался гроб, обтянутый красной материей с чёрной абажурной бахромой. Он плыл, покачиваясь, а после из-за кустов появились и люди. Толпа оказалась гораздо больше, чем я ожидал. Во главе процессии кособокий старик нёс атласную подушку с медалями, на флангах, как македонские щиты, пестрели венки из гвоздик, астр и прочей гробовой флоры. Валет скользнул по мне взглядом, не задерживаясь.

Гроб опустили на козлы, рядом прислонили крышку. Я стиснул кулаки и осторожно заглянул в гроб: мне стало ясно, как я буду выглядеть в этой ситуации. Скуластое лицо отца изменилось мало, лишь слегка усохло и отливало лимонным, а волосы даже не поседели.

Подняв глаза, я увидел себя, с короткой стрижкой и в дурацком костюме, какой я бы сроду не надел. Вопреки моим надеждам, Валет не обрюзг, не облысел, остался поджарым, как и я.

Начались речи. Старики в допотопных и мешковатых костюмах, с орденскими планками и медалями, говорили долго, говорили одно и то же. О том, что подполковник Коршунов — настоящий советский офицер, настоящий лётчик-истребитель, что таких больше не делают, что подонки-демократы развалили великую державу, уничтожили славную армию. Я, холодея, узнавал некоторых ораторов. Я помнил их весёлыми мужиками, которые учили меня пить пиво и бить от борта в дальнюю лузу, я с ними ездил на рыбалку, где они варили мировую уху или жарили шашлыки по-карски.

8

На выходе с кладбища в меня вцепилась какая-то крупная тётка с подведенными чёрным глазами. Она часто моргала, будто подмигивала.

— Чиж! Ё-моё!

Я отстранился, от неё разило цветочными духами и потом.

— А я стою-думаю — он или не он! Ну, мать твою… Я улыбнулся, виновато пожал плечами.

Толстуха заморгала ещё чаще:

— Во даёт! Не узнаёт! Кто мне засос поставил в восьмом классе? На шее? Все вы так, поматросил, да и бросил.

— Авилова? — неуверенно сказал я, изо всех сил стараясь найти хоть малейшее сходство с той Шурочкой Авиловой, румяной и сдобной хохотушкой, напоминавшей нам задорных девах с немецких игральных карт.

— А кралечка где твоя?

– Не знаю, – я закашлялся и украдкой вытер щёку от жирной помады.

– Во дела! – она всплеснула руками в крупных фальшивых бриллиантах. – Такая любовь была – чума! Побег под покровом ночи!

Авилова затащила меня в автобус. Старики, кряхтя и чертыхаясь, рассаживались, водитель по-хозяйски оглядел салон, смачно сплюнул в окно и дал газ. На поминки я ехать я не собирался. На поминки ехать не следовало.

Авилова болтала без умолку, гундела, как муха между рамами. Тоже ругала московских демократов, требовала справедливости, возмущалась, что без латышского эти чёртовы лабусы теперь никуда не берут. Когда перебазировали аэродром за Урал, всех отставников бросили здесь – живите как хотите! – она тоже, дура, осталась. Работала тогда в парикмахерской на вокзале, ничего себе работёнка, культурно и чаевые, а после лабусы открыли салон в городе – и всё, хоть на панель иди.

– А как там, в Америке, парикмахерши, – до фига, небось зашибают. В кино у их баб волос сильный, укладка, цвет. Я тоже, вон, когда мелирование на фольге освоила, ко мне запись за месяц была. Из Плявиниса приезжала клиентура, даже певица одна, как же её? – вот, блин, склероз!

Столы накрыли под рябинами, прямо перед нашим финским домом. В детстве он мне казался царскими хоромами, на деле же был не больше скворечника и напоминал дачную баню. Старики занимали места, толкаясь.

Звенели тарелками, кто-то закурил. Вокруг деловито сновали крепкие тётки неопределённого возраста в нарядных платьях с блёстками. Из дома к столу караваном плыли миски, кастрюли, бутылки. Под ногами шныряли дети.

Стульев не хватило, Авилова усадила меня на лавку, сама плюхнулась рядом. Тут же, с невероятным проворством, навалила в две тарелки всякой снеди, наполнила до краёв рюмки.

— Ну, погнали! — подмигнув обоими глазами, выпалила она. — За встречу!

Я выпил. Выудил солёный огурец.

— Ты холодца покушай! — жуя и наливая водку, весело сказала она, — Небось. Привык там барбикью всякую есть! И джин-тоник, да? А тут простая русская еда... Простая, но полезная...Ну давай, Чиж, понеслись.

И она, запрокинув голову, влила в себя водку. В моей тарелке растекался холодец, погребённый под винегретом, бок картофелины набух свекольным соком, кусок селёдки угодил в оливье. Я поковырялся вилкой и понял, что не голоден.

— Да-а, отец у тебя был... — хмельно качнувшись и закуривая, мечтательно проговорила Авилова, — Мужик! Она выпустила клуб дыма и снова налила водки. — Давай за батю твоего!

Мы выпили.

Она курила, щурилась и покусывала губы, словно припоминая что-то.

— Это он под конец сдал, а до этого и на лыжах, и на рыбалку... Таких лещей вялил! Спинка жирная, ошкуришь его, а он прозрачный, аж светится! Угощал... А когда тётя Инга умерла, тут уж он ... — она махнула рукой.

— Какая тётя Инга?

— Во даёт! Совсем в Америке память отшибло. Тётя Инга! Считай тёща твоя, мать Янкина.

На секунду мне показалось, что я ослышался. Или Авилова спьяну несёт чушь.

— Ты чего мелешь, Шур?

— Ну ты, Чиж... — она возмущённо закинула ногу, выставив круглую коленку с синяком из-под стола. — Это ж такой роман был, ты чего!

Я представил остроглазую задорную буфетчицу с копной волос из рыжего хмеля, и своего отца, мрачного, перетянутого портупеями и застёгнутого на все пуговицы майора.

— Когда? — тихо спросил я.

— Чего когда? Да мы ещё учились в школе... Ты чё, правда не знал?

Воробьи подбирали крошки и, уже обнаглев вконец, прыгали у самых ног, на другом конце стола запели про пиджак наброшенный и непостоянную любовь, пели нудно, с деревенским завыванием. Дядя Слава, который учил меня кататься на коньках, проливал водку и пытался сказать какой-то тост, но его никто не слушал и он в третий раз начинал: «А вот когда во время Карибского кризиса нас с Гошей отправили на Кубу...». В сигаретном дыму Валет, распустив галстук, спорил с каким-то стариком, хмуро тыча в него пальцем. Этот жест был знаком мне с детства. Я налил водки и залпом выпил.

Шурочка тоже выпила, порылась в сумке и снова закурила. Протянула пачку и мне, я зачем-то закурил тоже. Курить было противно, я бросил сигарету под лавку и придушил её каблуком. Во рту осела табачная горечь, от дрянной водки голова гудела и начинала болеть.

Я твёрдо решил, что сейчас же незаметно выползу из-за стола, доберусь до машины и уеду в Ригу, но вместо этого чокнулся с краснолицым толстяком, похожим на Бисмарка, и выпил ещё.

Меня развезло, я слушал обрывки бестолковых разговоров, звон посуды, казалось, что на лицо мне садится паутина, я вяло обтирался рукой и отплёвывался. Шурочка бубнила не переставая, прерываясь на своё «ну, погнали!», после чего по-мужицки зычно крякала и шумно занюхивала хлебом. Пахло укропным рассолом и киснущим оливье, кто-то жгучим шёпотом, давясь от смеха, рассказывал похабный анекдот, кто-то бесконечно повторял «А вот я, грешным делом, люблю...», но расслышать, что он там любит мне не так и не удалось.

Я разглядывал старческие лица, уродливые руки в пятнах, с узловатыми пальцами и мне становилось тоскливо и бесконечно жаль этих никчёмных, никому не нужных людей. Я смотрел на Шурочку, на её дряблое лицо, похожее на сырое тесто, на сальные губы в остатках помады и отвращение во мне мешалось с невыносимой жалостью. Было жаль и пыльных воробьёв, суетящихся под ногами, и пожелтевшей рябины, и надрывно каркающих, кружащих над репейным полем, ворон. Потом мне стало жаль себя и своей бестолковой, уже почти прожитой жизни.

Я вспомнил, как мы с Яной гуляли по пустырю, за Еврейским кладбищем, и разрабатывали тайный план побега, мечтали о нашей будущей жизни. Она говорила, что мы вернёмся в Линде через десять лет, у нас будет двое детей, девочка выйдет рыженькой, а мальчик будет черноволосым. И вся наша родня увидит, как мы счастливы и любим друг друга, они всё поймут и простят.

Я резко повернулся к Шурочке:

– Авилова, а когда ты узнала про Ригу? Про наш план?

Шурочка застыла с вороватым кроличьим выражением, было ясно, что сейчас она начнёт врать. Я огляделся, Валета за столом не было.

Входная дверь была распахнута настежь, я прошёл через тёмный предбанник коридора. Здесь по-прежнему стоял крепкий дух сапожной ваксы. Валета я нашёл в дальней комнате, которая у нас почему-то называлась гостиной. Ничего не изменилось и тут: рыжий абажур, на стене свадебная фотография, похожая на старомодную открытку, рядом в раме из ракушек – мать под сочинской пальмой. На другой стене – варварский натюрморт с омаром, в окружении овощей и фруктов.

Валет сидел за круглым столом в тусклом конусе жёлтого абажурного света, перед ним лежали медали, армейские значки, погонные звёзды, кокарды. Рядом стояла пузатая бутылка «Плиски» уже наполовину пустая. В руках Валет держал отцовский «браунинг». Он поднял голову, безразлично посмотрел на меня. В канифольном свете, похожем на мутную озёрную воду, его лицо было старым и уставшим. Он отвинтил пробку, сделал глоток.

– Будешь?

Я выдвинул стул, сел. Коньяк обжёг горло, оставив тёплую горечь во рту.

– Возьми на память что-нибудь... – он кивнул на медали и значки. – Если хочешь.

Я молча разглядывал золотистые крылышки, пропеллеры и звёздочки. Выбрал гвардейский значок с рубиновой звездой и знаменем, убрал в карман.

– Дети есть? – спросил Валет.

Я ответил:

– Пацан...

– Это хорошо. У меня две девки... Восемь и двенадцать.

– Женат? – Уже нет, – он хмыкнул, – Слава богу. Ты?

Я не ответил, он гладил воронёную сталь «браунинга», его руки, крупные, загорелые были точной копией моих. На правой синела татуировка.

– Ты знал, что мы с Яной собираемся бежать?

Валет первый раз посмотрел мне прямо в глаза.

– Чиж, ты что? – он усмехнулся и начал выравнивать медали на столе. – Сто лет прошло.

– Авилова тогда к тебе липла... она растрепала?

Валет огрызнулся:

– Отстань, Чиж, не помню я. Забыл, понимаешь? И ты забудь.

– Я бы с удовольствием, да вот не получается. Никак не получается.

Валет отпил из бутылки, придвинул её мне. Я пить не стал.

– Я тридцать лет с этим живу, понимаешь? – я сжал кулак. – Тридцать лет я пытаюсь понять, почему она уехала без меня? Тридцать лет!

– Тридцать лет? Да ты за эти тридцать лет бате так и не позвонил! Ведь ни разу не позвонил, сволочь! – Валет грохнул ладонью по столу так, что медали звякнули. – Проваливай в свою Америку, не трави душу!

Я видел, как у него чуть подрагивали пальцы, он тоже заметил и сжал кулак. Я наклонился над столом и тихо сказал:

– Ты мне не указывай, колченогий.

Это был удар ниже пояса. Валет хромал до третьего класса. Валет застыл, глаза его сузились. Ствол «браунинга» смотрел мне в грудь.

– Правды захотел, сучонок? Будет тебе правда...Сдала вас Шурочка, с потрохами сдала. Я её отодрал разок как сидорову козу. На островах. – Валет резко засмеялся, он говорил торопливо, словно боялся, что не успеет. – Она всё и выложила. Когда, куда... Хитёр, думаю, Чижик-пыжик! Удрать задумал, сукин сын! Ну, поезжай, мне же лучше, комната моей будет. А потом решил, что надо напоследок проучить Чижа. Чтоб знал...

9

Комната исчезла. Я увидел неяркие звёзды, на тусклую луну наползала молочная муть. Увидел туман, он сползал с дальнего берега и стелился по озеру, как дым. Часы в замке пробили три, где-то заплакал ребёнок. В слободе играла музыка, кто-то горланил латышскую песню.

Я увидел Валета, он, пригнувшись, подобрался к тёмному окну, тихо постучал. Почти сразу приоткрылась рама. Яна, вглядываясь в ночь, удивлённо прошептала:

– Чиж? Мы ж договорились у часовни...

– Туда нельзя, – быстро перебил её Валет, прикрывая рот ладонью, – Там Караваевские бухают, у часовни. Мы у ивы переждём, а после сразу на станцию.

Яна скрылась в темноте комнаты.

– Держи! – она подала Валету дорожную сумку. Потом ловко соскочила в траву и аккуратно закрыла раму. Валет, закинув сумку за спину, развернулся и быстро пошёл. Яна догнала его, пошла следом.

– Через еврейское кладбище пойдём, – бросил он через плечо, – чтоб не нарваться на кого-нибудь.

Они пошли кружной дорогой, сначала через овраг, там было черно, лишь внизу тускло сиял ручей, потом тропа запетляла среди жухлого малинника, после поднялись на холм, утыканный, вросшими в бурьян, надгробиями. Запыхавшись, вышли к озеру, добрались до ивы. Там к стволу были привязаны две лодки, ещё одна лежала вверх дном на берегу. Валет кинул сумку, сел на лодку, закурил. Яна перевела дыхание, подошла ближе.

– Валет. – это был не вопрос, она хмуро смотрела ему в лицо.

Он выпустил дым, сплюнул и усмехнулся.

– Догадливая.

– Где Чиж? – Яна сжала кулаки.

– Угомонись. Мне потолковать с тобой надо, прежде чем вы в Ригу оторвётесь.

– Откуда ты...

Валет засмеялся:

– Вот бабы! Шурка твоя всё растрепала. Вы ж, что кошки – вам брюшко почеши...

Яна потянулась за сумкой, Валет перехватил её руку.

– Да погоди ты...

Она выпрямилась, брезгливо высвободила руку:

– Давай говори, что хотел.

Валет щелчком отправил оранжевый огонёк окурка в темноту.

– Ян, ты ж умная баба. На хера тебе этот мозгляк дался? Тем более в Риге. Он же сопляк, не мужик, да никогда мужиком и не станет. Я его с пелёнок знаю, он всю жизнь чудиком малахольным был...

Яна усмехнулась:

– Понятно. Ты, значит, себя предлагаешь взамен? Так что ли?

Валет, ухмыляясь, откинулся на локти.

– А что? Я суну – ты и разницы не почуешь, а уж по части техники он мне и не конкурент вовсе. Да тебе Шурка, небось, хвастала?

Яна молчала, потом тихо произнесла:

– Ну и мразь же ты...Что ты, что папаша твой.

Валет пружиной вскочил с лодки, Яна отпрянула, но он цепко ухватил её за ворот куртки.

– Ну да! – сипло зашептал он ей в лицо, – А ты такая же шалава, как мать твоя, потаскуха рыжая.

Он с силой рванул пояс юбки, материя затрещала, Яна вскрикнула, сделала шаг назад и, размахнувшись, ударила его кулаком в лицо. Валет удивлённо охнул, из носа и губы брызнула кровь:

– Ах ты...Тварь фашистская!

Яна вырвалась, побежала. Валет прыгнул ей на спину, повалил на землю и подмял под себя. Она хотела крикнуть, он зажал ей рот, другой рукой сдавил горло. Он налегал всем телом, его кровь капала ей на лицо, Яна хрипела, брыкалась. Потом в горле у неё что-то хрустнуло, она, вытянулась и затихла.

– Вот тварь... лицо разбила...тварь.

Валет, пятясь на карачках, отполз к стволу. Тут его вырвало. Он хотел закурить, но руки ходили ходуном, спички ломались, он со злостью выплюнул сигарету и зашвырнул коробок в воду.

– Сама виновата... тварь, – он бормотал, горбясь и потирая руки, будто от холода, глаза, не моргая, смотрели на её, выставленное вверх, белое колено.

– Там лодки были, я у Лихачёвской цепь выдрал якорную, у него гиря чугунная вместо якоря была, пудовая, – Валет говорил, глядя куда-то мимо меня, – Я её этой цепью обмотал, короче, подгрёб к омуту, там, за ивами, где сомов брали, помнишь? А сумку сжёг, после. Даже не раскрывал. Сжёг и всё.

Я смотрел на дрожащую чёрную дыру в стволе «браунинга», на медали, разложенные по столу, на пузатую бутылку болгарского коньяка. Я видел, как Валет волок мёртвую Яну к лодке, обматывал цепью, осторожно, чтоб не шуметь, опускал в воду. Как она погружалась в коричневую воду, как гиря тянула её на дно, а волосы неспешно струились, словно водоросли. А я в это время стоял у часовни и ждал её.

Валет, не выпуская пистолета, подвинул к себе коньяк. Отвинтил пробку и запрокинув голову, сделал большой глоток.

– Проучить я вас хотел... – сказал он морщась и вытирая рот ладонью.

Я изо всех сил пихнул стол ему в живот. Валет, взмахнув руками, завалился назад вместе со стулом, ножки у стола треснули, и столешница рухнула, рассыпая медали и осколки бутылки по полу. Я пнул свой стул и, прыгнув Валету на грудь, кулаком ударил его в лицо. Он звонко стукнулся затылком в пол и застыл. «Браунинг» лежал у ножки кровати, я дотянулся до него. Валет замычал и открыл глаза. От него пахло «Тройным» одеколоном прямо из нашего детства. Я приставил ствол к его лбу.

– Сволочь... – прохрипел он, – Давай...

– Ты мне всю жизнь испоганил, паскуда! – зарычал я, вдавливая ствол ему в лоб.

Валет оскалился, засмеялся, губы у него были разбиты в кровь:

– Наша кровь, Коршуновская. Жми, братан, не робей.

Под моим локтём колотилось его сердце, палец ощущал тугую пружину курка, я сипло и часто дышал, чувствуя, как во мне растёт какой-то страшный звериный восторг, словно я научился летать и вот сейчас взовьюсь прямо под облака. Ничего подобно я не испытывал в жизни. Потом я увидел его глаза, в них не было страха. Он снова засмеялся и плюнул мне в лицо.

10

Когда я вышел, уже смеркалось. Поминки выдыхались. Тянуло самоварным дымком, по столу были расставлены свечи и керосиновые лампы, они коптили, от подрагивающих огней вокруг бродили фиолетовые тени.

Я пошёл вдоль озера, постоял у ив, вода совсем не двигалась, и казалось, что по ней запросто можно дойти до того берега, где замок сливался с деревьями парка и чернел на фоне гаснущего неба. Я достал «браунинг», бросил его в воду.

Начал накрапывать дождь, я направился к часовне, пошёл напрямик через репейник, как мы ходили в детстве. Двери по-прежнему были заколочены, здесь не изменилось ничего.

Я нашёл на северной стене, рядом с окном, имя, которое выцарапал тридцать лет назад. Провёл пальцем по каждой букве. Да, всё на месте. Буква «А» тогда получилось хромой, нож сломался. Я поднял голову, крупные капли били по лицу, начинался ливень. Пошарив по карманам, нашёл ключи от своей нью-йоркской квартиры. Выбрав подлиннее и с острой кромкой, я доцарапал ножку у «А». Это было единственное, что я мог исправить.

Линде – Нью-Йорк 2011

ФЕРЗЁВЫЙ ГАМБИТ

1

— Я пережила двух мужей, три
автомобильных катастрофы, перестройку в Винницкой
области, эмиграцию и кесарево сечение под местным наркозом,
а тут приходит эта рыжая... – Софа Кац запнулась, подыскивая
слово пообидней, – рыжая шикса и начинает учить меня жить!
Нет, вы только поглядите на неё – зубы вставила и уже решила,
что она граф Монте-Кристо.

Митрофанова в ответ фыркнула и только повела круглым
плечом, смерив презрительным взглядом подругу.

Кац была старухой мелкого формата, таких обычно зовут
пигалицами, с чёрными, как смородины глазами и неожиданно
удлинившимся за последние годы носом.

– Или в тюрьму захотела,– не унималась Кац, – к лесбиянкам
черножопым?! Ох, вот кто обрадуется!

Митрофанова, осанистая, вызывающе рыжая с румяными крепкими щеками и красивой круглой грудью, надо сказать, действительно сохранилась неплохо и была, по её же словам, – в самом соку (говоря это, она обычно чмокала красными губами).

Они с Кац были одногодками, однако, Митрофанова, отмечавшая своё пятидесятидевятилетие уже несколько лет подряд (четыре года, если точнее), похоже, и сама уже верила, что притормозила это чёртово время. По крайней мере, для себя лично.

– Ну и дура же ты, Софа, – отозвалась Митрофанова, лениво пиная жёлтые и красные листья, – круглая дура, прости меня господи.

Они шли парком, парк был небольшой, чахлый, зажатый между ржавой решёткой автостоянки и серой стеной гигантского мебельного склада. Накануне бушевал ветер, трепал и ломал сучья, гнал страшные тучи, похожие на чёрные горы. Всю ночь бухал гром, дождь лил и лил, буря напоминала катаклизм библейского масштаба и, казалось, конца ей не будет.

Утро же выдалось неожиданно синим. Деревья обнажились, вокруг стояла прозрачная тишь, с едва уловимой, ноябрьской горечью в холодном, уже почти зимнем, воздухе.

– Так и сдохнешь в этой дыре... дура, – Митрофанова продолжила, разглядывая свои ногти. – И при чём тут тюрьма? Я ж тебе говорю, риска – ноль. Почти ноль.

Кац тоже пнула листья и зло отмахнулась.

Митрофанова остановилась, прищурилась:

– Не-е, ты не еврейка, нет. Евреи – они сметливые! Сообразительные! У них мозг шустрый. Ты, наверно, бурятка из Улан-Уде какого-нибудь, или из Сыктывкара... или откуда вы там, буряты?

Кац вспыхнула: она терпеть не могла «всего этого митрофановского антисемитизма» – сколько раз, ей, засранке, можно говорить – вот уж русская тупость, хоть кол на голове теши, тьфу!

– Я – еврейка! И я шустрая! Знаешь какая шустрая? – Кац быстро-быстро помахала рукой перед лицом Митрофановой, изображая шустрость. Та, отстранилась, брезгливо морщась. – Сама ты бурятка! – уже крикнула Кац, чуть подпрыгнув.

Митрофанова остановившись, гордо подняла голову и сверху вниз холодно посмотрела на подругу:
– Я не бурятка. Я – дочь генерала! И потом – это вопрос справедливости, Гурам – бандит и деньги эти бандитские. Так что всё правильно и по совести.

2

Они снова встретилтся вечером того же дня у Митрофановой, в тесной квартире, похожей на битый фибровый чемодан провинциального командировочного: жёлтые разводы, отсыревшие углы, наклеенные лица из журналов. Квартира крошечная – открываешь дверь и тут же утыкаешься в стену, в одном углу кровать, в другом плита на две конфорки. Оба окна выходят в колодец двора, воняет варёной рыбой, небо можно увидеть, лишь высунувшись по пояс. Зато отличный вид в душевую Фогеля напротив (если окна не успели запотеть), да кому интересен голый Фогель?

Посередине комнаты круглый стол, траурная тяжёлая скатерть – чёрная с золотыми лопухами и хищными цветами неизвестной породы. Над столом – линялый оранжевый абажур, с кистями и пятнами, таинственным образом оказавшийся по эту сторону Атлантики.

Свет плотный и мутный, накурено. На скатерти бумага с каким-то планом, нарисован он карандашом, нарисован коряво, но старательно - от усердия в некоторых местах грифель проткнул бумагу. В центре плана – квадрат, помеченный жирным крестом. Там уже дыра, через которую видна скатерть. Но карандаш Митрофановой неумолимо продолжал елозить именно там.

Митрофанова мрачна, рыжая голова её всклокочена как у сердитого Зевса:

– И не вздумай глушить мотор! Я открыла дверь – ты мухой уже рядом. Мухой! – Митрофанова грозно нависла над столом, накрывая своей тенью Кац, сидящую на венском скрипучем стуле напротив.

Стул скрипел, сухие птичьи пальцы Кац неумело держали длинную белую сигарету. Время от времени она набирала в рот дым и, опасливо подержав его, выпыхивала небольшим облачком.

– Слушай, мне ж здесь спать! – Митрофанова вспылила, – ты ведь даже не затягиваешься! Это что – нарочно? Назло что-ли мне делаешь?

Кац, нахохлившись, огрызнулась:

- Таки назло, божешмой... Нужна ты мне! Нервы у меня, нервы.

Они ещё немного пособачились, а после, наругавшись от души, устроились пить чай.

3

– Бери, бери варенье! Ну-ка, дай я тебе сама положу. А то как не родная, во-о, вот так. Варенье абрикосовое – самый цимес, как ваши говорят!

Митрофанова навалила с верхом, сейчас всё поползёт через край, Кац ловко поймала пальцем тягучию янтарную каплю – и в рот.

– И это вы называете варенье? Вы, Митрофанова, не кушали настоящего абрикосового варенья, вот что я вам скажу, – у Кац была странная привычка обращаться иногда к Митрофановой на "вы", – вот бабка моя с Херсону, бобэ Дора, вот она варила настоящее абрикосовое варенье, с косточкой. Ох, как же она варила абрикосовое, ой-ей-ей, это чистый мёд!. А абрикосы во-о какие и сочные, а на свет - янтарь. А какой у неё харойшес был яблочный! А цимес с кнейдлах – это ж просто язык скушать можно.

Кац зажмурилась и облизнулась.

Сверху кто-то застонал и глухо ударил в пол, потом охнул и ударил сильней. Кац вздрогнула, настороженно разгдядывая потолок.

– Это что? Драка? – испуганным шепотом спросила она, часто моргая.

– Горобец, Ефим Изральич, – ответила Митрофанова, лениво махнув красивой рукой, – свою Воробьиху пичужит.

Звуки стали внятней, громче, обрели угадываемый ритм.

– Таки ведь и не скажешь, – задумчиво произнесла Кац, – этот неубедительный шлемазл имеет темперамент!

Молча дослушали до конца. Кац продолжала разглядывать потолок, а Митрофанова вдруг ухнула кулаком по столу:

– Слышь, а Воробьиха-то в Житомир вчера улетела, на похороны. У меня ещё перчатки выклянчила, чёрные, лайковые. Итальянские.

– Ай да Горобец! – уважительно пропела Кац.

– Ага! Ефим Изральич.

И обе захохотали.

– Слышь, Кац, – смеясь, спрашивает Митрофанова, – а у тебя негры были?

– Чего-о?

– А что... Говорят, у них там очень и очень. Африканцы ведь как-никак. А? А то вот они тут ходят вокруг, считай зря. Ну без толку, можно сказать.

– Вы только поглядите на неё! Это ж года не прошло, как мужа схоронила, а уже про негров, тьфу! Прости меня господи.

– Ну а что ж мне теперь век вековать? Время-то уходит! Или как ты – чёрной вороной на суку сидеть прикажешь?

Посидели ещё, посплетничали.

Было около полуночи, с улицы иногда долетал вой полицейских сирен; то близко – леденяще жутко, то лишь угадываясь вдали нудным завыванием.

Поговорили о детях: митрофановский сын третий год в Москве, «что-то там с нефтью, звонит раз в месяц – всё тип-топ, мамочка, всё окей – каждое слово клещами надо тянуть!» Софина дочь в Иерусалиме, уехала с каким-то чокнутым хасидом, «все нормальные идише киндр из Израиля в Америку бегут, у моей дурёхи всё шиворот-навыворот, вот уже на пятом месяце, я ей говорю – приезжай хоть рожать – куда там – муж, этот шломо, хочет, чтоб на земле предков! Земля предков, божешмой! – Черновцы – земля твоих предков, и Херсон, коза ты недоенная».

Наконец, Кац, взглянув на часы, заохала и засобиралась. Сложила чашки и блюдца пагодой, отнесла в раковину. Суетливо отёрла руки полотенцем.

– Погоди, – Митрофанова строгим пальцем указала на шаткий стул, – присядь-ка.

Скрипнув дверью, она нырнула в шкаф, хлопая и гремя ящиками, вывалила на пол ком цветастых кофт, гигантскую, не меньше простыни, павлопосадскую шаль, какую-то ещё пёструю мелочь.

Вернулась и брякнула на стол свёрток, похожий на деревенский гостинец. Распутала узел.

– Не-е-е, – Кац отодвинулась, стул испуганно пискнул под ней, – нет.

В мятой тряпице с желтоватыми сальными пятнами лежал миниатюрный револьвер. Короткий ствол воронёной стали, тускло сияющий барабан с фигурными вырезами, слоновая кость на рукоятке с вензелем – просто игрушка.

Запахло швейным маслом.

– Вам что, в жизни проблем мало? И не вздумай... – прошептала Кац, мотая головой, – Нет... нет.

Митрофанова подцепила пистолет, ловко, по-ковбойски, крутанув его на пальце, дунула в ствол. Получился низкий и круглый звук, как в бутылку, когда всё уже выпито.

– Не сцать! – Митрофанова подмигнула подруге, – Меня, между прочим не кто-нибудь, а "Ворошиловский стрелок"учил стрелять, генерал-полковник Митрофанов Николай Васильевич. В пятак с двадцати шагов попадаю, раз плюнуть. Не веришь? Давай на спор!

Посерьёзнев, добавила:

– На крайний случай. Если снотворное не сработает или ещё чего... Ты ж понимаешь – если я проколюсь, Гурам цацкаться не будет: цепью обмотают и к рыбам, в Гудзон-реку, кирдык-байрам, короче. А до этого все кости переломают и «все» в данном случае не фигура речи.

Митрофанова посмотрела Кац в глаза.

Та осторожно выдохнула и аккуратно сложила руки на скатерти. Пожевав губами, она тихо произнесла:

– Тебя просто убьют, ты понимаешь? Убьют!

Митрофанова, плюнув, грохнула револьвер на стол, заходила из угла в угол. Остановившись перед Кац, зарычала:

– Ну что же ты за бестолочь? Ведь уже тыщу раз повторяла! План вульгарен как веник! Я вообще считаю, чем проще – тем лучше. Как там Эйнштейн Альберт говорил?
Ты пойми, он деньги в сумку собирает, такую спортивную, через плечо... на молнии. А я думаю, что если бы денег было мало, так он бы их в кошелёк или в портмоне какое складывал. Ведь так?

Кац молчала. Митрофанова, наклонясь, обняла её за плечи и ласково проговорила:

— Софочка, ведь всё одно к одному: и работа эта, и ход, что я разнюхала - никто о нём и понятия не имеет! – ну просто всё само в руки плывёт. Судьба, не иначе. Вот я и говорю – такой шанс упускать? Тем более что и риску-то – ноль. Ну, почти ноль.

4

Зелёные цифры 02:22. На потолке бледный отсвет окна с двойным крестом. Кац лежала на спине, сложив руки как покойница. Шмыгала носом, бормоча кому-то в темноту:

— Ой, как же он играл! Это ж просто божешмой как он играл! И что же он имел за свою музыку? Немножко хлеба, бублик, копейку. Стол с гефилте фиш? Эсик флейш? Не смешите меня... Вот и пошла я за доктора. А доктор седой, красивый, бабочка на шее... как же я тогда жила, ах как же я тогда жила! Цимес! Цимес мит компот! А любила всё одно Яшку, хоть и ботинки драные, и штаны на штрипках, сам тощий – виду никакого, чисто шлемазл, а уж как заиграет – божешмой – ангельская музыка!

А вчера опять собака эта приснилась, чёрная. Будто открываю я окно в сад, а там полная луна, круглая, большая. И светло, как днём.

Там она и стоит, собака эта, в саду. Огромными глазищами на меня пялится не отрываясь. И тени от яблонь корявые по земле. Как змеи...

Я через окно, значит, в сад, а у самой кровь стынет – жуть! – да и зачем же я к ней, к этой поганой псине-то иду? И не иду даже, нет, ноги сами несут, вроде как засасывает в омут какой или трясину.

Совсем близко подхожу, а она, гадина, глядит не отрываясь, уже вижу как в глазах у неё искорки красные гуляют, вроде угольков в костре. И отраженье своё вижу, но не сейчас какая я, а девочкой, лет семи-восьми, понимаете? Косы с бантами и кофточка, а на кофточке грязь, я на руки свои смотрю, а они тоже все в грязи, и ладони, и манжетки, всё грязное. Всё грязное, понимаете?

5

Ашанашвили Гурам Лаврентьевич, вор в законе, клички Каин, Людоед, Зуб, 1951, село Цхали, Груз.ССР.

В юности занимался боксом и вольной борьбой, учился в цирковом училище, которое бросил из-за травмы, работал слесарем комбината бытового обслуживания и тренером в спортшколе.

С 14-ти лет занимается воровством, в начале 70-х входит в банду Дато Менгрела, в 1976 г. организовал собственную банду, которая тоже специализировалась на вымогательствах и кражах у состоятельных граждан.

В 1981 году в результате специальной операции Ашанашвили был задержан и в следующем году осужден на 14 лет лишения свободы по статье 146 ("разбой, совершенный по предварительному сговору группой лиц с применением оружия"), статье 218 ("незаконное ношение, хранение, приобретение, изготовление или сбыт оружия, боевых припасов или взрывчатых веществ") и статье 196 ("подделка, изготовление или сбыт поддельных документов").

Срок отбывал в колонии № 54, пос. Талана, Иркутской области. Бежал. Убив своего сообщника, две недели питался его мясом.

В 1989 году по фальшивым документам выехал в Австрию, через два года, оформив фиктивный брак, переехал в Нью Йорк, где организовал бригаду для рэкета и исполнения заказных убийств из 50 бывших спортсменов.

Основные сферы влияния – Бруклин, Вирджиния Бич, Дэнвер.

6

Ресторан «Мзиури», угловой красного кирпича дом в два этажа, на окнах глухие ставни. Вывеска моргает розовым, слепенький неон, как слабая марганцовка.

У дверей два усатых охранника-брюнета, плотных и одинаковых, как близнецы, третий – толстый, бритый под ноль увалень чуть поодаль, на углу. Переваливаясь, как гусь, кряхтя, поправляет и пристраивает что-то угловатое под плащом. Иногда он обращается к тем двум, словно кашляет придушенным баском, выходит «кха-кха». Охранники отвечают своим «кха-кха-кха», после все хохочут. Толстый довольно поглаживает бритую макушку, переваливаясь, идёт на свой угол.

Когда подкатывает очередная машина, вся троица замолкает, вытягивается. Гусь, посерьёзнев, неожиданно проворно обшаривает прибывшего, после, наклонив голову, бубнит что-то в воротник.

Дверь открывается, один из брюнетов заходит вместе с гостем. Там, в кромешной темноте они спускаются по узкой лестнице. Пахнет подгоревшим кисловатым хлебом и табаком. Гость, расставив руки, оступаясь, почти на ощупь наконец выходит на свет. Это коридор, в конце дверь. Ещё один охранник. Этот, уже не таясь, нянчит короткий тупорылый автомат. Он ещё раз обыскивает прибывшего, открывает дверь.

Комната небольшая, низкий потолок с мутным плафоном, свет желтоватый и плотный, от такого кажется вот-вот заноют зубы.

На полу толстый ковёр в тёмных коричневых узорах. За массивным канцелярским столом сидит Гурам. Мощные загорелые руки, закатанные рукава туго врезаются в мясистые бицепсы, на правом – синяя татуировка: череп, кинжал проткнул его сверху и насквозь, капля крови на острие, по бокам две кобры симметричными кольцами обвивают рукоять и клинок.

На столе коньяк в пузатой бутылке, блюдо с фруктами – фиолетовые пыльные сливы, бархатистые персики и абрикосы, виноград «дамский пальчик».

Гурам смотрит на гостя, лениво берёт деньги, пересчитывает, шевеля жирными губами: трыцат тры, трыцать четыре... Порядок – находит имя на листе, ставит крест. Предлагает коньяку.

Сам Гурам пьёт чай. Стакан тонкий, похож на вазочку в серебряном подстаканнике. Гурам любит чай горячий и свежезаваренный, крепкий как чифирь. Поэтому каждые двадцать минут в комнату бесшумно входит женщина с чайником, лапа Гурама тянется к ускользающей ляжке, губы улыбаются: Ва-ах, ламазо, пэрсик!

Женщина невозмутимо наливает чай, ловко промакнув каплю с носика белой салфеткой – упаси бог на бумагу капнуть! А там, на бумаге, уже почти против всех имён крестики стоят, ещё час от силы и всё – дань собрана.

Покачивая бёдрами, она так же бесшумно выходит. Это Митрофанова.

В последней порции чая, именно той, что сейчас причмокивая пьёт Гурам, тройная доза люмизина.

Упаковка снотворного у Митрофановой осталась от Лёвы Кушельмана, её последнего на сегодняшний день, пятого мужа, умершего чуть больше года назад от эмфfloat... эмфfloat лёгких.

Ещё от Кушельмана остался револьвер.

Лёва купил его перед их переездом из Майами в Бруклин, наслушавшись кошмарных историй про пуэрториканские банды. Никаких пуэрториканцев в округе не оказалось, так что пистолет был завёрнут в тряпицу и похоронен в недрах шкафа.

Сейчас пистолет прячется под широким поясом и пышной блузкой и больно втыкался коротким стволом в низ митрофановского сдобного живота.

Она ждёт ровно двадцать минут. Руки гадко трясутся, Митрофанова прижимает локти к телу, так лучше. Берёт чайник и свежую салфетку. Шагает по коридору лениво, плавно, на охранника ноль внимания – она тут делом занимается, а не портки просиживает, как некоторые.

«Господи! Лишь бы порошок сработал, господи!» – Митрофанова делает глубокий вдох, мысленно крестится, входит и плотно притворяет за собой дверь.

Гурам спит, уткнувшись в лист со своей бухгалтерией.

Митрофанова осторожно наклоняется: точно спит, вон, даже слюни пустил, боров.

Сумка под столом, тяжёлая. Митрофанова не глядит внутрь, застёгивает молнию, откидывает угол ковра, в полу квадратный люк. Она медленно спускается по ступеням в темноту, придерживая крышку люка. Сумка на шее, тихо – не греметь! – лестница крутая, осторожно, осторожно – не хватает сейчас только грохнуться.

Люк опускается, тяжёлый ковёр китовым хвостом лениво шлёпается на место. Фонарик вырезает во тьме жёлтый круг, туда попадает стена – некрашеный кирпич, потом бетонный пол. Пыльный, словно плюшевый мусор, по такому идёшь ёжась, будто на мышей ступаешь. Митрофанова ускоряет шаг. Свет вытягивается в эллипс и летит вперёд, вот поворот... так, это уже под прачечной, это уже Девятая...

7

11: 56 PM, угол Девятой и Брум стрит.

– Божешмой, божешмой, божешмой... – Кац шепчет скороговоркой, вцепившись в руль и мелко подрагивая коленом. По тощей спине щекотно ползёт капля пота, ладони тоже вспотели, она вытирает их о толстую колючую кофту и снова впивается в руль. Бедное сердце вот-вот взорвётся, стучит как бешеное, его грохот наверняка слышен даже на улице.

– Божешмой, божешмой, божешмой...

Из чёрной щели меж домов выскакивает Митрофанова и, цокая, бежит к машине.

– На каблуках! На каблуках!! – сдавленным шёпотом рычит Кац.

– Заткнись! На газ жми!

Кац, хищно подавшись вперёд, жмёт.

Полутёмные, тесные улицы, машин мало, прохожих нет. Митрофанова командует «направо!» «налево!», Кац вполголоса огрызается «да знаю-знаю», дряхлый крайслер, присев, неожиданно лихо входит в поворот и вылетает на мост.

Впереди, мерцая огнями, опутанный ожерельем мутных фонарей, таинственной скалой громоздится Манхеттен. Выбраться бы из Бруклина и, считай, полдела сделано.

Мост гулко гудит под колёсами, по рукам бегут нервные тени, снуют юркие полосы жёлтого света.

Митрофанова расстёгивает блузку, лезет за пазуху и, облегчённо выдохнув, достаёт револьвер:

— Видишь, а ты боялась...

Кац косится на пистолет, что-то бормочет и снова поворачивет к подруге свой птичий профиль.

Митрофанова опускает револьвер в сумку, трогает пальцами деньги, их много, она улыбается: неужели так просто?

Сзади бешено взвыла сирена, запрыгали красно-синие огни.

Митрофанова опускает сумку на пол и сжимает её лодыжками:

— Спокойно, спокойно.

У Кац дрожит подбородок; да, именно сейчас она и умрёт от разрыва аорты, именно сейчас! Она притормаживает, подаёт вправо и глушит мотор.

Полицейский форд останавливается чуть позади, вой сирены обрывается на полузвуке, эхо улетает в ночь. Резкий свет фар слепит, отражаясь в зеркале, их видно как на ладони, главное не поворачиваться, не нервничать.

— Я щ-щас умру, — заикаясь, шепчет Кац, слышно как клацают её зубы.

Митрофанова шипит:

– Софочка, спокойно, спокойно. Не поворачивайся только! Спокойно!

Лицо Митрофановой горит, господи, лишь бы не инсульт, господи! У неё ж гипертония. Она пятками заталкивает сумку под сиденье:

– Всё будет хорошо, Софочка, главное – спокойно. Я тебе обещаю! Ну, родная, собралась, вон он выходит.

Кац опустила стекло.

Он подходит, большой чёрный силуэт в белом свете фар, острый луч фонарика скачет по асфальту, останавливается. Видно всю полицейскую сбрую – стальные пряжки, рация с короткой резиновой антенной, массивный кольт в открытой кобуре, тугие патронташи, наручники. Наклоняется:

- Сержант Пэрри Райс, эн-вай-пи-ди.

У сержанта Пэрри Райса сильный южный акцент (скорее всего Нью-Орлеан), очень много белых зубов и глянцевитая как лакированное дерево тёмно-коричневая кожа. Он чуть растерян и слегка разочарован – не ожидал увидеть двух белых леди в этом рыдване. Гнали как обдолбанные подростки, а тут на тебе! Скука, опять за всё дежурство ничего стоящего.

Разглядывает карточку водительских прав, снова наклоняется – нет, не пахнет спиртным, да и какое к чёрту спиртное – пенсионерки! Хотя, та, рыжая ещё ничего, вполне; у него была старушка до службы, в Билокси, чёрная, правда. Такие чудеса вытворяла, молодухам бы не грех поучиться!

Сержант улыбается Митрофановой, та жеманно поводит плечами, чёрт, вот ведь баба! – полька что-ли, хрен этих белых разберёшь – все, как из одной коробки, – он вполне серьёзно просит соблюдать правила и скоростной режим, лихо козыряет, и, посмеиваясь, идёт к своему форду. Он чуть хромает, в детстве у него был полио, сейчас, правда, хромота почти не заметна.

Кац включает поворотник и тихо-тихо, будто на цыпочках, трогает машину с места.

Минут десять едут молча. На Таймс Сквер попадают в пробку. Кац всё это время недовольно шмыгает носом и беззвучно шевелит губами. Наконец, её прорывает:

– Или ты, Митрофанова, совсем уже очумела! Это ж полицейский! У неё, у дуры, наган в трусах, под жопой деньги уворованные, а она, шалашовка, глазки сидит строит. Нет, вы только поглядите на эту профурсетку - блузку рассупонила, лифчик видать, тьфу! Это ж кому только рассказать! О-о-ох, божешмой, связалась с нимфоманкой-пескоструйщицей, ни стыда, ни совести! Ведь пацан совсем, Кольке твоему ровесник!

– Ага, пацан! То-то на меня так пялился. Завидно, что ли? Да если б я его не завлекала, твоя тощая задница бы уже на нарах в участке прохлаждалась!

Кац от возмущения даже поперхнулась:

– Если б не ты, я бы сидела дома и чай с пирожными пила! Поняла, шлёндра?

8

Переночевали в дрянном мотеле на Девяносто пятом шоссе.

Сырые простыни, бежевый палас в пятнах, вонь прокисших

окурков. Толком и не спали, лишь под утро забылись, как в угаре.

Денег оказалось гораздо больше, чем предполагали. Митрофанова довольно хлопала и потирала ладоши, Кац страшно перепугулась и запричитала своё «божешмой», Митрофанова, рассердясь, накричала на неё; короче, когда подъезжали к Филадельфии настроение у обеих было мерзкое.

– Вон там можно, за столбом остановись, – сипло сказала Митрофанова, откашлялась, – ты со мной?

Кац отвернулась и скрестила руки на груди.

– Ну-ну, Бонопарт, твою мать! – Митрофанова от души саданула дверью.

В помещении почты было душно и воняло клеем. Митрофанова встала за плешивым коротышкой с перхотью на пиджаке. «Откуда перхоть, – подумала она ещё, – волос-то нет».

Подошла её очередь. Митрофанова лениво выставила на прилавок спортивную сумку, продолжая запихивать туда толстую малиновую кофту. Молния застряла. Митрофанова виновато улыбаясь, ласково спросила:

– У вас коробочки не будет, вот посылочку бы надо... молния, чёрт...

Круглолицая китаянка или кореянка, поджав неодобрительно губы – не могут дома всё как надо приготовить, ну и публика! – молча достала коробку.

– Вот спасибо, вот замечательно, вот мы её, родимую, щас туда... – Митрофанова неожиданно ловко справилась с упрямой молнией и впихнула сумку в коробку.

Азиатка строго спросила:

– Стекло, взрывчатые и горючие вещества, жидкости и продукты питания, яды, оружие?

Ну что вы! Вещи тёплые сестре отправляю, носки, варежки, – а про себя продолжила – мешок денег, пистолет.

Последнее было завёрнуто в украденную из мотеля наволочку и завалено сверху тряпьём.

– Адрес?

Митрофанова чтоб не напутать (вот была бы потеха!) достала бумажку, прочла, близоруко щурясь:

– Так... Канада, провинция Квебек, Лосиные Озёра, абонентский ящик 187.

Китаянка проворно набила адрес, прилепила стикер, шлёпнула красной печатью – всё это почти одновременно, как Шива – и, бросив коробку на ленту транспортёра, отправила её в чрево почты.

– Обожаю эту страну! – выпалила Митрофанова, распахнув дверь и плюхаясь на переднее сиденье, – надо же вот так верить людям, а?! Кончай кукситься, Софка, давай в аэропорт дуй! Всё у нас только начинается.

9

Кац никогда не жила на лесном озере.

Поздняя северная осень скупа и бесцветна: клёны уже осыпались, ели черны, снег ещё не выпал. Лист приклеился к свинцовому зеркалу воды и скользил меж белых облаков и холодной синевы перевёрнутого неба. Хотелось молчать и, запрокинув голову, вдыхать и вдыхать полной грудью морозный воздух, застывший в предвкушении первых колючих снежинок.

Потянуло душистым берестяным дымком – Митрофанова затопила печь, они на всю зиму запаслись берёзовыми дровами - спасибо Экалуи, егерю-индейцу, привёз, да ещё и сложил в ладные поленницы.

Укладывая, он всё пел что-то с птичьим присвистом, здорово у него это выходило, весело. Митрофанова спросила, о чём поётся; песня оказалось вовсе не весёлой – про девушку, что умерла и плывёт на хрустальном месяце и спрашивает у звёзд:

– Жизнь – что это? Мерцание светлячка в ночи? Или дыханье оленя морозным утром? Или тень орла, что скользит по траве?

У егеря тугая коса, волосы чёрные, блестящие как вакса, в косу вплетены ремешки с серебряными пережимами, а на шее шнурок с тотемом – рыба из чернёного серебра с бирюзовым глазом. Его племя – Инуктитук, что значит «люди озера». А соседи из долины всегда звали их просто – «ику» – рыба.

От его сильных рук пахло хвоей и табаком. В профиль он был похож на Цезаря, вырезанного из жёсткой коричневой коры, а в анфас это сходство исчезало из-за чёрных как вишни и наивных, почти детских глаз.

Вечером они сидели на ступенях крыльца, от чая шёл душистый дымок, они, обжигаясь, пили и смеялись.

Быстро стемнело, и паутина голых веток покрыла помрачневшее небо. Стало тихо и тревожно.

Митрофанова хотела научить егеря песне, но русские слова ему не давались, дальше первой строчки дело не пошло. Тогда

Митрофанова нетерпеливо махнув рукой, начала старательно выводить сама: «в той степи глухой умирал...». У неё был округлый русский голос, негромкий, но «с душой». Печальный звук плыл над потемневшей водой и умирал тихо, без эха, так и не долетев до другого берега. Митрофанова пела про лошадушек и про обручальное кольцо, про то, что ямщик любовь свою унёс в могилу, индеец ласково улыбался и плавно качал головой в такт. Кац тихо пошмыгивала, моргала, а под конец разревелась.

Егерь уехал, Кац позвякивала посудой на кухне, изредка к кому-то строго обращаясь. Митрофанова постояла на крыльце, спустилась к воде. Высыпало столько звёзд, казалось, что неба нет – лишь жуткая бездна, и в озере та же леденящая бездонная чернь, только темнее и чуть колышется. Голова начала вдруг кружиться, берег тронулся и поплыл. Плыла и чёрная стена леса на взгорье, и озеро, и Митрофановой почудилось, что это она и есть - та, скользящая по стылой воде в хрустальной пироге мёртвая девушка, о которой пел егерь-индеец.

10

Утром над озером мутный туман, другого берега видно вовсе, лишь лиловое марево да призрачный лес с редкими выстрелами первых охотников.

Рассвет робок и медлителен. Меж проступивших из тумана клёнов чернеет дорога, поворачивает и круто взбирается в гору. Там, среди сосен с шершавыми, рыжими от утренних лучей стволами, дорога перестаёт петлять и светлеет, это уже почти шоссе.

Асфальт в трещинах и буграх от мощных корней – вон какие

великаны стоят по обочинам, торжественно смыкая над головой тёмные своды. По такой дороге катить бы не спеша, чуть придерживая руль, левую руку свесив наружу, ловя пальцами колючие мокрые ветки.

Но вот уже проглядывают меж хвойных лап крыши посёлка, тёмные и бархатные от мягкого мха. Из труб струятся ленты сизого дымка, кажется вот-вот, и невидимая рука ухватит их и утянет всю деревню за облака.

Кац возвращается из посёлка.

В багажнике не только продукты, обычный набор покупаемый в лавке (Кац зовёт её «сельпо»), там рождественские подарки для Митрофановой – четыре фунта чёрного бельгийского шоколада и двухтомник Мопассана.

Кац насвистывает песню про девушку, плывущую по озеру на хрустальном месяце; получается что-то занудное вроде хавы-нагилы, она отбивает ритм ладонью по упругой баранке – нет, всё равно не то!

В посёлке угрюмо, все ожидают снега, а снега всё нет и нет; егерь Экалуи сказал, что это духи озера сердиты, уже декабрь, а ещё не упало ни одной снежинки. Значит, и зверь уйдёт на север, не будет ни мяса, ни шкур.

Да и утро как-то не задалось: сначала вроде рассвело - верхушки сосен на том берегу зажглись бледно-оранжевым и по небу прошла розоватая рябь, а уже через полчаса с севера потянуло сырым холодом. Сумрак мало-помалу снова сгустился, словно ночь передумала уходить и решила вернуться. На озеро выполз густой туман, небо опустилось и тяжко нависло над водой.

Кац включает радио, ищет прогноз погоды.

Или это из-за сна так муторно на душе? Опять ей снилась чёрная собака в саду, Кац вскочила среди ночи то ли от собственного крика, то ли от безумно ухающего сердца. А вокруг была такая темень, такая жуткая тишина, ближайшее жильё за перевалом через лес, милях в пяти. И ей так хотелось разбудить Митрофанову, поговорить, услышать её насмешки и грубые шутки, чёрт с ней! - всё что угодно, лишь бы прогнать этот тоскливый липкий страх.

За поворотом, перед спуском к дому, уткнувшись носом в густой ельник, стоит машина. Не из посёлка, все местные ездят на обшарпанных грузовичках и джипах. Притормозив, Кац вытягивает шею – в машине никого.

Дальше, на обочине, ворох какого-то тряпья, Кац останавливается, подходит. Это человек. Поджав ноги и неуклюже вывернув голову, он словно прислушивается к чему-то в асфальте. Лицо в крови, глаз, уже тусклый, неживой, удивлённо раскрыт -похоже, из недр земли доносятся неожиданные звуки. Ведь только дураки говорят про мёртвых: будто спит. Чушь, сразу видно, что труп!

Кац бежит к дому. У частокола, на промёрзшей седой траве, лежит ещё один. Он жив, пытается ползти, хрипя, цепляется пальцами за изгородь. Это Гурам.

Дверь в дом распахнута настежь. Рядом, на крыльце, привалясь к брёвнам стены, сидит Митрофанова. Кац поднимается, всего три ступени: раз, два, три. Наклоняется, встаёт на колени. Лицо Митрофановой спокойно, даже красиво. Только уж очень белое оно, её лицо. И прижатая к груди рука тоже как мел. Зато застывшая на пальцах кровь, и тонкий ручеёк на досках веранды невозможно красны. Правая рука её лежит на полу ладонью вверх, такой усталый жест, пальцы бессильно разжались, револьвер выскользнул.

Кац касается губами её лба - холод как от камня! - что-то шепчет на ухо, ласково и тихо. Поднимается, помешкав, берёт револьвер и медленно идёт к частоколу. Стреляет один раз, другой. На третий раз боёк цокает в пустую гильзу.

Кац бредёт к озеру, бросает пистолет в воду, вяло, без замаха. Садится, поджав колени к подбородку. Смотрит на воду, на дальние сосны на том берегу, на сумрачную холодную чащу и фиолетовые хребты холмов на горизонте.

Она слышит неясный шёпот, но голос ей знаком:

- Жизнь? Что это – мерцание светлячка в ночи? Или дыханье оленя морозным утром? Или орла тень, что скользит по траве? Жизнь - что это? Кто её знает, Софа, кто её знает…

Кац поднимает голову. Из посветлевшего неба мягко начинает падать, кружить снег. Опускаясь на лицо, большие снежинки щекотно тают, в воздухе пахнет только что разрезанным арбузом и молодой хвоей.

Вирджиния 2009

БЕГ МУРАВЬЯ

1

Антонов терпеть не мог, когда его называли на французский манер Серж. Сержем звала его Лора – норовистая московская пигалица, чуть косящая левым глазом и удивительно похожая на певицу Мадонну. Она – Лора, не Мадонна, складывала яркие губы уточкой и с истомой грассировала: «О, Сэрррж! Сэрррж, мон ами»...

Поздней вся история с Лорой представлялась Антонову гадостью и глупостью. Хотя, если откровенно, было в этой истории кое-что ещё – зависть. Дело в том, что Антонов родился в невзрачном захолустье с пожарной каланчой на одном конце города и белёной известью часовней на другом. Железная дорога резала городок ровно пополам, а безусловным центром провинциального мироздания являлась станция.

Здание вокзала построил полтора века назад Джузеппе Монзано, ненароком застрявший в среднерусской глуши архитектор из Милана. Об этом оповещала едва различимая надпись на позеленевшей доске у входа. Ностальгия по бергамским закатам в сочетании с уездной тоской породили архитектурное чудовище. Темпераментный Джузеппе храбро смешал мавританский стиль с поздней немецкой готикой, щедро приправив это французским барокко. Здание красного кирпича двойной кладки получилось мощным, как крепость: в случае чего тут запросто можно было бы держать длительную осаду. Фортификационная надёжность не помешала итальянскому мастеру проявить и изрядную эстетическую изощрённость. Вдоль фронтона на уровне второго этажа из лепных алебастровых выкрутасов, хищных лилий и орхидей вылезали, траурные от паровозной сажи, крутобёдрые наяды и грудастые нимфы. В нишах стрельчатых окон прятались хмурые чугунные воины с дротиками и кривыми ножами, а в час ясного заката центральная башня вокзала вспыхивала кафедральным витражом, ослепительному разноцветью которого могла бы позавидовать роза Шартрского собора.

Вокзал, увы, оказался последним творением странствующего маэстро. Под конец строительства он сошёл с ума и вскоре удавился в местной больнице. Похоронили архитектора тут же, на Ржаном кладбище, что у белой часовни. На могиле невезучего итальянца до сих пор грустит кособокий ангел без крыла и с оббитым лицом.

Поезда на станции лишь притормаживали, стояли не дольше пяти минут. Сонные пассажиры выползали на перрон, курили. Поплёвывая под колёса, жмурились на солнце, пили жёлтый лимонад из бутылок. Дамы принюхивались к тёплому запаху мелких роз и паровозной гари, их красношеие мужья крякали и похохатывали, тыча пальцем в округлые прелести алебастровых нимф на фасаде.

Маленький Антонов страстно завидовал пассажирам. И тем – бледным и нервным, что направлялись на юг, и тем – прокопчённым и ленивым, что возвращались с юга на север. Рельсы соединяли два недоступно волшебных мира, одинаково манящих и таинственных: столицу на севере и тёплое море на юге.

Столичная жизнь воображалась Антонову диковинной каруселью, головокружительным праздником без конца и без начала, сверкающим парадом мускулистой молодости, нагло презирающей законы гравитации и силы трения. Успех и слава отменяли нелепость биологии, небрежно вводя бессмертие в разряд банальностей.

Манил Антонова и юг, яркий и знойный, с синими тенями колючих пальм на белоснежных стенах курортных отелей, таких розовых при восходе и оранжево-леденцовых по вечерам, томным вечерам, что сладострастным гитарным перебором незаметно ускользают в сиреневую ночь. Воображение рисовало замысловатые фонтаны, мраморные пологие лестницы, что сами влекут к бирюзовому морю, с уголками бледных парусов на безукоризненном горизонте.

Время шло, Антонов уже перестал играть в «ворона», уже не фехтовал на палках и не подкладывал на рельсы трёхдюймовые гвозди – колёса поездов плющили их в отличные миниатюрные мечи. Последнее, кстати, закончилось тем, что в самом начале сентября сосед Антонова, толстый и рыжий Сенька Лутц, зацепившись штаниной за шпальный костыль, замешкался и угодил под пятичасовой экспресс. Сеньку рассекло пополам, его мать, рыжая и белотелая (Антонов как-то случайно влетел в ванную комнату, когда та, распаренная, неспешно обтирала своё большое тело мохнатым полотенцем), на похоронах страшно выла, под конец рухнула в могилу, а после поминок вскрыла себе вены. Антонова ещё с год мучили тошнотворные кошмары громыхающего месива колёс с прыгающим рыжим мячиком в поддонной черноте.

Именно тогда Антонов поклялся во что бы то ни стало бежать из злосчастного, поросшего унылыми лопухами, захолустья, где ничего хорошего никогда и ни с кем не случалось, а любая радость была изначально чревата бедой и неизбежно вырождалась в пошлость и фарс, мордобой или поножовщину.

2

Антонову повезло – работы на ранчо оказалось не много, работа была лёгкая. До этого он дробил камни с Лупастым, звон стоял в голове даже во сне, а в прошлый четверг Лупастого тяпнула змея. Он убил её, пригвоздив киркой к земле. Змея оказалась полутораметровой гремучкой и умудрилась укусить Лупастого за икру.

Антонов растерялся, он пытался высосать яд, плюясь розовой горечью в пыльный щебень. Лупастый орал и матерился. Четыре красных точки казались чепухой, но по лицу подбежавшего охранника Антонов понял, что дело дрянь.

Лупастого не любили, его побаивались, охранники старались не задевать его, даже Фогель обращался к нему «мистер Мэллоу». В прошлой жизни мистер Мэллоу подавал надежды в полузащите техасских «Дьяволов», гонял на коллекционном «Спирите» и рекламировал спортивные тапки. Потом высянилось, что он маньяк и педофил: в уликах, показаниях и прочих подробностях несколько месяцев копалось следствие и пресса, после присяжные. Судья из Сан-Диего влепил ему сто тринадцать лет без права на апелляцию, словно двухметровый негр-здоровяк и вправду мог прожить так долго.

Оставшись без напарника, Антонов попал на ранчо. Рано утром тюремный автобус привозил его, вечером забирал. Весь день Антонов таскал воду на дальние грядки, наполняя два пятигалонных ведра из тупорылого крана, торчащего прямо из стены дома. Вода текла еле-еле, на каждое ведро уходило минуты полторы. Часов у Антонова не было, он следил за струйкой и считал, шевеля губами:

– Одна Миссисипи, две Миссисипи, три Миссисипи...

Выходило около ста двадцати Миссисипи на ведро. Потом пятьсот сорок шагов до дальнего конца поля, потом ещё шестьдесят. Вся жизнь превратилась в устный счёт, никогда

Антонов не считал так много, никогда цифры и числа не казались столь важными. Особенно вот это число – тысяча восемьсот сорок три, завтра станет на день меньше – тысяча восемьсот сорок два. Антонов верил, что именно счёт помог ему не свихнуться от здешнего однообразного бессмыслия. А иногда он подумывал, что именно в счёте и выражается его сумасшествие.

Вода текла кручёной тонкой струёй, холодная и чистая, Антонов опускал руку в ведро, после проводил мокрой ладонью по лицу. И считал:

... – семьдесят три Миссисипи, семьдесят четыре...

Если солнце ныряло за облако, то в узком, пыльном окне он мог разглядеть угол кровати, иногда под кроватью лежал башмак с жёлтой от глины подошвой, иногда свисала какая-то тряпка – рубаха или платье. На стене висела пёстрая картонная икона, такими торгуют на мексиканских ярмарках. Над Девой Марией висел дробовик. Антонов видел лишь приклад, но был уверен, что это именно дробовик, поскольку крестьяне меткостью не отличались, а из этой штуки промахнуться было почти невозможно.

Солнце выкатывалось и окно снова превращалось в зеркало: тёмный силуэт остриженной головы, за ним телеграфный столб с провисшими проводами, слепящее белое небо и рыжая сухая земля, над которой плавилась ртутью полоска знойного воздуха. Вдоль горизонта громоздились лиловые скалы – там уже была Мексика.

2

Антонов нагнулся, снял башмаки, высыпал пыль и песок. Жаркий, безветренный полдень висел над выгоревшей степью, в дальнем конце поля маячил хозяин ранчо, на ярком солнце его бритый затылок казался совсем смуглым и напоминал цветом копчёную камбалу. За четыре дня Антонов не услышал от него ни слова, даже, когда тот приносил обеденную миску бобов – Антонов благодарил, хозяин едва заметно кивал. Два раза колол дрова: оба раза хозяин подходил, жестом манил за собой. И когда Антонов махал тяжеленным колуном, ухал и зычно крякал, он видел, что хозяин его ничуть не боится. Это было даже немного обидно. Хозяин щурился от солнца, сунув жилистые, коричневые руки в карманы выбеленных штанов, наблюдал за работой, а после уходил.

Хозяина звали Киллгор, его ранчо именовалось «Вдовий Ручей». В округе находились ещё две фермы, которые тоже специализировались на жгучем перце, но более ядрёного хабанеро, по слухам, не выращивал никто. Антонов уже не сомневался в правоте этих слухов – в первый же день он сдуру надкусил маленький, столь безобидный на вид, зелёный стручок. Милях в пятнадцати на запад проходила железная дорога, по ней гнали контейнеры в Сьюдад-Хуарес. Иногда ночью Антонов слышал едва различимый перестук колёс, до него долетали унылые гудки локомотива, такие одинокие и тоскливые, что хотелось выть. Тогда он начинал считать, где-то на пятой сотне обычно засыпал.

Тот день начался, как обычно: во дворе их погрузили в автобус. Фогель экономил на всём – это был обычный списанный школьный автобус, лишь окна снаружи забраны решётками, да вдоль рядов припаяна стальная штанга, к которой пристёгивают наручники. Антонов сел, на спинке переднего сиденья неизвестный хулиган нацарапал, что «Нэнси – сука». Антонов, наблюдая за медленно раскрывающимися воротами, решил, что дело тут в неразделённой любви. Во дворе остались охранники, они закурили и начали зубоскалить. Четыре ротвейлера продолжали нести службу, синхронно поворачивая морды вслед автобусу.

Антонов провёл пальцем по имени Нэнси, подумав, что сейчас эта Нэнси уже взрослая – по-американски сочная и грудастая тётка и, что сам он последний раз был с женщиной семнадцать месяцев назад, за день до ареста. Когда тебе только стукнуло сорок, эти семнадцать месяцев кажутся гораздо длиннее, чем полтора года. Он подумал, каково было Лупастому с его наклонностями влезать в этот автобус, сидеть на этих драных сиденьях, по клеёнке которых когда-то егозили попки шустрых школьниц – похоже на хитроумную пытку. Лупастого похоронили во вторник, перед ужином – зарыли за стеной на тюремном кладбище. Хорёк рассказывал, что труп просто сунули в пластиковый мешок для мусора и обмотали изолентой чтоб не скользил. Странно, что у бывшей знаменитости не нашлось ни родни, не друзей, пожелавших забрать и похоронить его по-человечески. При таком обилии церквей на квадратную милю, идея всепрощения в Америке выглядела спорно, как нигде. Пожалуй, сам Иисус, окажись он на воскресной службе в каком-нибудь арканзасском приходе, вряд ли догадался, что тут проповедуют его учение.

Автобус поднялся на холм и резво покатил вниз. Шоссе, широкое и гладкое, чёрной лоснящейся полосой убегало за горизонт. Сзади осталась тюрьма, игрушечные ажурные вышки, круглый бок центральной башни прямо на глазах окрасился невинной розовостью. На востоке уже показался персиковый край солнца и по небу пробежала дымчатая рябь. Начинался день номер четыреста пятьдесят три, знойный, безветренный, бессмысленный.

После полудня жара стала невыносимой, казалось, что в воздухе не осталось кислорода и дышать приходится горячей рыжей пылью. Она скрипела на зубах, мешаясь с потом, щипала глаза. Антонов их тёр и от этого становилось только хуже. Он сухо сплюнул, перевернул ведро, сел. Комбинезон прилип к телу, Антонов чувствовал, как пот щекотными струйками стекает по икрам в ботинки. Хозяина видно не было, его ядовито-зелёный трактор стоял у мёртвого дуба на холме. Дерево, словно разрубленное циклопическим колуном, было расщеплено вдоль ствола, часть кроны обгорело и сучья топорщились чёрными обрубками. За дубом, вдоль горизонта тянулась серая полоса, небо от пекла полиняло и стало белым, как разведённое молоко. По верхнему краю серой полосы пробежала ртутная змейка и оттуда донёсся едва различимый утробный рокот. Полоса темнела и росла, растекаясь по горизонту и медленно наливаясь чернильной мутью. В фиолетовом мареве что-то клубилось, набухало и вспыхивало, рокот приблизился, стал громче, казалось, что терзают гигантский контрабас.

Солнце потухло, оно проглядывалось плоским жёлтым блином сквозь пыль, которая стеной приближалась к ранчо. Равнина окрасилась болезненно-жёлтым тоскливым светом, горы стали едко-лимонными. Тут же налетел шквал ветра и пыли. Антонов согнулся, закрыв лицо руками. За первой волной, сухой и жаркой, ударила вторая, холодная и свежая. Запахло дождём.

Ливень обрушился водопадом, хлестал по плечам, больно бил в лицо, Антонов подумал, что в таком дожде запросто можно захлебнуться. Он зачем-то схватил вёдра и, неуклюже скользя по жидкой оранжевой земле, побежал к дому.

Дверь была распахнута настежь, в чёрном проёме, по-хозяйски уперев локти в косяки, высился Киллгор. Он смотрел на дождь, смотрел внимательно, даже придирчиво, словно имел непосредственное отношение к организации этого мероприятия. Антонов, добежав до крыльца, остановился и опустил вёдра. Капли весело забарабанили, быстро наполняя их водой. Антонов взялся за поручень и хотел шагнуть под навес, но увидев взгляд хозяина, передумал. Отступив назад, он оказался под самым стоком с крыши. В этот момент полыхнула молния и сразу же с оглушительным треском ударил гром, от неожиданности Антонов поскользнулся и упал.

— Его ж гроза убьёт! Пусти его!

Он услышал сзади женский, почти детский голос, поворачиваясь, подумал, что убить может молния, а не гроза. За спиной Киллгора мелькнуло лицо, русые волосы, хозяин рявкнул: «На всё Божья воля!» и с грохотом захлопнул дверь.

3

Антонов повернул вентиль и из крана выползла змея. Она бесшумно упала в ведро и свернулась на дне блестящими кольцами, словно мокрый шланг. Это была точно такая же гремучка, как и та, что тяпнула Лупастого. Антонов заглянул в окно, хозяин спал, свесив из-под стёганого одеяла ногу в кавалерийском сапоге. Сапог сиял, будто облитый чёрным лаком, шип стальной шпоры воткнулся в пол.

«Лошадей-то нет, странно...» – подумал, поворачиваясь, Антонов. Что-то красное промелькнуло и исчезло за углом амбара. Антонов, тихо ступая, приблизился к дощатой стене, осторожно выглянул. На дальнем конце поля, раскинув руки, стояла дочь фермера в красном платье. Она беззвучно смеялась и, поманив Антонова, быстро пошла к сухому дубу.

Антонов пригнулся и, как в детстве, когда играл в индейцев за Ржаным кладбищем, неслышным скорым шагом помчался за ней. Она повернулась, улыбнулась и тоже побежала.

Она бежала очень быстро, белые пятки так и мелькали, красная ткань обтягивала бёдра и ягодицы. Бегунья поравнялась с мёртвым дубом, замерла на миг и скрылась за холмом. Антонов припустил, от бега стало радостно, он ощущал, как ноги несутся сами, едва касаясь земли. На холме он замешкался, открывшийся вид поразил его: выжженной степи не было – до самого горизонта тянулись клеверные поля, слева мутно белели вишнёвые сады, из-за которых выглядывали игрушечные крыши какой-то деревни. Отара овец рассыпалась по склону белыми бусинками, дальше высились загадочные очертания лиловых скал, а за ними синел бесконечный океан.

«Ну и красотища!» – не веря глазам, прошептал Антонов. – «Океан, надо же!»

Красное платье уже мелькало далеко внизу. Антонов глубоко вдохнул и радостно помчал вниз под уклон. Мягкий клевер холодил ноги, он не помнил, когда снял башмаки. На ходу он сбросил комбинезон и увидел, что бегунья тоже, не останавливаясь, скинула платье.

Сердце его отчаянно колотилось, предвкушение наполнило упругостью тело, мышцы ног сладко ныли, казалось, что он несётся, не касаясь земли. Расстояние сокращалось, он уже видел капельки пота на её плечах, мог уловить карамельный запах русых волос. Он знал, что она может бежать быстрее, но, маня его, нарочно замедляла бег.

Вдруг она остановилась, повернулась, развела руки в стороны. Он, с жадной грацией самца, обнял её, нашёл губы, горячие и мокрые. Она застонала. Он, чувствуя, что уже не в силах сдержать себя, прижался к ней, тоже застонал, проваливаясь в звенящую бездну. Звон становился громче и громче, под конец взорвался ослепительным солнцем. Антонов вскрикнул и открыл глаза. В клетке включили свет, по коридорам, захлёбываясь в собственном эхе, гремел звонок утренней побудки. В соседней камере зашёлся в кашле Хорёк, кто-то спросонья матерился, внизу злобно орала охрана. Начинался новый день, день номер тысяча восемьсот тридцать семь.

После завтрака, от которого у Антонова тут же началась неизбежная изжога, всех заключённых вытолкали во двор. Солнце пыталось пробиться сквозь марево, парило нещадно, после вчерашнего ливня жара была, как в русской бане.

– Хухим бежал, – кто-то сказал негромко сзади.

– Ну!

– Да взяли... – обречённо отозвался тот же голос.

Хухим, грязный, в рваном рыжем комбинезоне, лежал в центре

плаца. На нём был строгий ошейник – стальной обруч на шее, от которого шли цепи к браслетам на запястьях и лодыжках.

– Собаками... вот выродки, – прошептал кто-то за спиной.

– А ты не бегай, – ехидно вякнул Хорёк и тут же получил локтём под рёбра от соседа.

Ротвейлеры, натянув поводки, рычали и азартно переступали на мускулистых лапах, всем видом заверяя, что это была только разминка, они способны на большее.

Фогель только вернулся с утренней прогулки, не спешиваясь, он пустил Провокатора шагом вдоль строя. Без особого интереса поглядывая на заключённых, он что-то говорил лошади. Провокатор одобрительно кивал большой породистой головой. Поравнявшись с Хухимом, Фогель придержал поводья, вытянув шею, привстал в стременах, выискивая кого-то. Нашёл, подозвал жестом. Из строя вынырнул Лапочка и, отклячив бабий зад, подбежал, услужливо ухватил лошадь под уздцы.

Фогель ловко соскочил. Звякнули шпоры – Антонов хмыкнул, узнав лакированные кавалерийские сапоги. Фогель потянулся, сняв шляпу, вытер платком лоб. Что-то негромко сказал.

– Парит, говорю... – повторил он громче. – Какая грозища вчера, а?

Фогель аккуратно, словно боясь повредить голову, надел шляпу. Скомкал платок и, заложив руки за спину, на прямых ногах пошёл вдоль строя. Он напоминал худую чёрную цаплю.

– Меня очень расстроил Хухим, – Фогель сделал грустное лицо, – Очень. В такие минуты кажется, что все мои старания напрасны. Что вообще всё зря, – он промокнул лицо платком – Вот ведь парит...

Он, придерживая шляпу задрал голову, огляделся.

– С одной стороны, конечно, дождь нужен... А с другой – такая парилка, – он помолчал, – для вас ведь стараюсь. Я б мог ресторан купить. Или отель. На берегу моря. А? Вон, под Эрморсильо, там вообще всё копейки стоит. Лежи в себе в шезлонге, пиноколады попивай. Шампанское «Дом Периньон». Тут же туристки из разных стран. Шведки.

Фогель, плюнув в платок, нагнулся и аккуратно протёр острый нос сапога. Лак засиял, на носу загорелся зайчик.

– А тут вы – убийцы, грабители, насильники. Жулики.

Болтали, будто Фогель делает миллионы на своём тюремном бизнесе. Это было сомнительно: разумеется, какие-то деньги он получал из бюджета штата. Сдавал зэков в наём фермерам, но при конкуренции с мексиканцами-нелегалами вряд ли тут можно было говорить о серьёзном барыше.

Кроме тюрьмы, которую в округе называли «Биржей», он владел конюшней и спекулировал лошадьми. Тоже не ради денег – лошади были для души. Основной же доход приносила контрабанда. Имея лицензию на оружие для тюремной охраны, Фогель наладил выгодные связи и снабжал приграничные районы от Ногалеса до Лос-Мочис «Глоками» и «М-16», не брезговал и транспортировкой кокаина. Тюрьма оказалась отличной ширмой, выдрессированная охрана – маленькой, мобильной армией. Единственное, что отвлекало от дел – это зэки.

Фогель грустным взглядом обвёл строй, брезгливо покосился на Хухима, подмигнул Провокатору. Вынул мобильник, позвонил, что-то сказал. Из громкоговорителей, прикреплённых к столбам вышек, сперва тихо, после ширясь и разрастаясь полились ангельские голоса хора первой части «Страстей по Матфею». Фогель улыбнулся и посветлел лицом, он считал Баха величайшим композитором.

В автобусе Антонов сидел закрыв глаза. Сзади азартно обсуждали Хухимов побег, искали промахи.

– На мусорке надо винтить, – горячился Шакалыч, сетевой аферист и хакер, – мусорка – верняк!

– Ну да! Тебя как раз прямиком на сжигалку и доставят. Дымком из трубы на свободу!

– Главное время рассчитать, время! Если, к примеру, часа два форы...

«Хухиму припаяют пять лет за побег» – думал Антонов, – «Вот так, на пустом месте. А, с другой стороны, сидеть, как кролик в клетке и не рыпаться? Тут хоть какая-то видимость жизни – с собаками, опять же, ловят».

На ранчо он складывал дрова в поленницу у стены амбара, потом копал яму. Киллгор пару раз возвращался, хмуро глядел на красную глину, постояв, уходил, так и не сказав ни слова. Антонов рыл не спеша, изредка поглядывая на окна дома. Лишь под вечер ему показалось, что она промелькнула в темноте комнаты.

4

Следующий день снова начался с вёдер: сто двадцать Миссисипи на ведро. Потом пятьсот сорок шагов до дальнего конца поля, потом ещё шестьдесят. Антонов стоял у крана, когда она вышла на крыльцо с большой корзиной. Он растерялся, кивнул, у него сорвался голос, когда он произнёс «Привет»: из-за того сновидения он чувствовал к ней, незнакомой и чужой, странную близость, будто давно знал её. Одновременно, ему было неловко и стыдно, что он без согласия так вольно распорядился ей.

Она промолчала, даже не кивнула в ответ. На вид ей было не больше двадцати, Антонов теперь видел, что она младше, чем ему показалось тогда, во время грозы, скорее, девчонка, чем женщина: русые волосы, стянутые в пучок, серые, быстрые глаза. Угловато повернувшись, она поставила корзину на скамейку. Корзина доверху была наполнена стручками сушёного перца, похожего на рубиновые ёлочные фонарики.

– Халапиньо? – спросил Антонов.

– Хабанеро.

Голос оказался взрослым и чуть хрипловатым.

– У вас вода...

Вода лилась через край, вокруг ведра уже набежала лужа, постепенно подбираясь к ботинкам Антонова. Он упруго подхватил тяжёлое ведро, вода плеснула на штанину. Левой рукой он подставил пустое ведро под кран, струя бодро зазвенела о дно.

В клетке, как только выключили свет, он, закинув руки за голову, растянулся на узких нарах. Закрыл глаза, представил её лицо. Губы. Вздохнул: ничего хорошего из всего этого явно не могло выйти. Вспомнил Лору, её лица он представить не мог, мешала певица Мадонна. Он представил Мадонну, острогрудую, маленькую и жилистую, с капризными, слишком тёмными для блондинки, бровями. Получилось похоже – вылитая Лора. Добавил красный карамельный рот: «О, Сэрррж, мон ами!» Вот ведь гадость!

Лора Луцкер являлась женой, или, как она предпочитала себя называть «супругой», Глеба Луцкера, тогдашнего компаньона

Антонова.

«Нету размаха в тебе, – потягивая пиво и почёсывая красную, распаренную грудь добродушно сетовал Луцкер, развалясь на диване отдельного номера в Сандунах, – Провинциал ты, Сергунька, про-вин-ци-ал».

Что тут возразить – Антонов всего шесть месяцев назад попал в столицу, его красный диплом никого тут не впечатлил и он устроился в скучную контору без явных перспектив и с нелепой зарплатой, но вот пришёл август и грянул путч. Антонов очутился на баррикадах. Происходящее напомнило детскую игру, он азартно включился, их отрядом руководил Луцкер. В ночь на двадцать первое Антонов оказался внутри Белого дома, видел, как горели троллейбусы на кольце, как подходила бронетехника. Замолчало радио. Игру это уже не напоминало, но и страха не было – сейчас, лёжа на нарах калифорнийской тюрьмы, он уверенно мог сказать, что те дни стали лучшими днями его жизни. Никогда, ни до, ни после Антонов не испытывал такого восторженного подъёма, чувства огромного и необъяснимого и очень похожего на счастье.

Он стоял рядом с танком, когда Ельцин говорил, стоял так близко, что мог дотянуться до его штанины, видел, как отчего-то плакал солдат-танкист, в шлемофон ему кто-то воткнул гвоздику, а на пупырчатой броне алой помадой было написано «свобода!».

«Парень! Такой шанс раз в жизни бывает – тут, главное, клювом не щёлкать!» – утверждал Глеб Луцкер, баллотируясь в депутаты, – «Мы с тобой, Сергунька, так поднимемся, что правнукам хватит. Нам с тобой ещё и дворянские титулы пожалуют с лентой через плечо, вот увидишь! Князь Луцкер и барон Антонов, зуб даю!»

Под офис князь ухватил особняк на Обуха, депутатство оказалось повыгодней дворянства – беспошлинная лицензия на ввоз спирта «Роял» и водки «Распутин» за год принесла сказочную прибыль. На Луцкера покушались, невероятное везение помогло ему вывернуться и отделаться лишь царапинами и изуродованным «Гранд-Чероки». Заказал убийство хороший знакомый Луцкера президент «Интер-Колосса» Владимир Нестеренко. Владимира нашли, привезли на дачу. Глеб в подвале сам забил его до смерти.

«Вот ведь сука! – ругался Луцкер. – Сапоги австрийские, новые испоганил, ведь хрен отмоешь!».

Ни тогда, ни теперь Антонов не мог взять в толк, зачем он связался с Лорой. Доказать себе, что он не хуже Луцкера? Пожалуй. Единственно логичное, но не очень утешительное объяснение.

«Ты себе вообразил, что трахнув её, ты меня опустил, да? – в трубке голос Луцкера звучал насмешливо. – Вон какой я ловкий пострел, гляди, жену шефа поимел. – Луцкер захихикал, – Ошибочка вышла, однако. Ты мне, Сергунька, не конкурент. И я б тебя простил, если б ты её драл по-тихому, культурно, как интеллигентный человек. – Луцкер грустно вздохнул, – Так ведь нет, тебе непременно по кабакам, по казино нужно шастать, чтоб вся Москва видела. И получается, что Сергунька наш – герой-любовник, а господин Луцкер хоть и олигарх, а козёл-рогоносец. Вот какая петрушка. Посему, в целях, так сказать, пиара и укрепления личного имиджа мне придётся, друг ты мой ситный, тебя наказать. Счета я твои уже заблокировал, – тут голос его посерьёзнел и он произнёс угрожающе и с расстановкой. – Короче, если ты, шкура, в двадцать четыре часа не исчезнешь...

Антонов не стал дослушивать и нажал отбой. Вечером он летел в Амстердам.

5

– На какой запад, тетеря? – возмущённым шёпотом возразил кому-то Шакалыч. – На юг! Если отрываться в одиночку – тут семь миль до железки, а там на товарняке через час ты уже в Мексике.

Лупастый тоже уверял, что железка это верняк. На границе порожняк не смотрят, американцам наплевать на весь выходящий из страны транспорт. А мексиканцам, тем вообще всё до звонка. Ну, кроме, текилы, разумеется.

Автобус притормозил, Антонова качнуло вперёд, Шакалыч тихо выматерился:

– Мать твою! Людей везёшь, крестьянская морда!

– А ну молчать, гниды! – заорал охранник, треснув дубинкой по железной стойке. – Ант, на выход!

Антонов, гремя цепью, поплёлся к выходу.

– Ни в чём себе не отказывай, сынок! – охранник ухмыльнулся щербатым ртом, отстегнул наручник и подтолкнул Антонова к дверям.

Он увидел её только под вечер. Сначала мельком, на крыльце. Она, наклонясь, что-то там делала, ему с дальнего конца поля было не разобрать. Он ещё подумал, что их крыльцо больше похоже на плот с навесом, чем на крыльцо.

К вечеру жара спала, по небу плыло одинокое пухлое облако, с розоватым боком. Антонов подставил второе ведро под кран.

– Как утка, да?

Волосы её были расчёсаны на пробор, на шее блестело ожерелье из фальшивого жемчуга. Она тёрла босую пятку об икру другой ноги и глядела вверх. Антонов поднял голову –

облако больше напоминало толстушку в кресле, он он кивнул и согласился:

– Утка. Да. Похоже.

– А другие, которые камни для дороги дробят, те в цепях.

– Мне доверяют, – он улыбнулся, – заключённый, которому можно доверять.

Она недоверчиво прищурилась:

– У нас ружьё. И я умею стрелять.

– Разумеется. Когда живёшь в такой дыре, да ещё рядом с тюрягой... – Антонов тут же пожалел о сказанном, но она, судя по всему, не обиделась.

– Я дальше Ногалеса не ездила. Даже океана не видела. Только по телевизору, Евангельский канал... Но у нас сигнал плохой, – она грустно кивнула в сторону допотопной тарелки, криво прибитой к водостоку на крыше.

Антонов молча кивнул. Его так и подмывало крикнуть этой девчонке, что там – целый мир: Нью-Йорк, Сан-Франциско, Европа, Флоренция, Париж, Елисейские Поля; что будь он на её месте, он бы прямо сейчас рванул из этого перечного захолустья, рванул, не оглядываясь и не сожалея. Будь он на её месте.

– А за что в тюрьму попал?

– Паспорт просрочил, с документами недоразумение, словом.

Антонов решил не уточнять, что на таможне помимо фальшивого паспорта у него изъяли незарегистрированный «Магнум» и две коробки патронов. Облако вытянулось и из толстушки-уточки превратилось в алую пирогу.

– Долго ещё сидеть?

– Тысяча восемьсот двадцать девять дней.

Она задумалась, считая про себя и по-детски шевеля губами.

– Тебя как звать? – спросил Антонов.

– Люси. Люси Киллгор.

Он ждал, что она спросит его имя. Она не спросила.

– А я – Антонов, можно, Ант.

Она засмеялась:

– Ант! Это ж муравей. Вот так имя! Ты откуда, из Канады?

Антонов тоже засмеялся:

– Почти.

Люси вздрогнула, мотнула волосами, неожиданно резко повернулась, и, стуча пятками, быстро взбежала на крыльцо. Суетливо подхватив корзину, она вошла в дом, ржавая пружина с треском захлопнула за ней дверь. Антонов потянул носом воздух – от её волос действительно пахло карамелью, он ловко поднял полные вёдра. На холме у сухого дуба стоял трактор, на подножке, свесив тёмные руки, сидел Киллгор.

6

Ночью, вспоминая разговор с Люси, Антонов не мог заснуть, ночью до него вдруг дошло: кто он такой чтобы учить жить кого бы то не было? Даже эту сопливую девчонку, которая вдвое моложе его. Ему стало стыдно, он тихо выругался. Чего он добился в свои сорок, чему научился, что умеет? Свободно изъяснятся на трёх языках? Отличать калифорнийское «мерло» от французского «медока» и дробить дорожные камни молотком до звона в ушах? Единственное, в чём он преуспел – это бег. Мастерски научился бежать без оглядки, лететь на всех парусах, мчаться во весь опор. Непонятным образом жизнь превратилась в непрерывное перемещение по карте, сначала местного масштаба, после общесоюзного, а под конец дело дошло до глобуса. Муравей, ползущий по глобусу. Без смысла, без цели. От перемены географических координат сумма души не меняется. Равна нулю. Антонов накрыл голову подушкой. От неё воняло тиной, она была тяжёлой и казалась набитой сырым речным песком.

До него донёсся едва слышный гудок локомотива, после он разобрал перестук колёс, скорее угадал, чем услышал, бодрый, чёткий ритм, похожий на бой здорового сердца бегуна. Через час этот поезд пересечёт границу, через полтора железная дорога отклонится на запад и поезд покатит над светлеющим от утренних лучей океаном. Антонов сжал кулаки и начал считать, пытаясь заснуть.

Прошло два дня, прежде, чем он увидел Люси снова.

– А ты не думал убежать?

Она спросила об этом просто, словно о чём-то совсем обыденном. Антонов представил клетки, вышки, садистов-охранников, чокнутого Фогеля на вороном Провокаторе, трёхметровую стену с колючкой по верху, слюнявые пасти ротвейлеров.

– Конечно, – беззаботно ответил он. – А ты?

Она посмотрела ему в глаза со странным выражением: что-то похожее на смесь грусти и удивления. На шее у неё были те же копеечные бусы, фальшивая золотая застёжка съехала набок, у

Антонова появилось непреодолимое желание поправить. Он заметил на виске белый короткий шрам. Она, поймав его взгляд, поправила прядь и быстро спросила:

– А кто-нибудь пытался?

– Да, две недели назад. Собаки взяли след, через час парнишку поймали. Встречали с пирогами и пышками.

– А у тебя есть план? – она, сделав ударение на «у тебя», спросила так серьёзно, что Антонов растерялся и ответил просто:

– Да.

И, протянув руку, всё-таки поправил бусы. Она вздрогнула, но не отпрянула, а подалась к нему, чуть приоткрыв мокрые, детские губы.

«Этого делать нельзя ни в коем случае» услышал Антонов голос у себя в голове, но Люси уже, глубоко задышав, прижалась к нему. Она всхлипнула, обмякла, ему показалось, что она теряет сознание, он ещё крепче сжал её. Платье, ветхое, застиранное, оказалось тонким, как марля. Его огрубевшие руки цеплялись мозолями за ткань. От волос пахло карамелью, за холмом нудно тарахтел трактор, Антонов подумал «Будь что будет» и, закрыв глаза, больше уже не думал ни о чём.

Пекло стояло адское. Антонов сел на сухую глину, у него мелко дрожали колени. Люси, прислонясь спиной к стене дома, сложила ладонь лодочкой, набрала воды из крана, умыла лицо. Тяжело дыша, она глядела на Антонова. Ему страшно хотелось курить, он откашлялся, словно у него першило в горле и с шутливой беспечностью спросил:

– Ну что? Видать, теперь придётся на тебе жениться, Люси? – он ощутил, что ему приятно произносить её имя. – Буду просить руки у твоего папаши. А то он ещё меня пристрелит сгоряча, пожалуй, – как это у вас, у фермеров, тут заведено.

Шутка не удалась – Люси яростно посмотрела на него и быстро пошла к крыльцу. Антонов вскочил, догнал её, хотел что-то сказать, извиниться, но она перебила его и приблизив лицо, зло сказала:

– Мой отец умер. Этот... – она мотнула головой в сторону холма, – этот – мой муж.

7

День клонился к вечеру, Люси перебирала фасоль на кухне. Из камина горько тянуло сырой сажей. Не подходя к окну, она видела как тюремный автобус забрал Антонова, развернулся и покатил в сторону «Биржи». Сзади, на жёлтой жести, проглядывала плохо замазанная надпись «School Bus».

Она, комкая полотенце, опустилась на табуретку, долго разглядывала копоть на пустой стене, а потом разревелась. Она всхлипывала, качалась взад и вперёд, кусая полотенце. Повторяла без конца:

– Бедная Люси, бедная Люси Синклер!

Люси Синклер исполнилось восемь, когда её отца убило молнией. Стоял жаркий август, он работал в поле, а гроза налетела так быстро, что он не успел даже добежать до фермы. Через два года мать вышла замуж: хозяйство без мужика разваливалось, а тут как раз подвернулся Карлос.

В двенадцать лет Люси упросила мать отправить её к иезуитам. Монастырь и школа находились всего в сорока милях от фермы. Люси уверяла, что хочет учиться, она не сказала матери, что когда та лежала с переломом ноги в Сан-Лоредо, отчим дважды изнасиловал её.

У иезуитов ей жилось спокойно, за четыре года монахини толком не научили Люси ничему, кроме дюжины молитв и умению печь яблочный пирог с корицей. Она с удовольствием копалась в монастырском огороде, выращивая базилик, пармскую петрушку и сочные хрустящие огурцы. Жёлтые огуречные цветы она трогала губами и шёпотом называла их «ангелочками»,

В конце августа в монастыре появилась мать. С ней приехал сосед, хозяин «Вдовьего Ручья» по фамилии Киллгор. Он так и представился «Киллгор» и протянул Люси коричневую, жилистую руку. За оградой трещали цикады, солнце, похожее на румяный блин, жарко растекалось по горизонту. Ласточки беззаботно носились над головой, весело перекликаясь, будто уверяя, что всё теперь будет хорошо.

К сожалению, предсказания ласточек не сбылись. В первую брачную ночь муж избил её в кровь, узнав, каким образом Люси лишилась девственности. Он был уверен, что это она соблазнила отчима. Через четыре месяца у неё случился выкидыш, муж усмотрел в этом божью кару. Полностью разделяя справедливый гнев, он решил добавить и от себя – Киллгор так саданул ей, что у Люси на всю жизнь остался шрам на виске.

У Киллгора, протестанта по рождению, к тому времени уже сложились особые отношения с Господом: иногда Он беседовал с Киллгором, иногда давал советы во сне. Даже работая в поле на тарахтящем тракторе или перебирая стручки, что сушились на брезентовых полотнах, Киллгор всегда ощущал Его строгий и внимательный взгляд.

Церковь в Сан-Лоредо, с приходом отца Джекоба – круглого и добродушного мессионера (по слухам, он почти десять лет провёл среди каких-то дикарей в дельте Амазонки), впала в либерализм, среди паствы появились мексиканские голодранцы и преподобный отец не нашёл ничего лучше, чем вести часть проповеди на испанском. Киллгор дважды говорил с пастором, тот лишь улыбался и отвечал, разводя розовыми ладошками: «Иисус любит всех, мы все его дети».

Киллгор помолился, плюнул и начал ездить к Евангелистам в Грин-Тинос. Тамошний пастор, мрачный и седобровый старик, с трубным голосом пророка, ему понравился, он много цитировал из Ветхого Завета и Откровения, убедительно говорил про конец света и Страшный Суд. У Киллгора мурашки по спине бежали при словах про Шестую печать: «И придёт день гнева – содрогнётся земля и падут звёзды с небес, а небеса станут, как свиток, а луна как кровь, а солнце как влясяница». Да Киллгор и сам видел знаки Второго Пришествия – и Блудницу Вавилонскую, и зверя, вышедшего из Японского моря и угробившего реактор, и двухголового жеребёнка с соседской фермы. А когда прошлой зимой грозный голос во сне повелел: «Киллгор! Иди и смотри!», он, как наяву узрел то, о чём писал святой Иоанн Богослов: вспыхнула земля и встало пламя до небес, а из пламени вышел конь, и был тот конь бледен. А на коне том сидел всадник и имя всадника тому – смерть.

Сон произвёл сильное впечатление на Киллгора, двое суток он не выходил из дому, не ел, не спал, лишь читал Святую Книгу и молился.

8

Второй раз за неделю транслировали токкату и фугу ре-минор (музыку выбирал сам Фогель, сам же и анонсировал красивым, спокойным баритоном), ему явно нравилась именно эта вещь. Музыкальные двадцатиминутки устраивались перед самым отбоем и должны были настроить зэков на возвышенно-духовный лад. Койку откидывать ещё было рано, охранники, не подверженные умиротворяющему воздействию Баха, могли запросто накостылять по рёбрам, поэтому Антонов сидел на припаянной к полу табуретке и пересчитывал заклёпки в ржавом полу. Камера была не больше туалета в поезде дальнего следования, даже стальной унитаз напоминал вагонный. Торцовая стена из железных прутьев, в ней – узкая решётчатая дверь. Антонов знал точную длину камеры – сто восемьдесят сантиметров: когда он ложился на койку, уперев пятки в решётку, его макушка доставала как раз до противоположной стены. Это при условии, что его рост не изменился. Боковые стены – железные листы, когда-то покрашенные серой корабельной краской, кое-где облупившейся и от пола до потолка исцарапанной надписями и рисунками. Антонову так и не удалось оставить здесь свой автограф, когда он попал в камеру на стене уже не осталось живого места.

Фуга уже перешла в коду, повторяя в плавном адажио назойливую тему токкаты. Звуки стали тягучими, словно музыка к финалу выбилась из сил и устала. За решёткой, тихо ступая по железному полу, неспешно проплыл охранник. Эхо последнего аккорда умерло, Антонов откинул койку и тут же погас свет.

«Надо спокойно во всём разобраться» – эту фразу Антонов повторял уже с полчаса, дальше дело, однако, не шло. Он зажмурился, закрыл лицо ладонями, пытаясь собраться с мыслями. От рук пахло Люси. Антонов тихо застонал и перед глазами снова закрутилась карусель прошедшего дня: её приоткрытый рот, белый шрам у самых волос, запах карамели, стук трактора, не отец, а муж. «А что завтра? Как себя вести? Сделать вид, что ничего не случилось? Нет, это глупо. Надо поговорить... И что сказать?»

Кто-то вскрикнул во сне и невнятной скороговоркой что-то забормотал.

«Надо спокойно разобраться. И поговорить»...

Говорить не пришлось – ни на следующий день, ни в субботу Антонов её так и не увидел. В понедельник он снова таскал вёдра и поливал, а после обеда собирал созревшие стручки в большую корзину. От жгучего зелёного сока першило в горле и текли слёзы, к вечеру окружающий мир расплылся окончательно и до автобуса Антонов добирался почти на ощупь.

Он испытал даже какое-то злорадное удовольствие от этих мелких мук, словно искупал грех и приводил в равновесие свою блудливую душу. Дослушав трио-сонату анданте ре-минор, Антонов растянулся на койке и сразу заснул. Спал он крепко и без сновидений, по крайней мере, утром он ничего припомнить не мог, а днём, когда Антонов гремел вёдрами у крана, Люси подошла к нему и сказала, что поможет ему бежать, если он возьмёт её с собой.

У неё были серые глаза, лицо её побледнело, лишь на острых скулах проступал румянец. От этих глаз Антонову стало не по себе – так обычно дети глядят на взрослых, раскусив их ханжество и враньё, и давая им последний шанс. Он опустил взгляд, вода в ведре мерно покачивалась и вспыхивала серебряным зайчиком, словно подмигивая. Он посмотрел на кирпичную стену, тупорылый латунный кран с застывшей на носу каплей, мятый водосток на крыше. Дальше белело знойное небо без единого облака. Ещё один душный, бессмысленный день. Стало тоскливо, у Антонова заныло под ложечкой, как бывало перед тюремной дракой, он понял, что, сказав «да», он возьмёт всю ответственность за эту девчонку на себя. Он заставил себя посмотреть ей в глаза и тихо произнёс:

– Да.

На ужин были скользкие спагетти в соусе ржавого цвета. Сразу после ужина дьявол взялся за Антонова всерьёз. Устроившись на левом плече, бес принялся нашёптывать ему в ухо, по традиции напирая на здравый смысл и личную выгоду. Антонов честно сопротивлялся, но аргументы нечистого отличались убедительностью, пришлось согласиться с некоторыми доводами.

«Безусловно, Люси неоценима: прежде всего – одежда, бежать в рыжем тюремном комбинезоне было просто смешно. Потом, транспорт – пусть проверит свой «плимут», бензина чтоб полный бак, масло дольёт, если нужно. Не хватает заглохнуть где-нибудь на трассе. Третье – её документы и кредитки. Но это будет плюсом лишь до тех пор, пока её не объявят в розыск. Главное, успеть доехать до Сан-Диего, там у меня деньги, люди. Главное – попасть в Сан-Диего».

В Сан-Диего задерживаться он не собирался. Антонов и раньше понимал, что жить а Калифорнии с фальшивыми документами рискованно, малейший прокол мог стать роковым. Поэтому основные капиталы он уже перевёл в «Банко дель Мехико», туда же собирался отправиться и сам. Антонов уже приглядел и место: черепичная крыша, по-украински белёные мелом стены, увитые диким виноградом, с террасы закат, как в кино. Но главное – тамошняя полиция гораздо лояльней калифорнийской, да и кому придёт в голову подозревать состоятельного гринго в том, что у него липовый паспорт?

«Да, Люси неоценима. Но лишь до Сан-Диего. А что он будет делать с ней потом? С деревенской девчонкой, которую он толком-то и не знает? Испугавшись или передумав, она запросто сдаст его полиции. Антонов вспомнил серые глаза, диковатый взгляд. Ведь сдаст?»

Вспомнил, как его грубые ладони цеплялись за ткань платья, он боялся, что исцарапает ей кожу своими мозолями. Вспомнил, как она прижалась, обмякла, став сразу меньше и легче, а мир вокруг утратил краски и сложился, подобно детской картонной книжке. Потерянный рай показался не такой уж высокой ценой.

Антонов прижался лбом к железной стене. Стена была ледяной и мокрой, словно вспотела. Ему стало невыносимо тоскливо и одиноко, дьявол сделал всё, что мог и удалился.

9

Штаны были чуть длинноваты, Антонов подвернул их. Натянул тюремные башмаки, дрожащими пальцами завязал шнурки. Ботинки Киллгора оказались велики размера на два, Антонов сунул их в пустое ведро. Сверху, зло скомкав, затолкал рыжую робу.

Люси, с серьёзным лицом, наблюдала за переодеванием, наблюдала молча, держа в руке маленький розовый чемодан, такой детский и кукольный, что у Антонова, когда он его увидел, комок подступил к горлу. Он был почти уверен, что внутри лежит зубная щётка, кругляш лавандового мыла, который ей когда-то подарили на Рождество, ночная рубашка пастельных тонов, мохнатые шлёпанцы, плюшевый мишка без одного глаза и с надорванным ухом.

Антонов запутался в рукавах рубахи, пришлось снять, вывернуть и надеть снова. От её взгляда ему стало неловко, неловко за тюремное бельё – серую майку и застиранные до дыр трусы (такие в детстве дразнили «семейными»), за свои бледные худые ноги, за дурацкую татуировку, которую он сделал по пьяни в Амстердаме.

Киллгор сразу после обеда укатил в Сан-Лоредо, Антонов помогал ему грузить пустые ящики. Уже закончив, хозяин спрыгнул с кузова, хмуро подёргал крепёжные ремни, буркнул:

– К пяти вернусь, будешь тару разгружать.

У рубашки в крупную болотную клетку пришлось закатать рукава. Антонов застегнул верхнюю пуговицу, потом снова расстегнул, энергично потёр ладони и, глядя мимо Люси, сказал с бодрой серьёзностью:

– Ну, так! – он негромко хлопнул в ладоши. – По коням!

Люси кивнула, подошла к нему и молча поцеловала в щёку.
Потом взяла его руку в свою и, помахивая игрушечным
чемоданчиком, повела к «плимуту», стоящему у амбара.
Антонов хмыкнул, он намеревался спросить ещё раз насчёт
бензина, карт, документов, но вдруг понял, что Люси продумала
все детали до мелочей, что ему сейчас лучше заткнуться,
поскольку она тут главная. Он вспомнил, как всю неделю,
каждую ночь, он изобретал хитроумные способы бегства от
Люси в Сан-Диего. Как он оставит её в кафе, выйдя, якобы,
позвонить. Или на автобусной станции пойдёт за билетами. Ещё
был вариант заманить в кино и бросить там.

Антонов придержал её за руку, она остановилась,
вопросительно глядя на него. Он наклонился и поцеловал её в
губы.

Держась за руки, они подошли к «плимуту», по правому крылу
шла длинная царапина, старая и проржавевшая, наверное,
когда-то давно Люси зацепила при выезде ворота. Краска,
некогда синяя, выгорела и была одного цвета с местным, белым
от зноя, небом, Антонов поднял глаза – солнце в зените и ни
облачка. Вдруг Люси вскрикнула, её рука судорожно дёрнулась,
словно она пыталась вырваться.

Из темноты амбара, неспешно, как и полагается в добротном
кошмаре, вышел Киллгор. Он, щурясь от солнца, остановился в
дверном проёме. Дробовик он держал небрежно, одной рукой,
прижав приклад локтём к телу. Антонов завороженно глядел на
ствол, вороненая сталь отливала тёмно-синим. Киллгор сделал
шаг, Антонов ощутил ладонью, как рука Люси стала холодной и
задрожала. Он завороженно смотрел в чёрную дыру, Киллгор
поднял ружьё, взяв левой рукой за цевьё – рука была одного
цвета с деревом приклада, но не лаково-гладкой, а
морщинистой и корявой, как сук.

— Отойди от неё, — произнёс он сипло, будто со сна, указав ружьём.

Антонов разжал руку, сделал шаг в сторону, потом ещё один. Ноги казались тряпичными и не слушались. Он не мог разглядеть глаз фермера, тот продолжал щуриться, со своей обычной гримасой брезгливой досады, но в этот момент Антонов понял, что сейчас будет убит и, что нет такой силы на свете, которая смогла бы помешать этому. Дуло таращилось ему в грудь, он уставился в эту дыру — ничего страшнее он в жизни не видел. Странная вещь случилась со временем: оно вдруг стало тягучим, как смола, превращая происходящее в нескончаемую пытку. Антонов зажмурился, Киллгор и его отвратительное ружьё отпечатались негативом в мозгу, а после растаяли в карусели красных и лимонных пятен.

Грохнул выстрел. Антонов не ощутил ничего. Потом едко запахло пороховым дымом, запахло кисло и противно. Антонов открыл глаза.

Люси лежала, удивлённо раскинув руки ладонями вверх. Одна нога была вытянута, другая согнута в колене. Платье задралось, бёдра у неё оказались совершенно не загорелыми и бледными по сравнению с золотистыми икрами.

Кукольный чемодан раскрылся, на сухой глине валялся розовый тапок и тюбик зубной пасты. Антонов знал, что туда не надо смотреть, но всё-таки поднял глаза — вместо лица было что-то багровое. Он хотел отвернуться, но против воли продолжал таращиться на это растекающееся красное пятно. Потянуло чем-то свежим и солёным.

— У тебя час. Через час я звоню в тюрягу, — хрипло сказал Киллгор.

Смысл слов не дошёл до Антонова, он услышал лишь звук, будто это был скрип телеги или плеск воды, он не понимал, как этот грубый крестьянин с ружьём просочился в его тягучее измерение. «Прореха» – догадался он, наконец сумев оторвать взгляд от красного. Посмотрел вверх и тихо повторил: «Прореха...» В ту же прореху влетели две юркие птицы и крича перечеркнули небо, в верхнем углу которого висела белая луна, похожая на едва различимый отпечаток на снегу. От мысли о снеге ему стало зябко, он громко икнул, его пробил озноб. Дрожжа, он повернулся к фермеру.

Киллгор крикнул: «Лови!» и неожиданно швырнул ружьё Антонову. Тот вздрогнув, отпрянул, инстинктивно выбросил вперёд руку и поймал дробовик. Киллгор, сунув кулаки в карманы комбинезона и словно потеряв интерес к происходящему, повернулся и зашагал в сторону шоссе. На бритом затылке, плоском и смуглом, ясно проступали продольные морщины, похожие на глубокие царапины. Антонов взвёл курок и прицелился в затылок. Боёк звонко цокнул в битый капсюль.

10

Стало тихо, лишь зной зудел на высокой прерывистой ноте. «Не зной, мухи» – догадался Антонов. Он опустил ружьё, подошёл к «плимуту», ключа в зажигании не было. Дверь, щёлкнув, открылась, он выгреб из бардачка ворох грязных бумаг, потрёпанную инструкцию к эксплуатации, смятый фантик от шоколадки. Ключа не было.

Он повернулся. Глядя на острую коленку, Антонов понял, что просто не сможет рыться в вещах Люси. Он обошёл машину, прислушался. Бросил дробовик на землю, потом, передумав, поднял его и начал рукавом быстро протирать приклад и цевьё.

Со стороны шоссе донёсся шум мотора, Антонов на слух узнал грузовик Киллгора. Движок частил с перебоями, фермер выжал газ, мотор заурчал, торопливо захлёбываясь. Звук становился слабее и тише, после растаял, оставив в воздухе тихое жужжанье мух.

– Час... – Антонов замер, оглядевшись, сунул дробовик под машину, снова увидел точащее колено и красное пятно, раскрытый чемодан, чёрный силуэт сухого дуба на холме. Над корявыми ветвями плавилось белёсое от жары небо. Стало душно, солнце уже доползло до зенита и палило вовсю.

Антонов нерешительно пошёл в сторону дуба, постепенно ускоряя шаг. Ноги были тяжёлыми, ватными, словно во сне. Он брёл поперёк грядок халапиньо, цепляясь ботинками за невысокие кусты и с хрустом давя спелые перцы. Огород кончился, он споткнулся, ударился коленом. Боль словно разбудила его. Он поднялся, быстро добежал до сухого дерева, остановился на холме, оглядываясь вокруг.

Склон холма, глинистый и рыжий, поросший сухим колючим кустарником, спускался в пологую равнину, серую и словно припорошенную пеплом. Там не росло ничего, кроме редких пучков седой, мёртвой травы, похожей на паклю. Кое-где торчали тёмные валуны, по форме напоминавшие сгорбленных монахов в капюшонах. На востоке в дрожащем мареве угадывались верхушки сторожевых вышек «Биржи», на западе вдоль горчичного горизонта тянулась пунктирная линия железной дороги с вертикальными чёрточками столбов.

Антонов вспомнил слюнявых ротвейлеров и, громко топая, понёсся вниз. Колючки цеплялись за штаны, в ботинки сразу набился песок и мелкие камни. Ноги бежали сами, пыля и взрывая рыжую корку глины. Склон кончился, Антонов по инерции пронёсся дальше, потом сбавил скорость и, размеренно работая локтями, взял курс на запад. Кровь горячо пульсировала в голове, он старался дышать глубоко и ритмично.

Пот щипал глаза, страшно хотелось пить. Уродливая, короткая тень, словно паясничая, прыгала и кривлялась под ногами. Железная дорога, как заколдованная, никак не хотела приближаться, оставаясь тонкой линией на кромке упрямо уползающего вдаль горизонта.

Из-под ног выпархивали мелкие птахи, вроде воробьёв, и, ругаясь и чирикая, кувырком уносились вверх. Меж пучков полыни испуганно шмыгали пыльные зверьки, а однажды Антонов в двух метрах от себя увидел толстую змею. Гадина, похожая на обрубок чёрного шланга, грелась на камне и лениво проводила бегуна поворотом плоской головы.

Потом появился поезд и Антонов понял, что железная дорога гораздо ближе, чем казалось. Товарняк, весело перестукивая колёсами, бежал на юг, в сторону границы. Поезд состоял из платформ с контейнерами, нескольких гофрированных серебристых рефрижераторов и пары двухъярусных вагонов с новыми автомобилями. Состав замыкал прокопчённый локомотив с логотипом в виде вздыбленного жеребца. Антонову почудилось, что он даже разглядел машиниста. О том, чтобы запрыгнуть в поезд на такой скорости не могло быть и речи.

Ближе к полотну на колючках стали попадаться клочки бумаги, которые издали он принял за цветы. Смолисто пахнуло тёплыми шпалами и нагретым металлом, Антонов моментально узнал запах из своего детства. Это было как удар под дых: между той русской железкой и этим калифорнийским полотном уместилась вся его жизнь, жизнь суетливая и бестолковая, но главное, совершенно бессмысленная. Он не мог вспомнить ничего – сорок лет жизни оказались картинкой из окна курьерского поезда: летящие пятна зелёного, убегающие деревья, стволы в солнечных бликах, стрелочники с размазанными лицами, неясный люд на переездах, тощие собаки, стремительные полустанки без названий, частокол гудящих столбов всех мастей.

Антонов взбежал на насыпь. Согнулся в изнеможении, уперев руки в колени. Сердце колотилось, он дышал, хватая ртом воздух, обширный инфаркт с летальным исходом показался ему сейчас таким заманчивым. Отдышавшись, он выпрямился и огляделся: по обе стороны полотна не было ничего. Ни деревьев, ни кустов. Не было даже камней, лишь высохшая глина горчичного цвета.

Он даже подумал: «Может самому лечь на рельсы?». У этого варианта были недостатки: если его заметят, то поезд остановится и его сдадут в полицию. Если его не заметят или заметят слишком поздно... Антонов сглотнул и, встав на колени, припал ухом к горячему рельсу. Сталь тихо пела, приближался следующий поезд.

11

Решение пришло внезапно, оно оказалось в меру безумным и на редкость простым. Антонов стянул через голову мокрую от пота рубаху, торопливо скомкав, завязал рукава узлом. Получился клетчатый ком, размером со средний арбуз. Он пристроил его к одному из рельсов, а сам, прыгая по шпалам, побежал дальше. Метрах в пятидесяти стояли две металлических опоры с перекладиной, к которой крепились высоковольтные провода. Антонов ловко, как по лестнице, забрался наверх, лёг на перекладину и пополз к середине. Остановился над рельсами южного направления; затея сверху выглядела не столь простой и уж точно гораздо безумней, нежели с земли. Он посмотрел на север, в перспективной точке схода рельсов появилась яркая звёздочка, локомотив шёл с включённым прожектором. Антонов распластался, прижимаясь к железу перекладины. Он прикидывал, как безопаснее прыгать: куда его потянет – вперёд или назад, когда он коснётся крыши вагона, прямо под ним противно зудел толстый металлический провод – в детстве они бегали смотреть на обугленный труп обходчика, который дотронулся до такого провода.

Локомотив приближался. Что-то заставило Антонова оглянуться. На западе, как раз откуда он пришёл, на холме возникли крошечные фигурки, он разглядел собак, за ними бежали люди. Потом появился конник.

Локомотив приближался, не сбавляя скорости. Состав был длинным, он приближался с грозным шуршащим звуком, словно надвигающийся ливень. От жары воздух плавился и лобастый электровоз менял очертания, как мираж. Звук нарастал, вдруг локомотив пронзительно загудел, от испуга Антонов вздрогнул и ещё сильнее прижался к перекладине. Поезд, гигантский и страшный, как дракон неумолимо нёсся навстречу Антонову, оглашая округу грохотом и лязгом. Стало ясно, что уловка не удалась, машинист просто не заметил скомканной рубахи на рельсах.

– Слишком быстро... – проворчал Антонов, подтягиваясь к краю и хватаясь обеими руками за продольную штангу перекладины. Ухнув, проскочил локомотив, понеслись блестящие крыши вагонов. Антонов перекинул тело и повис над поездом. Внизу всё мелькало, сливаясь в одну грохочущую ленту. Рассчитать прыжок было невозможно.

«Дохлый номер» – подумал Антонов и разжал руки.

Подошвы обожгло от удара, его кинуло назад и он покатился по крыше. Соскальзывая, упал на живот и, цепляясь ногтями, попытался удержаться. Ему удалось уцепиться за край. Он висел между вагонами, в узком гремящем пространстве. Башмаки скользили по жести облицовки, гладкой, как стекло. Антонов понял, что надо подтянуться на руках. Он понял, что на это уже нет сил.

Пальцы онемели, он знал – они сами отпустят край. Перед глазами поплыли красные и белые круги. Оставался ничтожный шанс, мизерная надежда, что он успеет удержаться на буфере, прежде, чем рухнет на полотно.

Антонов зажмурился, закричал и отпустил край. Всё тело пробила острая боль, жаркая и слепящая. От шока он на миг потерял сознание, но в последний момент успел ухватиться за какой-то шланг.

Шпалы мелькали, в лицо ударила горячая вонь смазки и гром
колёс. Страха больше не было, да и боль прошла, она сменилась
нервным, пьянящим восторгом. «Жив! Неужели жив!?» –
Антонов, не отпуская спасительного шланга, устроился на
буфере верхом, свесив ноги в сумрачное мельтешение шпал. Он
пребывал в каком-то праздничном оцепенении, как юбиляр,
ошарашенный неожиданным царским подарком. Шум и жара
уже не казались столь омерзительны. Антонов заметил, что
мёртвая горчичная степь сменилась песчаными склонами с
высокими пальмами, красивыми, будто с открыток из
курортных мест.

«Океан близко» – подумал он. И тут же меж холмов сверкнула
вода. Пропала и вынырнула снова, уже ближе. Замелькали
пятнистые стволы пальм, но вот кончились и они. Поезд бойко
выскочил на взгорье и Антонов обомлел: океан распахнулся от
края до края, сияя и переливаясь всеми оттенками голубого. У
горизонта голубой темнел и перетекал в синий – так незаметно
начиналось небо, по которому ползли, похожие на зефир,
облака.

Поезд сбавил ход, он бесшумно катился по кромке пустынного
пляжа.

Антонов ловким движением соскочил на землю и, легко
пробежав по инерции несколько шагов, остановился. Песок был
мелкий и мягкий, как пудра, и приятно грел пятки. Антонов
добежал до воды, в полосе прибоя песок потемнел и стал
плотным, на нем уже не оставалось следов. Тихая волна
напоминала сонное дыхание: прозрачным накатом, без пены,
ласково наползала на берег и так же неслышно уходила назад.
Антонов огляделся, дальше начинались пологие дюны, кое-где
поросшие зелёным камышом, за дюнами тянулся луг,
переходящий в сочное клеверное поле; там белела часовня с
игрушечной луковкой, к часовне примыкало кладбище,
заросшее осокой, из которой выглядывали верхушки крестов и

головы скорбных ангелов. Антонов узнал Ржаное кладбище и уже не удивился, разглядев за ним пожарную каланчу, а ещё дальше кирпичное здание вокзала с готической башней. Солнце садилось и круглый витраж в башне сиял не хуже розы Шартрского собора.

Из-за песчаных дюн раздались голоса, звон мяча, радостные возгласы. Антонов прислушался. Там, безусловно, творилось что-то весёлое и интересное. Кто-то знакомый крикнул:

– Серёга! Айда в ворона играть!

Антонов понял, что это зовут его, улыбнулся и, стряхнув ладонью с пяток мокрый песок, припустил во все лопатки в сторону дюн.

Калифорния 2011

ТОМОЧКА

Она вошла на пятом этаже, дверь за ней плавно сомкнулась и лифт снова полетел вверх. Я тогда ещё подумал: «Ну бывает же, просто копия!», но когда она повернулась в профиль и я увидел на тонкой шее шрам, тот самый – едва заметная бледная царапина с тремя короткими стежками, у меня моментально вспотели ладони и я даже перестал дышать на какое-то время. Дело в том, что последний раз я видел Томочку лет десять назад на Ордынском кладбище, когда мы хоронили её.

1

Тогда я оказался в Москве почти случайно, похоже, это вообще был мой последний приезд: дел там у меня не осталось – всё, что накопил я в той жизни было с большим или меньшим успехом давно распродано, застольные беседы всё больше состояли из липких пауз, друзья-приятели рассеянно и невпопад кивали, явно занеся меня в какой-то новый список, старые подруги внезапно и внешне стали соответствовать этому статусу, особенно удручала утренняя сигарета на кухне под кофе с жалобами на детей и «этого урода». Короче, пора было ставить точку, пока милая ностальгия окончательно не выродилась в полную гнусь.

И тут позвонил Туз, позвонил, как обычно, заполночь:

– Ты в Москве? Это удачно! В понедельник похороны. Томочка умерла.

От его хищного баритона сразу заныл затылок, Туз мне всегда напоминал актёра, играющего мексиканского разбойника на детском утреннике. Звуки, издаваемые им состояли из зычных хрипов и хряков, от него (даже через телефон) воняло конским потом, дымом костров и жжёным порохом.

– Я заеду в девять! – не дожидаясь ответа он отключился, подвесив меня в бездонной вселенной, пробитой тоскливыми гудками.

2

Кладбища я стараюсь избегать. На кладбищах я провёл достаточно времени, начиная с раннего детства. Мои первые воспоминания – угрюмые мраморные стеллы, чёрный лабродор, (не собака, а порода камня), овальные керамические лица, похожие друг на друга, как деревенская родня. Мои первые буквы – выбитая в камне золочёная гельветика – так я учился читать. Считать я учился, вычитая из второго четырёхзначного числа первое, получая всегда двухзначное, именно оно обозначалось короткой золотой чёрточкой между ними и называлось «жизнь».

Мои родители плюс сестра по непонятному стечению обстоятельств и по вине ехавшего со свадьбы тракториста махом очутилась здесь, а не на даче, присоседившись к деду, умершему за год до этого. Ему пришлось, правда, потесниться и пожертвовать парой роскошных голубых ёлок, с седыми колючками, как те, у кремля.

Моя уцелевшая и свихнувшаяся с горя бабка наверняка взяла бы главный приз, если бы кладбищенские власти проводили конкурс красоты среди могил. С древне-египетской одержимостью она посвятила конец своей и начало моей жизни культу мёртвых, возделывая жирную кладбищенскую землю. Кстати, тот сладковатый, как от гниющих роз, запах до сих пор преследует меня.

3

Туз, рыча, гнал по встречной, матерился, соря пеплом по салону, на окружной до смерти перепугал заморыша-гаишника, тыча в его бледную мордочку какие-то растопыренные багровые удостоверения и нависая всей своей грозной тушей. Всё равно мы опоздали и приехали уже под конец.

Ордынское кладбище оказалось уныло-провинциальным, с линялой бумагой шуршащих цветов и косенькими крестами.

Пытаясь отдышаться, я дослушивал какую-то дебелую тётку, завёрнутую в нечто вроде креповой портьеры, тётка, обилием чёрного тюля вокруг головы и красным ртом, с расстояния напоминала маскарадных мах Гойи.

Слов было не разобрать, да я и не пытался. Я старался не смотреть в гроб, при всех моих близких отношениях с кладбищами, покойников я побаивался.

Я блуждал взглядом по скучным, неопохмелённым русским лицам жалкого оркестра, разглядывал их некрасивые инструменты, казалось, это были самые уродливые инструменты на свете, сонный мужичок с серым лицом вынул из геликона мундштук и из него полилась слюна. Меня чуть не вырвало и я уставился на гроб. Маленький, будто детский, он был обтянут невозможной розовой тряпкой с рюшками и воланами, венки и цветы тоже были каких-то кукольных тонов.

Сзади возник Туз и жарко задышал мне в ухо, сияя чёрными очками, как второсортная голливудская знаменитость:

– Сохатый сказал, вскрытие - туфта. Он читал заключение, а после прижал этого патологоанатома, – Туз слегка запутался в последнем слове, – Сохатый ведь какой-то шишак там, в медицине, знаешь?

Я этого не знал, но кивнул, Сохатый всегда подавал большие надежды.

– Её утопили, понял?

4

По официальной версии Томочка была пьяна и заснув, утонула в ванне.

«Всё к этому и шло» – так бы сказал любой на моём месте.

После отъезда я звонил ей несколько раз в год, в последнее время всё реже и реже, словно связь наша усыхала и истончалась.
Двенадцать часов, такая разница во времени усложняла положение: каждый раз я попадал к вечернему шапочному разбору и пьяным слезам. Её смиренный певучий голосок и беспризорные мысли затейливо блуждали, запинаясь и теряя нить, по сумрачным лабиринтам нетрезвого сознания, иногда прерываясь страстными затяжками, которые зависали тягостными паузами где-то над мрачной Атлантикой.

Иногда я слышал как её тошнит: буркнув «пардон» и уронив трубку на гулкий кафель она, лениво ругаясь и сливая воду, рыдала, хныкала, ныла, иногда это переходило в истерику с битьём стеклянной мелочи сквозь всхлипы и мат, иногда она вдруг начинала петь что-то жутковато-заунывное, а в последний раз после десяти минут туалетных шумов и возни я услышал томочкин нежный храп. Больше я ей не звонил, сама же она и до этого не звонила мне никогда.

Так я предал Томочку во второй раз.

5

Мы знали друг друга какое-то невероятное количество лет, никак не менее ста: я отлично помню её коричневое платье с острыми крахмальными крыльями, тугой целлофан копья гладиолусов в рост маленького человека, её бледный (не понятно, где она проводит лето – на самом деле, на даче под Звенигородом) и слишком взрослый профиль балерины из серебряного века. У неё было одно из тех лиц, что моментально находишь на школьных фотографиях по пронзительным глазам и тут же пытаешься вспомнить в чём провинился. И даже не найдя ничего дурного, всё равно мысленно просишь прощения, так, на всякий случай.

Дружба – хорошее слово, но здесь оно не подходит, все другие слова тоже затёрты. Да, разумеется, мы с Томочкой были друзьями, конечно, можно сказать и так, не сказав при этом ничего. Между нами была волшебная связь, возможная лишь в юности: взгляд-сигнал, жест-намёк, Томочка повела плечом, Томочка зажмурилась, хитро прищёлкнув пальцами – мне уже всё ясно, кому нужны слова, кто их вообще придумал?

Нет нужды говорить, что все знакомые не сомневались в нашей более тесной связи, мы и не думали их разубеждать. Если бы я сейчас попытался классифицировать наши отношения, то, пожалуй, в небесном реестре регистраций появилась бы такая запись: «Самые интимные из всех целомудренных».

И это была не робость. И не пренебрежение, отнюдь! Томочка была безоговорочно хороша: высшим баллом с моей стороны отмечалась её аристократическая лодыжка, фарфоровая изысканность уютного уха, чуть простуженный вкрадчивый голос («ну что же вы, поручик?»), умение языком доставать кончик носа и по памяти играть Шуберта. Даже чуть-чуть косящий левый глаз мне казался исключительно пикантным дополнением.

Я нутром чуял табу, угадывал хрупкость отношений; они были причудливей висящих садов Семирамиды, запутанней мостиков, лестниц и лабиринтов Вавилонской башни, загадочней всех подземных ходов мрачного Тауэра. Мы же ориентировались там с лёгкостью, хоть и наугад. Вплоть до той ночи.

А когда, вместе с настырным тявканьем соседской болонки, пришло утро и надвинулось оловянным боком, покрасив пеплом потолок, я лежал и старался не дышать, чувствуя, как внутри равнодушный ветер шуршит обгоревшей бумагой и мелким мусором – это было всё, что осталось от нашей райской гармонии после той ночи.

6

Думаю, возможно, всё бы и обошлось, если б мы сделали вид, что ничего тогда не произошло, просто вычеркнули бы ту ночь, заклеили ли бы эту ячейку в календаре, в памяти, в сердце. Не знаю, не уверен.

Худшим оказалось то, что Томочка непринуждённо перетекла в новую форму, состоявшую из поцелуйных клевков, карамельных вздохов и бесконечной геометрии поглаживаний. Одновременно на её верхней губе обнаружился пушок, длинная ляжка оказалось скорее худой, нежели изящной, кожа – излишне бледной, а левый глаз косил не на шутку. Я не знал, что мне делать, я оцепенел, я вполз в раковину, захлопнул крышку и притворился, что меня нет.

И тут возник Туз.

Он мало походил на ангела-спасателя, но я решил рискнуть.

С замиранием внутри, свойственным всем мелким негодяям, я непринуждённо произнёс: «Познакомься, Томочка, мой старый приятель Андрей», – и вечером того же дня сбежал в Коктебель, где вялым кролем безуспешно пытался уплыть в Турцию.

Из этого ничего не вышло, поскольку другой я семенил по пляжу и высоким голосом непрерывно звал меня обратно, требуя не заплывать за буйки и вообще соблюдать правила безопасности на воде. Этот другой понимал меня без слов (как когда-то в прошлой жизни понимала Томочка), с ним легко пилась местная липкая «лидия», на скрипучей веранде в шершавых виноградных листьях мы высаживали по пачке БТ за вечер. Он был покладистый малый и не задавал неловких вопросов, а поутру спохмелья одобрительно щурился из зеркала, согласно кивая, что и сегодня можно не бриться, чёрт с ним, отдыхаем! Кстати, отдыхать в приятной компании приятно вдвойне, согласитесь.

Мы вдвоём почти затоптали мою совесть или что там было вместо неё, как вдруг сквозь ночь и звон цикад кисло потянуло палёным. Расталкивая локтями клубы порохового дыма, бряцая шпорами, ножнами и абордажными крюками, стряхивая с обшлагов пыль созвездий южного полушария и засохшие водоросли, на веранду ввалился Туз.

Жар битвы ещё не угас, из-под намалёванных сажей бровищ грозно сверкали отблески горящих фрегатов, но уже было ясно, что виктория одержана, что эскадра потоплена, флагман поднял белый флаг и противник сдался на милость победителя.

Предо мной явился Туз-триумфатор.

У меня заныли сразу все зубы и похолодела спина.

Туз плюхнулся в испуганно крякнувшее плетёное кресло, выудил из рукава бутыль «Пшеничной», набуровил водки в две беспризорные чашки с гербарием из чайного мусора и мелких мошек на дне. Мошки размокли, отлипли и всплыли.

Туз влил жидкость в себя, вытер пот со лба. Посопев и повращав своими цыганскими глазищами, он с мрачным торжеством произнёс:

– Ну-у, значить, так...

7

Томочкин роман с Тузом оказался скоротечнsм, он просто противоречил природе. Я старательно избегал Томочку, лишь однажды она позвонила мне, почти под утро, сипло пробормотав: «Э-эх, господи-ин поручик...» Думаю, она вряд ли помнила об этом звонке на следующий день.

А после... кстати, после уже не было ничего. Ничего такого, о чём стоило писать, говорить или вспоминать: свадьбы-женитьбы, разводы-разделы, скучная чехарда девиц всех мастей, размеров и возрастов, которых-то и любовницами назвать язык не поворачивается.

И так вплоть до самого отъезда.

А на поминки мы тогда так и не попали.

На кладбище под конец полил дождь, а у тузового джипа спустило колесо. Я счищал сучком жирную рыжую глину с подошвы, лениво наблюдая за неравной битвой человека с машиной: блестящий от дождя и пота, Туз выкручивал домкрат, кряхтел, ругался, налегал плечом, смачно обзывал кого-то «гад» – колесо в конце концов поменяли, просто это заняло достаточно много времени. Похоронный автобус уехал. Адреса у нас не было.

Мы сидели в жарком и прокуренном кабаке. Ещё там стоял невыносимый гам, словно кормили чаек, но мне там понравилось – там было темно.

– Сохатый говорит, в морг приехали конторские после вскрытия, – у Туза на носу чернела машинная смазка, я почему-то не говорил ему об этом, старую бумагу забрали, а в новом заключении написали – утонула. Случайно, заснула и утонула, понимаешь?

Туз рассказал о каком-то Джамале, называя его то «ассирийцем», то «абреком», а то и «черножопым троллем» (судя по всему, он был некрупным экземпляром, хотя, по сравнению с Тузом в эту категорию угодило бы почти всё население планеты), Джамал, по уверению Туза, был связан с «гэбе или гру, или ещё какой-то секретной конторой».

– Посадил её на иглу, пенёк заплёванный, понимаешь? – Туз хрустел яблоком, брызжа во все стороны соком. Он зачем-то к графину водки, некой плоской птице в оловянном бдюде с камуфляжем из дохлой петрушки и мятых томатов, заказал ещё и яблок.

– Ты чего гуся не ешь? Кушай гуся, не робей, – Туз подмигивал мне всем лицом, тут же глотал водку, грыз яблоко, курил, обгладывал гусиную голень – всё одновременно. И продолжал рассказывать.

8

Очевидно, после второго развода Томочка, махнув на всё рукой, отпустила тормоза. Удивительно, но лихая жизнь, не угробила её болезненную красу, наоборот, умелыми штрихами и всё больше широкой кистью, превратила тихое обаяние чахоточного ангела в роковой декаданс женщины-вамп, с тенями под глазами и долгой сизоватой шеей.

Она спала до обеда, обедала обычно в семь, на обед был кофе и коньяк. Она красила губы бордовым, вся одежда, включая бельё, были чёрного цвета. Это при условии, что чёрный – это вообще цвет.

В деньгах нужды не было – денег, за удачно проданную пятикомнатную на Грановского должно было хватить надолго. Её родители по странному стечению обстоятельств оказались по соседству с моими, под теми же кущами, так что, московская квартира им явно была ни к чему.

Томочка научилась хмуро смотреть исподлобья, чуть приоткрыв рот, порой мрачно шутила и никогда не смеялась. Иногда ухмылялась, покусывая мелкими зубами жемчужины бус. Носила невозможно высокие шпильки и узкие платья со смелым разрезом и голой спиной. Мужчины находили её привлекательной до мурашек.

Откуда вынырнул этот Джамал неизвестно, но появившись однажды, он прилип к Томочке как присоска к кафелю, всюду таскался за ней, с упоением распахивал все двери и придвигал все стулья, безумно вращая глазами и, играя чёрной бровью, нашёптывал ей в ухо пошлые шутки и наспех придуманные государственные тайны.

Увы, Томочку ни то, ни другое не впечатляло, ей было совершенно наплевать на джамаловы связи с органами, на его сверхсекретную работу в сверхсекретной лаборатории, где он проводит некие фантастические опыты, «даже на живых людях», и что «если бы не абсолютная секретность, то он, Джамал, давно бы уже получил нобелевскую премию». Ряженый Люцифер-недомерок, для неё он оставался всего лишь карманным бесом.

Прохиндейство нечистой силы недооценивать опасно: у бесёнка оказался неограниченный доступ к героину. Химия взяла верх.

Томочка пыталась спастись, запиралась, никого не пускала, снаружи был конец июня и тополиный пух, ветер бродил по Покровке, она даже не поднимала обвислых гардин. Полное осадное положение. Но каждый раз мелкая тварь находила щель под дверью, лаз в ночи, дыру в рассудке. И всё пускалось каруселью по новой.

Гульба, ругань и вопли среди ночи: они что там, с ума посходили?! – негодовали соседи и вызывали участкового, Джамал тыкал удостоверение и шипел в лицо менту, тот отвернувшись от пижамно-халатных соседей, украдкой брал под козырёк и, не дожидаясь лифта, торопливо, сбегал вниз.

В тот раз вода протекла на три этажа, аж до пятого. Соседи орали, звонили, долбили в дверь; пришли из жэка, участковый кому-то звонил, пучил глаза и гундел что-то в телефон, закрывшись ладонью. Когда вода вытекла на кафель лестничной клетки, зажурчала по ступенькам и зазвенела капелью в шахте лифта, высадили дверь.

Джамала в квартире не было.

9

Она вошла на пятом, в лифте была утренняя теснота, но она ловко проскользнула в угол. Я тогда ещё подумал: «Ну бывает же, просто копия!», но когда она повернулась в профиль и я увидел на шее шрам , тот самый – едва заметная бледная царапина с тремя короткими стежками, у меня моментально вспотели ладони и я даже перестал дышать на какое-то время.

Вспомнился тот ржавый запах: тусклый коридор Склифа, я комкал полотенце, которым мы пытались остановить кровь, крови было много, я никогда не видел столько крови. Руки были словно не мои, я шевелил липкими пальцами, было странно и щекотно. Я не знал ни одной молитвы, но требовал от Бога спасти Томочку, обращался к нему напрямую, шантажировал, торговался, клятвенно уверял, что непременно завтра же и на всю жизнь, а если Он посмеет... ну и так далее.

Томочку спасли. Белое лицо оказалось неожиданно маленьким на больничной подушке, забинтованная шея наводила на мысль об ангине, о тёплом молоке с мёдом и прочей чепухе.

У меня текли слёзы, я стоял и молчал, боясь, что если я открою рот, то разревусь, как ребёнок. Мне был двадцать один год и это, пожалуй, был последний раз, когда я плакал.

Сейчас я разглядывал этот шрам, пытаясь притормозить карусель в моей голове – меня устроило бы любое логичное объяснение.

На семнадцатом вышли счетоводы – там наша бухгалтерия и финансовый отдел. К двадцать шестому я улыбнулся – убедил себя, что это просто невероятное сходство: какая к чёрту Томочка, я ведь был на кладбище! Да и не так уж, между прочим, похожа.

Тридцать второй этаж – в лифте уже просторно: мулатка гренадёрских размеров в мохнатом жакете цвета ванильного пломбира, Бен (или Билл) из ай-ти, я. Ну, и Томочка.

Гренадёрша вышла на сорок первом, Бен-Билл тёр углом рубахи черепаховые очки и, заискивая, расспрашивая меня о сокращениях в канадском филиале.

Тут Томочка повернулась ко мне, её полуулыбка, румянец на скулах, её чуть косящий левый глаз. Она кивнула.

Я продолжал бубнить что-то о «необходимости структурного аскетизма в посткризисной экономической реальности», в мозгу всплывал бред, который я где-то вычитал, про секретные опыты кгб с африканским вуду, какая-то чушь про агентов-зомби.

Бен-Билл вышел. Мы остались вдвоём, лифт звякнул и понёсся вверх..

10

– Это ты? – ничего умнее в голову не пришло.

Она кивнула, взяла мою руку:

– Помнишь Серебряный Бор, как мы вымокли тогда? Такая гроза была... Июль, кажется?

Да, тот тёплый июльский ливень.

Мы сперва прятались, вжавшись спинами в рыжий ствол сосны, потом побежали, я задрал рубаху и накрыл нас с головой – куда там, мы уже промокли насквозь. Ты хохотала, прыгала по лужам, потеряла босоножку, вторую выкинула с мостика в пруд, так и ехала босиком через всю Москву. Я сунул свои вьетнамки в задний карман – из солидарности. Наши пятки шлёпали по мрамору метро, тётки жгли нас взглядами, а после, у меня дома мы пили глинтвейн с корицей и мускатным орехом, завернувшись в одеяла, как настоящие индейцы.

– А потом ты взял бритву, полоснул свой палец, после порезал мой, соединил их и сказал, что теперь мы не расстанемся никогда. Помнишь?

В этот момент лифт запнулся и встал. Лампа в плафоне замигала, что-то снаружи электрически затрещало, тотчас потянуло горелой проводкой. Свет, вздрогнув, погас. Сделалось черно, перед глазами оранжевыми рыбами проплыли созвездья. Я стал на ощупь нажимать кнопки, колотить по ним ладонью.

– Ну что же вы, поручик... – Томочка прижалась ко мне, она была такой, какой же я её помнил, оказывается, я никогда и не забывал этот горьковатый, чуть смолистый запах её волос.

Сверху захрустело, зычно и с эхом, словно разламывали гигантский контрабас, кабина дёрнулась и просела. Что-то грохнуло с орудийным оттягом, заскрежетало и, застонав в изнеможении, лопнуло.

Пол легко провалился вниз.

Страха не было - мы с Томочкой уже проскочили горбатый мосток над прудом и скакали во весь опор по тёплым лужам, хохоча и размахивая руками.

Вирджиния, 2010

БРОСИТЬ КУРИТЬ

Официально гараж на углу Лафаэт и Второй авеню именовался «Ангелы Линды О'Донэлл». Имя, слишком длинное для нью-йоркского уха, урезали, и диспетчер Рози, принимая заказы, говорила кратко: «Ангелы к вашим услугам, платить будете наличными или картой?».

На яично-жёлтых боках «торосов» и «шевроле-каприс» сияло заглавное «А» с крылышками и нимбом, наброшенным как обруч, на остриё буквы, болтали, что такая же татуировка и у самой мисс О'Донэлл на ягодице. Охотников проверять достоверность слухов становилось всё меньше, Линде в апреле стукнуло пятьдесят два. Двенадцать лет назад она сделала себе подарок на день рождения – купила силиконовую грудь размера "D" и, страшно ею гордясь, появлялась в гараже словно маленькая оперная фея вся в розовых рюшках и со смелым декольте. Те нарядные и радостные времена миновали, солнце ушло за угол, автомобильный парк "Ангелов" сократился наполовину. Вместе с бизнесом усохла и хозяйка – вся, за исключением силиконовых сисек; тощая и носатая, в платьях траурных тонов с пунцовыми лентами, теперь она больше напоминала ярмарочную гадалку.

1

Лёва застал закатный отблеск золотых деньков. Тогда он только вернулся в Нью-Йорк из Лос Анджелеса: потратив четыре года в дешёвых массовках и наивных кинематографических мечтах, он приобрёл навыки полотёра, чистильщика бассейнов и ночного сторожа.

В гараже Лёву встретили радушно, русская фамилия Котельников не прижилась и его стали звать Лио-Голливуд, поскольку, тут уже шоферил другой Лио – отставной католический священник. Компания подобралась пёстрая: помимо обычного набора непризнанных гениев в области живописи и литературы, в состав Линдиных "Ангелов" входил бывший румынский укротитель тигров, каллиграф-альбинос, изобретатель электронной арфы из Пенсильвании, профессор философии из Беркли, уволенный за амуры со студенткой, и экс-гитарист группы «Стикс» одноглазый Рик Деймон.

Работа в такси пленяла своей ненастоящестью. Здесь гораздо проще, чем на стройке или на ферме, было убедить себя, что это – временно. Что это – лишь передышка на пути к главной цели. Особенно если шоферишь в ночную смену.

Карусель Манхэттена завораживала: пёстрые зигзаги крикливой Таймс-сквер, гулкие мосты-мастодонты в жёлтых фонарях, сложенная пополам Уолл-стрит, опрокинутая в зыбкую черноту Гудзона. Шпанистые Квинс и Бронкс пугали родной, почти люберецкой непредсказуемостью. Заряда адреналина хватало на пару часов, как раз до следующего кофе в «Девять-с-Половиной». Постепенно возникала иллюзия поступательного движения, иллюзия приближения к некой цели. Лёва не знал, о чём там думает белка в колесе, но работа в порту или на фабрике слишком уж походила бы на капитуляцию. Хотя неизбежный вопрос «Какого чёрта я тут делаю?» приходил каждому уже через год. Лёва отработал в «Ангелах» неполных семь лет и с этого вопроса начиналась каждая смена.

За семь лет гараж не изменился, даже радужные лужи на щербатом, вечно сыром цементе пола, темнели по тем же углам. Линялый трёхметровый транспорант «Все аварии передней части машины – твоя вина!» по-прежнему дружески приветствовал входящего. Механики Тэд и Салли, чумазые, словно пара улизнувших из преисподней бесов, как всегда азартно дымили контрабандным «Кэмелом» и резались в шахматы. Они сидели под красным огнетушителем с табличкой с «Не курить – рядом бензин!», двигая чёрными пальцами давно уже неразличимые по цвету фигуры. Тарахтел генератор, воняло соляркой и выхлопом, шоколадная Рози едва угадывалась в мутном аквариуме диспетчерской. Фраза «остановившееся время» наполнялась тревожным смыслом.

Лёва, отщёлкнув окурок в решётку стока, глубоко вдохнул, словно собираясь нырять в ледяную воду, боднул плечом дверь и вошёл в гараж. Привычная вонь, знакомый сумрак, – какого чёрта я тут делаю? – Лёва кивнул Карлосу, подметавшему окурки и мелкий мусор. Коренастый Карлос, ловкий и чернявый, похожий на разбойника золотыми амулетами и пороховыми неясными татуировками, ощерился, сверкнув фиксой: «Лио, амиго!». Карлос снабжал весь гараж куревом из Коста-Рики, получалось вдвое дешевле.

Лёва подмигнул Рози, та принимала дневные машины и регистрировала ночную смену. Рози, вся состоявшая из сочных округлостей буйноцветущей плоти, томно улыбнулась, отметила в сетке. Белые мужики её не интересовали, но у Лёвы был шанс. Седоватый ёжик и не до конца смытый летний загар, придавали его лицу что-то морское; чудился солёный ветер, тугой парус, яркое солнце. В морщинах виделась основательность, мудрая решительность, знание ответных ходов. Хотя, если честно, для Рози все белые были на одно лицо. Лёва же, так и не вкусивший за годы эмиграции африканских ласк, практично рассудил, что о некоторых вещах лучше не знать, а догадываться.

Румын-укротитель азартно рассказывал механикам, как он станет миллионером, продавая диски с величайшими футбольными пенальти.

– Американцы не любят соккер из-за отсутствия голов! Я им дам голы! – нервно заправляя за уши сальные кудри, горячился он.

Механики отвлеклись от шахмат и заинтересованно следили за развитием его мысли. Уже возникли белые колонны, вилла со стрельчатыми витражами на берегу Женевского озера с почти точным адресом. Укротитель покончил с коллекцией антикварных автомобилей ("Дьяболо", шестьдесят четвёртого, "Шэлби-Кобра", "Мазератти-Спайдер") и перешёл к описанию интерьеров, – в этот момент Рози выкликнула его номер и укротитель, прервав себя на полуслове, зашагал циркулем во двор принимать свой «торос».

Лёва взглянул на часы: пересменок начинался в три, машины возвращались к четырём, если шла масть, дневник мог урвать час-полтора. На это Лёва не обижался, сам поступал так же. Бухгалтерия «Ангелов» замысловатостью не отличалась: половина шофёру, половина – гаражу. Не считая чаевых, чаевые – дело святое, тут уж каждый доллар твой.

– Я, похоже, спёкся, – с мрачной доверительностью склонив к Лёве губастую фиолетовую голову, произнёс Харрингтон (этот паял многотонные скульптуры из металлолома, где-то на заброшенной бойне в Нью-Хэвен). – Срочно надо мотать отсюда.
– Да ну? – Лёва шутливым хуком чухнул в тугое брюхо приятеля. – Что стряслось?
– Гоню вчера по Шестой, у Сент-Пола старуха голосует. Я из крайнего правого по диагонали – рррраз! – к тротуару. Жду. Старушенция стоит столбом, таращится на меня, как на чокнутого. Не садится. Тут только до меня дошло, что я на своей тачке. Не в такси.
Хмурый Харрингтон многозначительно закивал, сверкнув синеватыми белками.

Лёва помнил времена, когда все гаражные истории заканчивались непременным «хэппи-эндом», таковы были законы жанра. Лопнувшая покрышка на скорости в семьдесят миль, кегельный шар, оставленный шутниками на ночной трассе, истеричный муж и рожающая на заднем сиденье жена, позабытые в багажнике урна с прахом, питон или крокодил, даже потасовка под Бруклинским мостом всегда кончались добротным позитивом на манер адаптированных для младшего возраста сказок Братьев Гримм. Нынешние рассказы напоминали скорее страшилки Эдгара По. Лёва прикидывал: действительно жизнь помрачнела или это, говоря жеманно, – возраст, а если начистоту, то, неумолимо накрывающая пыльной волной, старость.

2

А ведь была в его жизни пора – вечность тому назад, – когда и он, Лев Котельников, подавал надежды, и всё у него было, как водится, впереди. Английская спецшкола в меланхолии пыльных бульваров, отец – мидовец среднего калибра, настолько среднего, что факультет журналистики получился лишь ломоносовский, а не тот, заветный, на Крымской.
Задорный мальчуган, которого все так и норовили потискать за румяные щёки превратился в высокого юношу, с почти красивым лицом, по-славянски чуть постным, но живым и открытым. В меру циничный (в полной гармонии с эпохой победившего к тому времени социализма) Лёва иллюзий относительно журналистики не питал, будущая профессия являлась лишь средством передвижения: поначалу – стажировка в каком-нибудь Дели или Пекине, потом – корпункт в Сантьяго, а уж на десерт – место собкора в Лондоне. Или Брюсселе.
Презрение к своей стране и её правителям среди Лёвиных знакомых сделалось привычным и выносилось за скобки, даже политические анекдоты считались дурным тоном. Затёртый самиздат передавался из рук в руки почти без утайки, и когда на третьем курсе Лёву вызвали во второй отдел и майор Никитин, гладкий, с аккуратным лицом особист, предложил сотрудничать в обмен на содействие в карьерном продвижении, Лёва не нашёлся даже, что ответить и лишь хмыкнул и дурашливо грассируя пропел в лицо майору: «У ней такая маленькая грудь, На ней татуированные знаки...». Хряснул дверью. Конец куплета про легкомысленного капитана из Марселя, любителя табака и эля, он допевал уже в гулком коридоре.

Красное «Тырново» или кислый болгарский рислинг из светло-зелёной бутылки, неизбежный гитарный перебор в ля-минор, приятный голос: «Жила одна леди, она была уверена, всё, что блестит – золото», чёрный шарф вокруг шеи и небесный деним тёртой куртки – Лёва вызывал безусловный интерес у девиц. На Бронной у Болдановой в полутёмных комнатах он, лениво покачиваясь под «Пинк Флойд», в одной руке держал потухшую сигарету, а другой блуждал среди хитроумных застёжек, пуговиц и крючков. Там же, на Бронной, он познакомился с Ликой Журавлёвой, длинноногой медичкой со строгими бровями и плоской грацией египетской кошки. Дважды дрался из-за неё, оба раза соперник, Ликин сосед и воздыхатель музыкант Серёжа Сомов, оказывался бит.

Летом на даче купались в Пахре, пили чай из самовара, отец щурился и подмигивал Лёве, когда Лика рассказывала занятные истории про анатомичку. Мать охала, а после, на кухне, многозначительно шептала: «Серьёзная девушка. Не то что эти твои задрыги Малкина или Зуева с журфака».
Всё складывалось просто замечательно, Лёва не пугался разговоров о женитьбе, лишь улыбался, тихо напевал и целовал медичку в высокий лоб. А потом Лёву арестовали: ксилофонист Сомов в музучилище Ипполитова-Иванова числился стукачом; куратор-капитан помог составить ему грамотную бумагу, бумаге дали ход. Журфаковский майор Никитин хлопал в сухие ладоши, словно колол орехи и радостно приговаривал: «Будет тебе, сучара, маленькая грудь!»
При обыске у Лёвы нашли несколько «Посевовских» книжек, машинописные главы «Колеса», две сшитых копии Зиновьева, из чего вытекало уже не только хранение, но и тиражирование.
Времена стояли вегетарианские – по семидесятой Лёва получил всего четыре года. Последний год отсиживал на «химии». Котельникова-старшего турнули из министерства, потом с ним случился инсульт. Когда Лёва вернулся, отец еле ползал, он волочил ватные ноги, опираясь на две палки. Изредка спускался в пыльный сквер, сидел на зелёной скамейке, мрачно глядя в песочницу с пёстрой малышнёй. Сыну он не сказал ни слова. С матерью он тоже почти не разговаривал.

Доктор Журавлёва стала Ликой Сомовой – Лёва даже не

моргнул, слушая Алика в пивняке на Каляевской, лишь хрустнул сушкой в кулаке: за четыре года он насмотрелся всякого. Теперь люди вряд ли могли его чем-то удивить.

Алик потягивал жёлтое, как спитой чай, пиво, рассказывал про однокурсников, знакомых. Музыкант Сомов сразу после диплома очутился в оркестре Гостелерадио и катается по заграничным гастролям.

Пиво пахло хозяйственным мылом, Лёва кивал и глядел, как сигаретный дым закручивается кольцами, а в немытом окне мелькают ноги москвичей и гостей столицы. Из подвала был виден кусочек Садового и угол троллейбусной остановки кольцевого маршрута.

У Лёвы возникло странное ощущение, будто он забрёл ненароком на скучный фильм: истории Алика, город за окном, люди, улицы не имели к нему, Лёве, никакого отношения. Он не чувствовал себя причастным, порвалась некая связь. Не было ни обиды, ни горечи, лишь скука. Он не к месту вдруг вспомнил, как под Бугульмой зэки поймали лагерного вора и сварили его заживо в котле с гудроном. Быстро попрощавшись с Аликом, Лёва вышел на улицу.

3

В начале апреля Лёва подал документы на выезд. Жертва тоталитарной системы и бывший узник совести, осуждённый за антисоветскую пропаганду и агитацию, он сразу получил визу. Его удивило, что и родные власти не чинили препятствий, толстый овировец, выдавая паспорт, хохотнул: «Скатертью дорожка, господин мятежник!». Лёва невпопад ответил: «К чёрту» и уже в следующий вторник гулял по дождливой Вене.

В Италии, в Гвардопассо – сорок минут электричкой с Рома Термини – Лёва заплывал далеко в море. Раскинув руки крестом, он покачивался на волне и, не думая абсолютно ни о чём, глазел в яркое летнее небо с облаками, похожими на сладкую вату Лёвиного детства. Лихо нырял, уходя в прохладную глубину, ловил мидий. Потом ложился на раскалённые камни, курил и пил слабое молодое вино, купленное в деревенской лавке по дороге на пляж. Снова глазел в небо, где облака постепенно наливались розовым и уплывали за горизонт.

В Нью-Йорке он очутился в сентябре, стояло пекло, пахло нагретой резиной и асфальтом. Баламут Лаврецкий, с ним Лёва познакомился на венском пересыльном пункте, тянул в Цинцинати – ему нравилось название. Лёве удалось отбояриться. Он устроился на «Новую Волну» редактором, снял конуру в Челси с видом на кирпичную стену трикотажного склада. У квартиры было неоспоримое преимущество – Лёва, не выходя из душа, мог дотянуться до пива в холодильнике.

На радиостанции к необщительному господину Котельникову относились настороженно, даже побаивались. Заведующая архивом Дора Леонардовна, сплетница и почти карлица, жарким мхатовским шёпотом рассказывала по углам страшные истории из лагерного прошлого Лёвы. Даже бестактный главред Чернодольский обращался к нему вежливо и на «вы», величая Львом Кирилловичем.

Лёву же, помимо неистребимого запаха дезинфекции в редакции, поразила атмосфера. Дело было даже не в щербатом гжельском фаянсе, бесконечных перекурах и чаепитиях с пряниками, не в портрете актёра Янковского над столом Зиночки из отдела писем и не в базарном говорке Ланской – примадонны из Мелитополя. Сотрудникам радиостанции, ярым антисоветчикам и отъявленным диссидентам удалось с невероятной достоверностью воссоздать дух исторической родины: сама мысль, что за окном редакции «Новой Волны» – Легсингтон-Авеню и Манхэттен, а не улица Новаторов и Саратов, казалась просто абсурдной.

Лаврецкий позвонил в марте, Лёва уже спал. Цинцинати оказался жуткой провинцией.

– Дыра! – орал в трубку нетрезвый Лаврецкий. – И бабцы толстые и с конопушками. Как у нас. Вот я и говорю – за что боролись?

– Я сплю уже, – мрачно сообщил Лёва.

– Ох, мать твою! Прости, старик. У нас ещё и десяти нет. Я ж в Лос-Анджелес рванул после Цинцинати. Я ж из Лос-Анджелеса звоню!

Поначалу Калифорния Лёве понравилась. После манхэттенских сквозняков, промозглого февраля и золотушного марта – синее небо и высоченные пальмы, рыжие апельсины с кулак в шершавой листве, на улице пахнет прелыми розами и бензином, с Пасифик-Хайвей открывается просторный горизонт океана, мокрые сёрфингисты в чёрных термокостюмах, как морские котики качаются на досках в ожидании волны.

В Калифорнии Лёва оттаял, впервые после отсидки он ощутил себя включённым в окружающий пейзаж, в коловращение жизни. В Лос-Анджелесе сделать это оказалось проще всего, сам город иногда казался миражом, декорацией. Да и города, как такового здесь не обнаружилось – кокетливые посёлки пряничной архитектуры под оранжевой черепицей с мавританскими башнями, запутавшись в клубках трёхъярусных шоссе, они тянулись вдоль плоского пляжа с безупречным прибоем или уползали в долину и карабкались по пологим склонам бурых холмов и каньонов.

Солнечные очки – главный аксессуар, плюс двадцать пять круглый год. Над головой – ни облачка, лишь пара орлов нарезают идеальные круги в синем кобальте. Глоток ледяного пива, нагретый песок, мерный океанский накат – Лёва улыбался счастливо, хотя и старался распознать подвох: было уж как-то слишком хорошо. Ощущение, что умер и по недосмотру попал не туда, куда заслуживаешь.

Отношения между людьми тоже оказались вполне липовыми, кассир в лавке встречал тебя как любимого брата, от патоки пустых бесед слипались губы, а разговоры велись исключительно на приятные темы, причём, каждой теме отводилось не более трёх минут. Про временной лимит Лёва усёк не сразу и поначалу частенько натыкался на стекленеющий взгляд собеседника, не привыкшего к по-русски долгим и пространным рассуждениям.

Впрочем, фальшивость Лос-Анджелеса вполне Лёву устраивала. Он загорел, купил в кредит открытый «мустанг-турбо», отбелил зубы, привык широко улыбаться и стал похож на актёра Мосфильма, играющего роль заграничного матроса.

— Красив как чёрт! — восхищался Лаврецкий, дымя вонючей «гаваной». — Ты ж просто русский Роберт Рэдфорд, дурья твоя башка! И упускать такой шанс – преступно.

Лаврецкий знал о чём говорил. Он приторговывал кокаином, среди клиентуры были продюсеры, режиссёры и прочий околокиношный люд.

— Мы накануне русской культурной волны, — авторитетно заявлял Лаврецкий, — я кожей чую – зреет интерес. А ты – вылитый доктор Живаго, князь Мышкин и брат этого, как его... Мне, как агенту тридцать процентов и, считай, Голливуд у нас в кармане.

В начале января Лаврецкого нашли на Зума-Бич, босого и с пулей в затылке.

Лёва снимался в массовках, нечасто. Платили гроши, пришлось работать полотёром, чистить бассейны. Обещанная покойным Лаврецким русская волна Голливуд так и не накрыла. Лос-Анджелес теперь больше напоминал пыльные кулисы, а изнанка этого балагана Лёве совсем не нравилась.

Чудеса, от которых пару лет назад замирало сердце – пожар заката над ослепительно-серебристым океаном, свежий запах моллюсков и морской травы ранним утром, долгоклювая колибри за окном, алые азалии величиной с тарелку в каплях росы, – всё примелькалось, стало обыденным и никчёмным. Пальмы раздражали и казались глупой бутафорией.

Промаявшись ещё с месяц, Лёва плюнул и вернулся в Нью-Йорк.

5

Рози весело выкрикнула его номер, воркующим голосом добавила в микрофон: «Авто подано, сладкий». Шоферня заржала.

Лёва распахнул переднюю дверь «тороса», придирчиво принюхался. В дневной смене работала пара индусов, после них в машине разило карри, как в индийской харчевне. Отодвинул кресло до упора, завёл мотор. Из радио нудно запиликали скрипки, заныли виолончели. «Ладно, с Шубертом потом разберёмся, – Лёва автоматически взглянул на часы: пять минут пятого, – Поехали.»

Он свернул направо, выскочил на Шестую Авеню, тут же на углу с Кристофер-стрит подобрал клиента. Всё складывалось удачно. Таксисты суеверны, русские таксисты суеверны вдвойне: по первому выстрелу можно судить обо всей охоте, по первому клиенту – обо всей смене. Первый клиент непременно должен быть мужчиной, немолодым, желательно усатым. Лёва с нежностью поглядывал в зеркало – клиент являл собой идеальный образец – пожилой, голубоглазый, крутой шар загорелой головы казался лысым от рожденья. А главное – роскошные моржовые усища, седые и холёные. Усач ровным басом отчитывал кого-то в телефон. Лёва слышал лишь отдельные ругательства, перегородка из прозрачного пластика толщиной в дюйм, разделявшая водителя и клиентов, глушила звук. Перегородки узаконил бывший мэр, преступность при Джулиани зашкаливала, нападения на таксистов совершались в те годы почти каждый день, а уж ночью шоферить соглашались лишь самоубийцы и русские. Перегородки помогли, правда, пострадали любители потрепаться с пассажирами, теперь, чтоб тебя услышали нужно почти кричать. Но появился и неожиданный плюс – никто не требует сделать потише радио или переключить станцию.

Угол Парк-Ист и Сороковой. Усач просунул в окошко тридцатку, сдачу не спросил, кивнул и солидно чавкнул дверью. Семь чистыми, совсем неплохо для начала.
Лёва свернул налево, по Сороковой дотащился до Бродвея – вечерний час пик во всей красе – там подхватил тощую старушонку с капризной внучкой. Ласковый голос по радио вкрадчиво сообщил, что мы прослушали что-то там Грига в исполнении оркестра русского Гостелерадио под управлением Федосеева, Лёва как раз тянулся переключить на новостной канал. Он вздрогнул, прозевал красный и чуть не протаранил автобус. Дал по тормозам. Старушка и внучка охнули сзади.
– Прошу прощения, мэм... – Лёва глянул в зеркало, старушенция укоризненно жевала губы, внучка восторженно улыбалась. – Извините, – сипло повторил он и закашлялся.

До Лёвы вдруг дошло, что всё это время среди занудных скрипок, арф и прочих контрабасов незримо присутствовал почти неразличимый на слух Сергей Сомов со своим ксилофоном или на чём он там нынче стучит. «Вот мразь!» – Лёва поморщился, словно вляпался голыми руками в какую-то тёплую слизь. Он инстинктивно вытер ладони о джинсы и выругался по-русски. Прошло почти тридцать лет: время врачует раны, но, как выяснилось, не все.

Лёвины воспоминания отличались по резкости, пластмассовый Лос-Анджелес виделся не в фокусе, как сквозь водную муть. Прошлогодний отдых на Барбадосе с Джилл тоже ясностью не отличался. Первые годы эмиграции вообще напоминали немое кино.

Совсем другое дело – Москва, журфак, лето, покатые переулки с фиолетовыми тенями, веснушки, вдруг проступившие на Ликиных щеках. Дачные аллеи, берёзы, а за ними чёрный сосновый лес, прохладный, с запахом мокрых иголок. Соломенный стул, забытый в саду, в путанице длинных трав с жёлтыми цветками. Вечером пахнет остывающим клевером, по туману катится тоскливый колокольный звон, ватный и унылый, за рекой кто-то зовёт Милку, снова и снова. Всё настолько рельефно, настолько живо, что кажется куда реальней, чем вся эта Америка за окном. Лёва замычал, как от зубной боли и снова выругался.

Старушонка укоризненно выдала три доллара чаевых. Тут же подскочил вертлявый гей, похожий на беса в красном берете и попросил отвезти на Лонг Айленд. День складывался удачно, но настроение у Лёвы испортилось окончательно.

6

Лёва поймал русское радио – по привычке, «Новая Волна» очевидно, доживала последние дни. Давно исчез хит-парад забавного Билли Рокосовского, нет и Макса с его спортобзорами. Новости читают какие-то писклявые старшеклассники, похоже, бравого Будицкого с его шершавым баритоном тоже сократили. Слушать стало невмоготу и Лёва принялся щёлкать по каналам. Музыкальная какофония перебивалась напористыми голосами самых разных тембров.

– ...прямо в ад. Несчастья нас подстерегают повсюду, – заявил по-отечески Лёве округлый мужской голос.

– Да что ты говоришь, – мрачно отозвался Лёва, давя на газ, подрезая «миату» и влетая в гулкий туннель под Ист-Ривер.

– Как же справиться с бедой? Как не опустить руки? Как не потерять веру в себя? В Бога?

– Ребром вопрос ставишь, мужик! – Лёва бодро согласился, щурясь от мелькающих жёлтых фонарей. Туннели под водой настораживали его, он подозрительно косился на мокрые потёки на провисшем потолке, на сизый от копоти кафель.

–...её историю. У Моники умер отец, она потеряла работу, лишилась крова, стала бездомной. Казалось, что жизнь закончилась. Однажды она сидела в парке и наблюдала за белкой. Белка собирала орехи на зиму. Искала и прятала в дупло. И Моника сказала: «Если уж белка не падает духом на пороге студёной зимы, отчего я сдалась?» И с этого момента жизнь её переменилась. Моника взяла судьбу в свои руки, она устроилась на химкомбинат, стала посещать Библейские беседы при своей церкви. Там она познакомилась с Чаком, а через год они...»

– Уроды! – Лёва лениво переключил станцию. Здесь Сантана накручивал тягучее соло, бесконечное как цыганская сказка, задорно рассыпаясь трескучими бонгами и маракасами.

«Взяла Моника судьбу в свои руки, ухватила Чака за рога...» – у Лёвы давно уже появилось странное ощущение, что он прожил какую-то чужую жизнь, не свою, словно впопыхах запрыгнул не в тот поезд. И вовсе не потому, что эта жизнь оказалась трудной или несчастной, наоборот, всё сложилось не так уж скверно, жил он вполне безмятежно, многие из соотечественников наверняка бы позавидовали. Лёву смущал глагол «жить». Допросы, суд, отсидка, возвращение в Москву, эмиграция – все эти годы казались ему вязким потоком, в котором он плыл, безвольно дрейфовал. Словно настоящая жизнь дожидалась где-то за поворотом. Она наступит и уж тогда всё сложится по-настоящему.

7

– Лио! Ты что – заснул!?
Лёва вздрогнул, включил микрофон:
– Рози, что-то я тут и вправду размечтался...
– Блондинки русские снились?
– С этими покончено раз и навсегда.
– Ты на Лонг-Айленд? Вызов примешь?
– Сейчас клиента доставлю, дай минут десять. Адрес диктуй.

Стемнело сразу, на Квинсборо-бридж попали в безнадёжную
пробку, встречный поток, нагло слепя фарами, весело уносился
с Манхэттена. Далеко внизу колыхалась вода, играя
маслянистыми бликами. В гараже бесконечно спорили о том,
как лучше свалиться с моста – с закрытыми окнами или
открытыми. Лёва считал, что с закрытыми всё-таки больше
шансов уцелеть: даже если двери заклинит, пока машина будет
тонуть есть время очухаться, да и ногами ветровое стекло
высадить пара пустяков.
Ползли еле-еле, постепенно стало рассасываться, наконец
увидели и причину – перевёрнутый джип. Чуть дальше в
ограждение уткнулся восьмиосный трейлер. Лёвины пассажиры
– пожилая пара китайцев, взволнованно закудахтали сзади.
– Да, ребята, вот такой Конфуций, – пробормотал Лёва,
разглядывая полицейских и изуродованный джип. Крышу
сплющило, ветровой триплекс скомкало как целлофан, стекло
лежало метрах в пяти от машины. По асфальту среди осколков
фар и кусков пластика растекались жирные разводы масла и
бензина.

Около полуночи, оказавшись в Трайбеке, Лёва заскочил в
«Девять с Половиной», взял тройной эспрессо. Перекурил у
дверей с Сэмуэлем, страшным на вид двухметровым негром-
вышибалой. Чёрный, сияющий, как новая галоша, Сэм
хвастался: рассказывал про щенка золотого ретривера,
накануне купленного его женой.
– Ну, точно! – Лёва отпил глоток кофе и с удовольствием
затянулся, – Она купила, а гулять будешь ты. Какашки тёплые в

полиэтиленовый пакетик собирать.

На груди у Сэма сияла цепь, он благодушно улыбался и кивал.

– Женитьба – это обязанность. На девяносто процентов. – выдал Лёва многозначительно.

– А на десять? – наивно спросил Сэм.

– Пока сам не понял, – Лёва придушил окурок о кирпичную стену. – Поэтому холост.

Отвёз пьяную компанию в Бруклин. Девицы, гоготали всю дорогу, под конец накинули двадцатник. В Бруклине его тормознул нервный, сумрачный верзила в кремовом верблюжьем пальто. С таким в Бронкс Лёва ехать не рискнул, сказал, что смена кончилась. Верзила зло хмыкнул и сплюнул на крыло. Лёва улыбнулся и ласково пожелал спокойной ночи. Четырёхлетний опыт сидельца учил: бить сразу, если не ударил – не гоношись.

После двух город мрачнеет: от вечерней кутерьмы не осталось и следа. Это уже совсем другой Манхэттен, неподвижный и неприветливый. Остров пытается заснуть, толком заснуть у него не получается никогда и оттого он хмур и тёмен.

Улицы опустели, прохожих почти нет, машин мало. Угрюмые громады домов с редкими огоньками окон нависают над чёрным салом асфальтом, по нему змеятся мёртвые отблески фонарей и вывесок. Лужи кажутся кусками разбитых витрин.

Лёва остановился на углу Амстердам и Семьдесят восьмой, вышел, закурил. Поперхнувшись дымом, отчаянно закашлялся. Закашлялся, сухо и хрипло, даже слёзы выступили.

"Бросать надо" - с привычным раздражением подумал он, - "Курить надо бросать". Он и бросал. Не меньше дюжины раз. Но каждый раз начинал снова, спускался вниз, покупал пачку в газетном киоске у Аммара, тот, масляно улыбаясь, подносил огонь. Иногда Котельников не курил неделями. И дело было не в отсутствии воли, с этим-то как раз всё было в порядке. В конце концов, всё упиралось в простой вопрос "А зачем?" Зачем лишать себя пусть маленькой, пусть глупой, но радости? Чтобы дольше прожить? Он толком не знал, зачем он живёт и сейчас.

И вряд ли смог бы ответить, кому нужны были эти тридцать бездарно прожитых лет. Ему, Льву Котельникову? Бывшему журналисту, бывшему зэку, бывшему русскому? Или нынешнему Лио, таксисту, эмигранту и профессиональному неудачнику?

Тихо шурша шинами, мимо проплыл полицейский "форд", русый парень, похожий на колхозного тракториста, вопросительно кивнул. Лёва улыбнулся в ответ. С двух ночи до четырёх утра он испытывал к полиции почти симпатию, из заклятых врагов они превращались в славных ребят, по-прежнему, чуть туповатых, но отзывчивых и добродушных.

Лёва прикинул, где бы выпить кофе, жечь бензин до Трайбеки не хотелось, от пойла, которым торгуют китайцы в ночных шалманах, можно было бы уснуть, если бы не жесточайшая изжога, вызываемая их напитком. Можно заскочить в «Гнездо» – эспрессо там первый сорт и ночью пол-цены, но смущал контингент – разнузданные геи в чёрной коже, пирсинге и стальных цепях.

Запиликало радио, Лёва нацепил наушник:

– Ро-ози... – дурачась протянул он.

– Ли-ио, – отозвалась Рози, – У меня подарочек для тебя. Отель «Люцерн», это два блока от тебя. В аэропорт клиент.

Лёва выщелкнул окурок на середину дороги и тот рассыпался маленьким рубиновым фейерверком.

8

Лёва прижался к тротуару у входа, в широкие окна был виден холл, налитый мягким карамельным светом, высокие колонны, купидоны в тёмных нишах, античные вазы с исполинскими цветами траурных тонов. Над стойкой портье часы ратушного размера показывали ровно полтретьего.

Швейцар в малиновом сюртуке с адмиральскими аксельбантами и усами, важно погрузил два чемодана в багажник, раскрыл заднюю дверь. Пассажир замешкался, суетливо роясь по карманам, нашёл две скомканных бумажки, расправил, протянул. Швейцар снисходительно кивнул,

наклонился и басовито обратился к Лёве:
– Аэропорт Кеннеди!

Лёва выскочил на пустой Бродвей, светофор, как по команде зажёгся зелёным. Лёва приоткрыл окно, дал газ и с нарастающим удовольствием погнал на юг. По мере его приближения на всех перекрёстках красные огни сменялись зелёными.

Наступило самое глухое время. Казалось, что Лёвин яично-жёлтый «торос» – последняя особь сгинувшего племени автомобилей. Лёва пощёлкал кнопками радио, благодушный голос хриплой трубы устало заполнил салон. Чуть приглушив звук, Лёва глянул в зеркало. Пассажир копался в карманах, доставал билеты, разглядывал какие-то бумаги, шевеля губами. Прятал обратно, качал головой, доставал снова и перекладывал в другой карман. Потом вдруг замер, уставился в окно. Там проносился тёмный Гарлем. На Сто двадцать пятой лихо, почти не сбрасывая газа, Лёва вписался в правый поворот, дорога понеслась под горку, а после сразу подскочила и вылетела на Трайборо-бридж. Манхэттен остался позади.

Пассажир завозился, крутя головой, с высоты моста вид открывался действительно внушительный: чёрные силуэты небоскрёбов вставали из густого мрака неподвижной воды и втыкались в тёмно-бордовое небо. Пассажир вытащил телефон, сделал несколько снимков (Лёва усмехнулся – как дитя, честное слово, – тут профессиональная камера со штативом нужна, а он со своей мыльницей). Потом, набрал номер и начал взволнованным полушёпотом кому-то что-то говорить, жестикулируя и дёргая себя за мочку уха. У какого-то знакомого, кажется в Калифорнии, была такая же дурацкая привычка, Лёва не мог вспомнить именно у кого, вспомнилось лишь раздражение. Он благодушно подумал, что и у него наверняка есть некая дурацкая привычка, мысленно перебрал варианты, но ничего примечательного не обнаружил.

Пассажир вдруг зашёлся высоким бабьим смехом, откинулся на спинку и простонал: «Ну, ты даёшь!»

Лёва приглушил приёмник, разговоры клиентов подслушивать было неловко, но порой очень занятно. А уж русских – занятно вдвойне.

– Да не, кисуль, я не играл в Вегасе, мы там четыре дня были. Я тур в Долину Смерти взял, фоты покажу – рухнешь. Представь – пустыня красная и столбы до небес... Не столы, столбы! Колонны такие, огромные. Очень впечатляет... Куда? Не, в каньон нет. Ну я там был в прошлый раз. Чего там смотреть? Ну, провал, внизу речка. Не, в каньон... Алё! Алё?

Пассажир потряс телефон и громко крикнул:

– Всё, Ликусь, у меня батарейке капут, до встречи! Обымаю!

Лёвино сердце упало, он пытался вдохнуть и не мог. Он сжал руль.

Пассажир аккуратно убрал телефон во внутренний карман и принялся глазеть в окно.

У Лёвы заломило затылок, из-за приступа боли он машинально вдавил педаль газа в пол. На спидометре стрелка подползла к сотне, они уже давно неслись по двадцать пятому шоссе.

Лёва пристально вглядывался в зеркало. После, не поворачиваясь, приоткрыл окошко в перегородке и ласково позвал:

– Серёжа.

В зеркале он ясно увидел, как пассажир испуганно дёрнулся и уставился ему в затылок.

– Ну, здравствуй, – ухмыляясь, проговорил Лёва, – Здравствуй, Серёжа.

Пассажир, растерянный и бледный пожевал губами, наконец выговорил:

– А мы знакомы?

Теперь Лёва почти точно узнал и тот тенорок, и смазливое лицо, обвисшее изрядно за тридцать лет.

– Да-а, обтрепался ты. Лысый совсем, Серёжа, – с мрачным злорадством проговорил Лёва.

– Позвольте, как вы... – театральным тенором вскрикнул пассажир.

– Заткнись, вошь цветная! Он меня по шурику на ход на четыре годка замастырил, а сейчас кипешится тут бобром, сучонок, – в диком блатном кураже прорычал Лёва через плечо. Он с удивлением обнаружил, что за тридцать лет не забылось ничего.

Пассажир разевал рот, получались одни междометия. За окном проплывал расцвеченный жёлтыми огнями стадион «Шеа», где в шестьдесят четвёртом играли «Битлз».

— Я не понимаю, о чём вообще...

— Да мне мусорок твою телегу показывал. С подписью, всё чин-чинарём. Серёжа.

— Какую телегу, в конце концов, чёрт побери? – пассажир вскрикнул, сорвавшись на фальцет.

— Заяву твою, стукач поганый! Донос!

Пассажир застыл.

— Вспомнил, мразь гэбешная, – с угрозой процедил таксист. – Вот и пришло времечко поквитаться. Я этого, считай, тридцать лет ждал. Серёжа.

Серёжа сидел с прямой спиной, в ужасе раскрыв глаза.

— Сейчас мы на Атлантик-авеню свернём, там лесок, за ним болотце, – Лёва медленно достал из бардачка двенадцатиюймовую отвёртку. Сталь тускло блеснула, пассажир, не отрываясь, глядел на острое жало.

— Послушайте, – пассажир сипло проговорил, припав лицом к оконцу в перегородке, – послушайте, это ж безумие, бред. Вас поймают, арестуют.

Лёва хмыкнул:

— Было это. Не привыкать.

— Ну, послушайте же! Вы! У меня не было выхода, меня самого на первом курсе... а у меня мама... они шантажировали... мама больная... – пассажир говорил всё быстрее, запинаясь и странно растягивая слова, будто паясничал. И вдруг зарыдал.

До аэропорта оставалось мили три, уже пошли какие-то низкие ангары с силуэтами локаторов и антенн, впереди замерцали цепочки ультрамариновых посадочных огней.

Пассажир рыдал с детским самозабвением, громко всхлипывая и заикаясь:

— Вы... что же думаете!? Вы... Они там... думаете, шутят?

Он размазывал слёзы, шмыгая носом и елозя красной щекой по грязному плексиглазу перегородки. Потом, внезапно замолчав, откинулся назад и закрыл лицо ладонями, словно играл в прятки.

Проскочили указатели терминалов. Лёва сбросил скорость. Мокрая рубаха прилипла к спине, он зябко поёжился. Хотелось спать, хотелось кофе, страшно хотелось лежать на спине с закрытыми глазами и не думать ни о чём. Как тогда, в Италии. Качаться на волнах. Не думать.

Неподвижный Серёжа был похож на мумию, меж ладоней торчал острый кончик носа. Лёва вспомнил, как Сомов с двумя приятелями подкараулил его в Девятинском, как Лика кричала, висла на руках и только мешала, а Лёва отметелил всю компанию за милую душу и, кажется, сломал нос Сомову. Досталось и Лёве, после он сидел на краю ванны, Лика, всхлипывала, но по-докторски ловко манипулировала ватой и бинтами и ещё какой-то жгучей гадостью, а Лёва пытался шутить, картавя разбитыми губами, чувствуя, как дуля на скуле наливается и пульсирует жаром.

Пассажир икнул. Лёва устало взглянул в зеркало. Сзади сидел тощий плешивый человек, который украл его жизнь. Ничтожный и жалкий, он украл его женщину, он ездил на гастроли, гордо одевал смокинг и важно кланялся в шумный зал, дети в Шереметьево кричали ему «папа!» из-за загородки, когда он махал им пёстрыми свёртками с красными бантами, летом он пил чай на дачной веранде, ругая комаров, а потом засыпал в гамаке, уронив на лицо газету. Лёва даже разглядел в сиреневой тени гамака спящего золотистого щенка с мокрым носом.

Это была Лёвина жизнь. Должна была быть. Странно, но он не ощутил никакой зависти. Не осталось и злобы – ничего, кроме брезгливого равнодушия.

Лёва перестроился в левый ряд, остановился под стрелкой. Уже был слышен раскатистый, как дальняя гроза рёв двигателей. Сзади щёлкнуло, Лёва повернулся и увидел, что пассажир, распахнув дверь, выскочил на асфальт. Он зацепился пиджаком, дёрнул, ткань треснула, Лёва хотел что-то крикнуть, но в этот момент справа локомотивом пронеслась какая-та громада, сметя дверь и человека. Лёва отпрянул, больно ударившись затылком, а после замер, тупо глядя на вырванные с мясом петли и в дыру, где только что была дверь его «тороса».

В полиции кофе оказался даже хуже, чем у китайцев. Лёва глотал тёплую горечь с привкусом мокрого картона и читал свои показания. Дочитал, расписался.

— И ещё вот здесь. И число.

Лейтенант с усталым лицом, похожий на пожилого сенбернара, сгрёб листы, сложил в папку:

— Курева нет? — Извиняясь, добавил, — Кончились, а тут хрен купишь...

Лёва вытащил тощую пачку, вытряс плоскую, кривую сигаретину.

Полицейский аккуратно расправил её, откинулся на хлипком стуле, спросил, улыбаясь:

— Контрабандные... Из Мексики?

— Коста-Рика.

— Да-а... Вот так-то, брат. Едешь вроде как на конференцию, а после тебя с асфальта соскребают...

— Какую конференцию? — непроизвольно спросил Лёва, морщась и пальцами массируя висок.

Лейтенант раскрыл папку. Лёва увидел билет, бордовый паспорт, бумаги, какой-то буклет.

— Да вот. Лас-Вегас. Международная конференция по управлению людскими ресурсами, с пятого по девятое.

Лёва резко подался вперёд, не спрашивая, взял со стола паспорт. Раскрыл.

...Алтухов Сергей Игнатьевич, выдан ОВИР № 4, г. Санкт-Петербург.

Снаружи совсем рассвело. Лейтенант расстегнул воротник рубахи и с удовольствием затянулся. Клацнул армейской зажигалкой, поиграл в ладони, сунул в карман:

— К метро подбросить? Я в Квинс еду.

— В Квинс... — рассеянно повторил Лёва, отрицательно мотнул головой.

Лейтенант кивнул и косолапо зашагал на стоянку.

Сверху, надсадно ревя, пронёсся «боинг». Лёва задрал голову, удалось разглядеть блёклое китовье брюхо, промелькнули неуклюжие шасси, похожие на детские боты. Жарко пахнуло копотью и нагретым металлом. «Боинг», плавя турбинами воздух, задрал нос и резко стал набирать высоту.

Лёва застыл, провожая взглядом самолёт, он бледнел, таял и уже превратился в маленький прозрачный крестик. От устрашающей мощи не осталось и следа, из неба доносился лишь ворчливый звук, словно кто-то бродил по жестяной крыше. Потом стих и он. Стало слышно, как зудит проснувшаяся мошкара.

Недавно прошёл дождь, на тёмных листьях висели крупные капли, от сырого асфальта тянуло свежестью. Лёва потрогал листья, после провёл мокрой ладонью по лицу. Осторожно ступая, будто боясь упустить какую-то важную мысль, он побрёл вдоль бетонной стены, ограждающей взлётное поле.

Небо посветлело, пепельная бледность перетекла в голубое, по голубому разливался розовый отсвет. Самого солнца Лёва не видел, восток загораживала бетонная стена, но высокие верхушки мокрых кустов вдруг вспыхнув, заблестели, а по площади протянулись тощие длинные тени. К дальней остановке, сияя хромированным боком, подкатил двухъярусный пустой автобус. Шумно выдохнув, распахнул двери.

Лёва остановился. Вытянул сигарету, долго разминал её, разглядывая ослепительную полоску рассвета, ртутью перечеркнувшую верхний ярус стёкол автобуса. Потом, будто что-то решив, сунул сигарету обратно в пачку, огляделся. Увидев урну, он смял пачку, выбросил тугой комок и направился к автобусной остановке.

Нью-Йорк - Вирджиния 2011

МОНТЕКРИСТО

Лутц всплыл на третьи сутки. Его прибило к берегу перед самым восходом. Около восьми, когда уже начало светать, на него наткнулся старик Юфт, а уже через полчаса к озеру высыпала вся деревня.

Рассвет не задался – розоватую перистую рябь облаков заволокло бледной мутью, небо отяжелело и навалилось на макушки сосен. Во влажной тишине тихо звонил колокол, и этот стеклянный звук лениво плыл по тёмной неподвижной воде, путаясь и умирая в молочном мареве дальнего берега.

Деревенские, хмуря серые от неудавшегося восхода лица, молча обменивались скупыми деревянными жестами, кто-то закурил, кисло пахнуло дрянным табаком. Старик Юфт продолжал что-то уныло бубнить, хотя его никто уже не слушал. Старик говорил и говорил, разводил руками, в которых по-прежнему сжимал самодельный гарпун и засаленную котомку с прикормом.

1

Полина, вялая и злая, – она почти не спала той ночью, сразу догадалась, что случилось, едва завидев спешащих к озеру селян. Её передёрнуло от внезапного озноба, ежась, она воткнула худые ноги в материны сапоги и, прогремев по доскам крыльца, стала боком спускаться к берегу. Оступившись на звонко скрипнувшей гальке, ойкнула и чуть не упала. Деревенские молча расступились, пропуская её к воде.

Лутц лежал на спине, запрокинув голову и выставив вверх костистый кадык. На бледно-лимонной шее и подбородке чернела редкая щетина. Полину качнуло, кто-то сзади поддержал её. Она подумала, что её сейчас вырвет, она с трудом сглотнула кислую горечь и, сунув кулаки в карманы кофты, не глядя ни на кого, пошла вдоль берега, громко хрустя сырой галькой.

Полина вспомнила, как Лутц убил ястреба. Это было в середине августа, под вечер, стояла тихая погода, рыжее солнце уже садилось за высокие сосны. Лутц подмигнул ей, ловко вскинул «манлихер», и, улыбаясь, прицелился. Полина задрала голову. Птица выписывала плавные круги, вдруг дёрнулась, подпрыгнула и кувырком полетела вниз. Упав на дорогу, ястреб ещё с минуту судорожно хлопал крыльями по пыльной глине. Полина, отчего-то на цыпочках, осторожно приблизилась к умирающей птице и, вытянув шею, заглянула в жёлтые глаза. Их уже затягивала мутная плёнка. Лутц неслышно подошёл и ущипнул её за бок – Полина вскрикнула.

– Ну-ка, добей его! – Лутц весело кивнул на распластанную, пыльную птицу.

В клюве блестели розовые пузырьки, пуля пробила ястреба навылет, из раны вытекала тёмная кровь и, мешаясь с пылью, казалась обычной грязью. Полина испуганно замотала головой:

– Не надо, – тихо сказала она, – пусть... он сам.

– Эх, учи тебя, балерина... – Лутц махнул рукой и с задорной злостью припечатал каблуком голову птицы к дороге. Полина слышала хруст, видела, как Лутц после гадливо шаркал подошвой по траве. Потом, закурив, он поднял ястреба за крыло, раскрывшееся пёстрым веером, и долго разглядывал мёртвую птицу, щурясь от табачного дыма.

2

Тем мартом Полине исполнилось четырнадцать, в движениях появилась плавность, подростковая угловатость чуть смягчилась, и хотя грудь уже проклюнулась, но оставалась до обидного плоской, хоть плачь. Она бросила балетный кружок, не спросясь, остригла волосы, тяжёлые и густые, те, что парикмахеры зовут «сильный волос», а уцелевшую газонную колкость выкрасила в чёрный цвет. Тогда же она решила сделать татуировку на шее (японский иероглиф, означающий огонь), но в последний момент струсила, что будет больно, и ограничилась пирсингом в пупок.

В начале апреля, в пятницу, где-то в окрестностях Басры погиб её отец, их конвой подорвался на мине, уцелевших бандиты добили из автоматов.

На поминках красивый плотный майор, бритый балтиец, угрюмо вставал, оттопырив мизинец, поднимал рюмку. Он строго говорил про мужество и долг, распаляясь и постепенно наливаясь красным, под конец внезапно замолкал, обводил собравшихся слегка удивлённым взглядом и осторожно, как микстуру выпивал водку.

Потом все разошлись, мать курила на кухне и, внимательно разглядывая белый кафель, жгла Полинины «Арабские сказки». Вырывая страницу, она подносила бумагу к синему пламени конфорки, лист вспыхивал оранжевым огнём, пламя жадно и легко проглатывало буквы, слегка задерживаясь на иллюстрациях – картинки горели не так споро, типографская краска потрескивала и дымила, окрашивая огонь в неожиданные и яркие цвета. Синдбад-мореход, сгорая, выпустил лимонный шлейф, Алладин, прежде чем скрючиться чёрным пеплом, расцвёл искристым фейерверком, лишь Багдадский Вор ушёл тихо и без помпы, как и подобает вору.

Впопыхах продав квартиру, – мать теперь всё делала лихорадочно, словно пребывала в некой бесконечной агонии, – они переехали сперва в Кронспилс, а после, по приглашению какой-то дальней отцовой родни, перебрались в пустовавший летний дом на берегу лесного озера под Лаукэ.

Дом оказался чёрной хибарой на окраине деревни, сонно сползавшей в тёмную, неподвижную гладь озера. Сквозь треснутое окно кухни Полина завороженно наблюдала, как мать с птичьей прытью, голенасто вышагивала взад и вперёд по кромке берега, мяла руки и с нервным азартом пыталась что-то втолковать своему невидимому и непонятливому собеседнику. Иногда в окне появлялся кто-то из деревенских, унылых и похожих друг на друга, словно спички из одной коробки. Молодых в деревне не было, старики могли бы сойти за умиротворённых пенсионеров, если б не оловянная тусклость глаз. Ни смеха, ни улыбок, скупость жестов и фраз. Полине, выросшей в городской стремительной и весёлой суете, казалось, что деревенские давно сожгли всю свою жизненную энергию и продолжают двигаться лишь по привычке, бесцельно и бессмысленно, вроде фигурок в дрянной кукольной анимации.

За окном скользили солнечные пятна, гибко качались ветки ивы, в липкую дремоту заплывал горьковатый запах одуванчиков, горячей пыли и сохнущей на жаркой гальке тины. Очертания предметов теряли определённость, расплывались, таяли. Воздух дрожал над поверхностью озера, на том берегу в знойном мареве плавились раскалённые докрасна стволы высоченных сосен. Глаза закрывались сами собой, сквозь дрёму доносился мокрый звон якорной цепи, вялый всплеск весла, тихая и прозрачная трель какой-то пичуги, высвистывающей всё те же три бесконечных ноты.

Время обрело вязкость и утеряло смысл, за пыльным стеклом синели и удлинялись тени, в линялом воздухе одна за другой появлялись тусклые звёзды. В густеющих сумерках профиль матери двигался взад и вперёд, как жестяная мишень в ярмарочном тире, острым жестом мать тыкала и тыкала в кого-то погасшей сигаретой.

Озеро стало физической преградой, барьером, положившим предел её суматошному побегу. Хрустя галькой, мать сновала по берегу, силясь найти выход из этой западни. В середине июня выход был найден – мать вскрыла себе вены.

Её спасли. Четыре дня она пролежала в коме в местной больнице в Лаукэ, в понедельник её перевезли в военный госпиталь Кронспилса.

3

В яркий июльский день Полина возвращалась из Кронспилса. От автобусной остановки до озера надо топать ещё шесть километров, сначала вдоль шоссе, после через поля.

Полина наступала на свою короткую тень, смешно прыгающую по сухой дорожной глине, над полями плыл жаркий дух горячей травы и яростный треск кузнечиков.

«Нужно запастись терпением» – нежно-бабьим голосом сказал толстый розоволикий врач, деловито перекладывая бумажки на столе. Сбоку в фальшивой золотой рамке сияла под стеклом карточка двух розовощёких пацанов и совершенно рыжей тётки.

«Нужно запастись терпением» – повторяла Полина в такт шагам, – «Терпением... нужно... запастись». От повторения смысл из слов вытек, остались лишь звуки: первый рычащий, второй жужжащий и третий долгий и ленивый, как зевота.

Потом, сидя на горячих ступенях крыльца, она, аккуратно затягиваясь, выкурила подряд две сигареты. С непривычки голова поплыла.

Ловким щелчком сбив рыжего муравья с запястья, Полина повторила шёпотом: «Нужно запастись терпением...» и вдруг с неожиданной ясностью осознала, что её предыдущая жизнь кончилась. Всё, что составляло ту, прежнюю её жизнь, необратимо перешло в разряд безнадёжного хлама.

Истина состояла в том, что на свете не существовало ничего, кроме озера, звенящего июльского зноя и бесконечного ожидания.

4

За сараем, в крапиве, валялась лестница – самодельная конструкция из корявых осиновых чурбачков, кое-как вколоченных меж двух хлипких брусьев. В крапивных волдырях, сердитая, Полина всё-таки вытянула лестницу к фасаду дома. Там, над фанерным козырьком крыльца темнело чердачное окно. Никакого другого лаза на чердак внутри дома ей обнаружить не удалось.

Наверху, в пыльной полутьме висел банный дух нагретого дерева. Протиснувшись на карачках вглубь чердака и отплёвываясь от прилипшей к губам паутины, Полина наугад шарила перед собой дрожащей рукой, натыкаясь на загадочные предметы и ёжась от мысли о затаившихся по углам крысах и змеях.

Ни крыс, ни змей обнаружить не удалось. Привыкнув к темноте, она огляделась – загадочные предметы оказались балками, трубами и пучками электропроводки. Изнанка крыши выглядела, как фанерный ящик, из неё торчали ржавые острия кровельных гвоздей. Полина, тронув гвоздь пальцем, удивилась, что не напоролась на один из них в потёмках.

От духоты и пыли было трудно дышать, щекотная струйка, помедлив меж лопаток, скользнула вниз. Полина заметила теперь, как солнце просачиваясь сквозь едва различимые щели, наполняло чердак сумрачным канифольным сиянием.

В дальнем углу темнел силуэт ножной швейной машинки, рядом лежал тощий солдатский матрац, на нём кучей были свалены книги и газеты.

Этому барахлу лет сто, восторженно подумала Полина, осторожно выуживая пыльную газету из стопки. Газета оказалась трёхлетней давности. Книги огорчили ещё больше – это были учебники по начертательной геометрии и черчению для первого курса.

Потная и уставшая, с паутиной и сухой мошкарой в волосах, Полина уже собралась ползти назад, как вдруг заметила под самым скатом крыши длинный свёрток в сером суконном одеяле, перетянутый бечёвкой.

Полина быстро распутав верёвку, развернула одеяло. Там был плоский футляр тёмного дерева с двумя чемоданными застёжками. Щёлкнув замками, Полина подняла крышку. Внутри, на тёмно-зелёном бархате лежала винтовка. Рядом, в подогнанных ячейках располагались шомпол, оптический прицел, две круглых маслёнки.

Подарочный набор какой-то, усмехнулась Полина, проводя пальцем по воронёному металлу ствола. Изгиб полированного ложа и узор вишнёвого дерева приклада напоминали антикварную скрипку. На бархате крышки сияло тиснёное бронзой клеймо «Weichrauch & Weichrauch, Germany, 1924».

5

Лутц появился в конце июля.

Тем днём с утра прошёл дождь, но под вечер снова стало невыносимо душно. Полина скучала на ступеньках крыльца, наблюдая как отражение заката в неподвижном озере постепенно наливалось малиновым, цвет менялся с торжественной медлительностью, словно декорация безмолвного спектакля. Сосновый бор на том берегу из фиолетового уже стал чёрным и превратился в глухой, плоский задник с затейливо вырезанным верхним краем. Перевёрнутая копия его тонула в тёмно-красной воде.

Лутц проверял верши на середине озера. Его тёмный силуэт в надувной лодке бесшумно скользил от поплавка к поплавку, он без единого всплеска выуживал вершу, ловко перекладывал рыбу в садок. Мокрая чешуя вспыхивала и гасла.

У Лутца был крепкое лицо римского легата, крупный нос с горбинкой – травма давних лет, о которых он не любил вспоминать. Он вообще был несентиментален, на прошлое взирал иронично и жадно жил исключительно в настоящем времени. Он считал себя удачливым, но успехи свои относил всё-таки по большей части на счёт железной хватки и врождённой интуиции.

Каждый август Лутц проводил в «своём волчьем логове» как с мрачным кокетством он именовал хутор под Лаукэ, купленный им за сущие гроши шесть лет назад и весьма успешно переделанный в охотничий дом, с непременным набором рогатых голов на дубовых стенах, большим камином из дикого балтийского камня и коллекцией марокканских ятаганов на траурном красно-чёрном арабском ковре.

Обычно хмурый и угрюмый, порой грубый, Лутц безусловно нравился дамам, за сумрачным фасадом им мерещилась строгая, одинокая душа, он слыл, что называется, «настоящим мужиком», дамы, закатывая глаза, произносили это, добавляя обязательно ещё что-то про надёжность.

Мнением дам Лутц не интересовался, уже лет девятнацать у него не было сомнений в собственной исключительности.

Каждый вечер после заката он неспешным брассом плавал в густой черноте остывающего озера. Потом, в банном халате вольного покроя, крепко топал голыми пятками по доскам открытой террасы, нависшей над отражением Млечного Пути, и медленно опускался в шезлонг. Забивал табак в трубку. Не думая абсолютно ни о чём, он любовался затейливыми кольцами карамельного дымка. Дым вился, лениво уплывал в темноту и таял, уплывал и таял. Изредка Лутц улыбался, щурился на робкие звёзды и одобрительно им кивал.

6

Деревенские недолюбливали Лутца – на полнокровную ненависть у них просто не хватало жизненного жара, они, с крестьянским высокомерием дразнили его «спортсменом», за глаза, разумеется. При встречах здоровались скупо, исходя тёмной завистью к тому естественному безразличию, с которым он относился к ним, безнадёжно слившимся с местным пейзажем.

Исключение составлял Юфт, изгой и пьяница – его Лутц знал даже по имени. Пронырливый старик ведал, где накопать жирных красных червей, весело пляшущих на крючке, – за час полдюжины килограммовых лещей на утренней зорьке вам гарантированы. На его живца (малька он брал подъёмником на дальнем ручье за мельницей) шёл матёрый голавль. Ему были известны все ямы и омуты, – в случае, если вас вдруг заинтересует налим. Юфт с неизменным успехом ставил рачевни, не брезгуя тухлой наживкой и приговаривая, что трупяк для рака, что сахар. Его раки были мосластые гренадёры, все, как на подбор, ядрёные и злые, а сваренные с пучком укропа и лавровым листом божественно шли под ледяной «будвар».

Лутц фамильярностей не допускал, пьяница это чуял и соблюдал дистанцию. За услуги денег он не получал, Лутц, скорее всего, бессознательно (нелепо даже предположить, что он задумывался на эту тему) не платил старику, а бросал подачки: початую бутыль виски, надоевшую куртку, полпачки табаку. Старый пропойца репутацией не дорожил, на мнение селян плевал и охотно принимал подношения, мешая голландскую «амфору» пополам с вонючим самосадом и смакуя недопитый скотч.

7

Ружьё оказалось пневматической винтовкой. Из похожей Полину учил стрелять отец прошлым августом, когда они все отдыхали в Дзиеркале. Шептал ей в ухо:

«Не дёргай курок. Ласково спускай... ласково».

Господи, неужели всего год назад?!

Приладить оптический прицел так и не удалось, там явно была

какая-то мелкая хитрость, а у Полины отношения с механизмами вообще не очень клеились.

Ещё на чердаке нашлась обувная картонка, доверху набитая коробками с пульками. Пульки были трёх видов: обычные свинцовые, как в том тире, блестящие шарики и острые стальные дротики с канареечной кисточкой на конце.

На опушке среди мохнатых одуванчиков Полина расстелила одеяло, достала ружьё из футляра, на обломанный сук насадила недозрелую антоновку. Морща нос от вонючей машинной смазки, долго целилась, ёрзая на животе и перебирая вспотевшими пальцами. Спустила курок. Промазала.

Ласково надо, подумала с досадой, ласково.

Второй выстрел чикнул по листве справа. Она перезарядила и выстрелила почти не целясь. Мимо, конечно, мимо.

Прикусив губу, она переломила винтовку, зарядила. Выстрел, и снова мимо.

— Эй! Меня это уже начинает раздражать, — громко заявила зелёному яблоку.

— Злиться при стрельбе — последнее дело, — у Лутца был жёсткий латгальский выговор, он жевал травинку с пунктирной метёлкой и жмурился на солнце.

Полина дёрнула плечом и, бросив винтовку на одеяло, фыркнула:

— Ружьё кривое, — и отвернулась.

— Ну, это да... это уж как водится,— усмехнувшись, пробормотал Лутц, легко подкинув и влёт крепко ухватил ружьё за цевьё, —

Ох ты! Вайраух! Настоящее «монтекристо»! – разглядывая фабричное клеймо, изумился он.

– Монтекристо? – Полина повернулась вполоборота и скрестила голенастые ноги в комариных крапинках, – Граф?

Лутц, похоже, не расслышал, – увлечённо разглядывал ружьё, ладонью провёл по прикладу, залюбовался текстурой полированной вишни. Возникла и повисла пауза, заполненная стрёкотом кузнечиков.

– Там ещё прицел, оптический... я что-то не смогла... – сказала Полина, чувствуя неловкость и непреодолимое желание хоть что-то сказать.

– Где?

Полина раскрыла футляр.

Она сидела неудобно выгнув спину, назло не меняя позы, и медленно наливалась ненавистью. В профиль Лутц напоминал ей того угрюмого пилота, который так лихо дрался в «Западне-2», а в конце, простреленный много раз, красиво умер, упав с жуткой скалы в бушующие волны залива.

На предплечье у него (у Лутца, не пилота) была выколота какая-то пятнистая ящерка, красная с чёрным. Лутц моментально приладил оптический прицел и тут же принялся старательно протирать его носовым платком. После долго настраивал, подкручивал, целился и снова подкручивал. При этом не обращая на Полину ни малейшего внимания! Безусловно, деревенские были правы, считая Лутца высокомерным хамом.

– Дай-ка пульку! – не глядя, потребовал он.

– Какую прикажете? – язвительно поинтересовалась Полина.

– Кисточку дай.

– Извольте!

Зарядил. Выпрямился, лихо, как в кино, крутанул «монтекристо», на стволе вспыхнул зайчик и прочертил круг. Широко двигая плечами, неспешно поднял винтовку. Словно собираясь играть на скрипке, нежно прижался к прикладу.

Полина перестала дышать.

Лутц застыл (ящерица на бицепсе тоже замерла), прицелился и спустил курок.

Яблоко разлетелось вдребезги.

– Ух ты! – вырвалось у Полины, но она тут же подобралась и, закусив губу, отвернулась.

Лутц ласково погладил винтовку, провёл рукой по прикладу:

– «Монтекристо» - классика германской пневматики, чертовский элеганс!

– Воздушка, – буркнула Полина, – подумаешь, как в тире.

– Сама ты воздушка, – неожиданно горячо возразил Лутц, – из этой воздушки запросто человека можно убить. Если в глаз попасть. Или в ухо... Воздушка...

Солнце завершало свою обычную возню с тенями, растянув их и покрасив сиреневым, – это за окном. В спальне медово плавился дощатый пол и горел белым угол простыни.

Полина выпотрошила на кровать материну сумку, содержимое сиротливо рассыпалось мелким мусором. Шариковая ручка, несколько тусклых монет, коллекция беспризорных ключей, окольцованных брелоком с Микки-Маусом.

Портмоне из кожи фальшивого крокодила сияло медной пряжкой на тёртом боку, телефон, слепой как камень, – Полина пальцем потыкала, – мёртв. В грязноватых футлярах неаппетитная косметика, – тут же с обезьяньей ловкостью были сочно намазаны губы.

Из записной книжки выпала семейная карточка в узоре трещин, призраки на ней полиняли, но продолжали вполне убедительно улыбаться на фоне каких-то пузатых балясин. Полина с трудом и без эмоций вспомнила: позапрошлый июль, пансионат на Липовой Горе. Странно, словно и не с ней это было.

Она пальцем погладила лицо отца, он смеялся и совершенно не подозревал о грядущих переменах. Полина долго всматривалась в фотографию, ей казалось, что она знает наизусть все движения этих губ, помнит назубок каждую искорку этих глаз, но чем дольше она всматривалась, тем страннее и незнакомее становилось лицо, постепенно став совершенно чужим. Полина прислонилась к стене, скривила рот, будто судорожно пытаясь что-то проглотить, потом бессильно сползла на пол и, уткнув лицо в острые колени, тихо завыла на одной ноте.

Превосходная всё-таки штука этот оптический прицел! Полина лежала на животе, пятна солнца едва заметно шевелились на сером одеяле, густо-зелёной траве, тепло щекотали спину. От жары и усердия ладони потели, их приходилось часто вытирать об одеяло.

В мутноватый глазок оптического прицела мир виделся отчётливо гладким, ненастоящим.

Припав к окуляру, Полина совершала плавные путешествия (плавная неспешность тут самое главное, стоит дёрнуть и уже не понять, куда ты смотришь) – от шишки, что свисала с сосновой лапы, она спускалась по рыжим чешуйкам ствола, скользила по гальке к стеклянной воде, из плывущих зигзагов там торчали камыши, покачивая замшевыми сигарными макушками, к одной прилипла синяя стрекоза и тоже качается в такт, чуть дальше беззвучно плеснул хвостом окунь и тут же брызнули врассыпную мальки. Стремительным демоном ворвалась и исчезла чайка. На том берегу по пояс в камышах скучал заезжий рыбак с удочкой, – деревенские удочек не признавали, промышляли сетями.

Справа камыши, пятнистый бор, дальше дом Лутца. Местные болтали, что у него там персидские ковры и гигантский камин, по бокам которого настоящие рыцарские доспехи из музея. Чушь, скорее всего.

Полина научилась лихо сшибать шишки, отец оказался прав, всё дело тут в плавности спуска и твёрдости руки. Взяв цель в перекрестье, она делала вдох и мысленно повторяя: «Нежно, нежно...» на выдохе спускала курок. Нежно. Выстрел – шипящий поршневой щелчок, злой и звонкий, как удар плёткой, несильная отдача в плечо и шишка, будто в цирковом фокусе, исчезала.

А в пятницу случилась беда – она подстрелила синицу. Полина сама не поняла, каким образом это произошло. Она лениво скользила по солнечным бликам и пятнам лесной черноты, набрела на роскошную глянцевую шишку, прицелилась. И в этот момент к боку шишки прицепилась проворная птица, ухватив её тонкими лапками, начала резво шелушить клювом, выковыривая орехи и весело раскачивая из стороны в сторону. Синица смешно крутила головой, раздувала жёлтую грудь, сорила шелухой.

Вот ведь егоза, азартно подумала Полина, ради шутки стараясь поймать птаху в перекрестье прицела. Синица не давалась, – пряталась за шишкой, висла вниз головой, отчаянно долбила клювом, взмахивая и помогая себе крыльями. Полина начала злиться и когда синица, неожиданно замерев, подставила канареечную манишку в крест прицела, быстро нажала курок.

Полине показалось, что она ясно видела, как пуля пробила грудь птицы, птица, как та дёрнулась и пропала. В прицеле покачивалась пустая шишка. Всё это случилось почти моментально.

Полина отложила «монтекристо», встала, медленно пошла к сосне. Издалека увидела клок пуха и рубиновую кляксу на траве, она всё ещё надеялась на чудо – что она промазала, что ей показалось, что птица улетела, что... Синица лежала в траве, неуклюже растопырив крылья, одна лапка сухой веткой торчала вверх.

Полина поплелась домой. На кухне, порывшись в ящиках, вытащила картонку, остатки кукурузных хлопьев из неё пересыпала в миску. Ножницами взрезала верх коробки поперёк морды весёлого тигра, сопя и шмыгая носом, вырезала корявый прямоугольник. Внутри расстелила кусок ваты. Подумав, насыпала немного хлопьев из чашки.

Вышла на яркое крыльцо, потопталась на ступенях, словно пытаясь что-то припомнить, уходя, прихватила в сарае ржавую лопату с налипшей окаменелой землёй.

На песчаном пригорке, среди узловатых корней сосны, была вырыта могила. Полина опустила коробку с птицей, пригоршнями засыпала песком. Утрамбовала ладошками аккуратный холмик. Из тесного кармана вытянула свечной огарок, зажгла, воткнула в макушку холма. Вздохнула, с сожалением подумав, что не знает ни одной молитвы. Не вставая с колен, подняла голову и уставилась в выцветшую от жары лазурь.

— Ага! Успел-таки к поминкам! — громко раздалось за спиной.

Полина обернулась, смутившись, грубо проворчала:

— Иди куда шёл...

Лутц бодро присел на корточки рядом, медленно провёл ладонью по самому пламени:

— Кто усопший?

Весёлый, с крепкими как орехи костяшками загорелых рук, пахнущий свежим потом и чем-то парфюмерно-цитрусовым, Лутц, ухмыляясь, насмешливо разглядывал Полину.

— Не ваше дело, — смутясь ещё больше, буркнула она и отвернулась, вдруг поняв, что он заметил её заплаканные глаза и что именно этот факт веселит его больше всего.

— Я нечаянно её убила, — пробормотала Полина, глядя куда-то вбок.

– Нечаянно убила? – развеселился Лутц ещё больше, – Ну, это бывает, это не страшно. Реветь-то зачем?

Полина шмыгнула носом.

– Ладно, фроляйн, пошли, устроим достойные поминки твоему дятлу. Вставай, вставай...

– Это не дятел. Синица.

– О, синица? Тогда тем более!

10

Никаких рыцарских доспехов не обнаружилось, а камин, да, камин был огромен. Во всю стену, выложенный серым булыжником. Дверь в дом была раскрыта настежь, с солнечной террасы комната казалась налита гробовой чернотой, там в густом мраке угадывались рогатые силуэты на стенах, моргали тусклые блики на хищных ятаганах.

А снаружи пекло. От гладких досок веяло полуденным жаром. Полина, заткнув незаметно пяткой шлёпанцы под шезлонг и вытянув длинные ноги, шевелила грязными пальцами с облезшим розовым лаком.

Озеро за спиной оцепенело от жары и отливало ртутным блеском. Ни ветерка, ни облачка, ленивый августовский зной, плотный и недвижимый.

Полина мелкими глотками пила ледяной клюквенный морс, ухватив обеими руками большой потный стакан.

– Какая к чёрту справедливость, о чём вы, барышня, толкуете? – Лутц вернулся и, поставив на пол поднос, опустился в шезлонг напротив. Подмигнув, кивнул, – Налетай, пока холодная.

И сам, наклонясь, подцепил за черенок ядрёную клубничину, макнул в белую гущу сбитых сливок и отправил в рот. Хвостик с зелёной звёздочкой ловким щелчком пульнул через перила в озеро.

От свежего клубничного духа у Полины потекли слюни, она бойко ухватила пузатую ягоду, сунула в рот, за ней вторую, щекотный сок стёк по подбородку на майку, на животе расплылись алые капли.

– Нечешно это, – жуя, попыталась Полина поддержать разговор, держа наготове уже следующую ягоду со сползающей сливочной шапкой. Сливки соскользнули и смачной кляксой шлёпнулись на пол.

– Ыжвините, – смеясь клубничным ртом, прошепелявила она.

– Нечестно, несправедливо, – Лутц сцепив пальцы, вытянулся в шезлонге. Закинул руки за голову, выставив бледные подмышки с пегим опереньем:

– А кто вообще сказал, что жизнь справедлива по своей сути?

Полина невнятно хмыкнула, шустро придвинув поднос и нацеливаясь на самую крупную из оставшихся клубничин.

– Я сам устанавливаю правила жизни, я им следую, я по ним живу. И если ты хочешь иметь со мной дело, соблюдай эти правила, – Лутц говорил и строго щурился на озеро.

Полина кивнула, налегая на сливки.

– Но если ты... – Лутц сделал зловещую паузу, Полина с набитым ртом удивлённо спросила – я? Лутц махнул рукой, – Да нет, ты – стрекоза, причём тут ты? Я образно...

– Спасибо за клубнику, конечно, но я вам не стрекоза, – гордо выпячивая плоскую грудь с клубничными пятнами проговорила Полина, тыльной стороной ладони вытирая рот.

Лутц взглянул на неё с непритворным удивлением:

– Нет? А кто ты?

– Я – Лина... Полина, – уже не столь уверенно проговорила она.

– А-а, понятно, – насмешливо протянул Лутц, – Полина-балерина.

У Полины вдруг похолодели ладони, – когда-то, миллион лет назад, именно так её дразнил отец. Звякнула ложка, упав на пол, Полина подняла, положила на стол, глядя вбок спросила:

– А что это за ящерица?

Лутц, не понял, после усмехнувшись, повернулся к ней округлившимся коричневым плечом, – ящерка тоже округлилась, лоснясь красно-чёрным узором.

– Саламандра.

– Можно я посмотрю? – Полина приблизилась, и, присев на корточки, стала разглядывать татуировку.

– Так нарисовано классно, – завороженно прошептала она, дыша в плечо Лутцу, – Пупырики здоровские! – Полина провела кончиками пальцев по татуировке, погладив саламандру по пятнистому красно-чёрному хребту.

Лутц вздрогнул и, смутившись, закашлялся.

– А пупырики, – спросила Полина, – это как?

— Бисер это. Под кожей, такая техника. В Гон-Конге... – отчего-то в нос проговорил Лутц, – там традиционные мастера... традиций... в Гон-Конге...

— А больно? – перебила она, – Пупырики эти, боль дикая, да?

— Я бы не сказал, – Лутц сглотнул и снова закашлялся.

11

К концу августа пекло установилось адское. Небо вылиняло и казалось необитаемым, если конечно не считать осатаневших вконец слепней. Возвращаясь с автобусной остановки, Полина видела как плавится знойный воздух над клеверными полями, высохшими в труху. На холме таял, похожий на мумию, силуэт унылой коровы.

Румяный доктор в Кронспилсе оказался полковником (отец научил её разбираться в звёздочках, сам он был майором). Доктор энергично шагал, потирая ладони, будто намыливал, поправлял какие-то бумаги и папки на столе, заглядывал в экран компьютера и снова шагал. И говорил, говорил, говорил. Его задорный оптимизм вконец напугал Полину, она молчала и лишь под конец спросила, причём даже не спросила, а просто тихо сказала: «Как же так? Ведь уже два месяца прошло».

А Лутц научил её стрелять из «манлихера». Поначалу от отдачи ломило плечо и даже выступил синяк. Ещё она выучилась закидывать спиннинг, далеко и метко. Крутила катушку упруго, без рывков, ведя блесну у самой поверхности. Запросто отличала теперь блёсны-вертушки от блёсен-колебалок, мастерски насаживала червей на крючок «бантиком» или «змейкой». Подсекала теперь, не дёргая всей рукой по-крестьянски, а ловким кистевым движением: конец удилища пел кнутом, леска звенела, Лутц подмигивал и показывал большой палец, совсем как тот пилот, из кино.

Деревенские, казалось, жары не замечали, бродили в пыльных, земляного цвета кофтах и тупорылых сивых сапогах, ковыряли уныло-коричневые грядки или бесцельно блуждали по дальнему берегу, вспыхивая как маленькие солнечные человечки в мелочи рассыпанного прибрежного серебра. Вода под вечер на мелководье была как суп и казалась почти горячей, стайки тщедушных мальков – горошины глаз на желейной хребтинке – валандались из стороны в сторону, вместе с водным мусором и озёрной травой. Иногда выплывали летние облака, курчавые и бестолковые, солнце, шутя, уклонялось от них, изредка хилая тень проскальзывала где-то на том берегу, по соснам или полям, но никогда здесь.

12

Полина проснулась среди ночи, вся мокрая от пота. Духота стояла невыносимая. Прошлёпав в полусне босыми пятками по дощатому полу, вышла наружу. Доски крыльца так и не остыли, она помедлила на ступеньках, покачиваясь спросонья и прислушиваясь, – ни звука. Лишь где-то в соседней вселенной с комариным усердием мчал поезд, вовсю работая локтями и прорываясь сквозь ночь. Это было едва слышимое, почти угадываемое движение, Полине представилось дремотно качающееся купе, сумрачное позвякивание ложки в стакане, жёлтые полосы света, плывущие по потолку, она подумала: вот было бы здорово, да и неважно куда...

Не додумав – мысль растаяла вместе с растворившимся звуком поезда, Полина, зевая, спустилась к воде.

Берег озера и верхушки сосен казались присыпанными дымчатой пылью, над водой стелилась молочная муть тумана. Полина повернулась, из-за крыши высовывалась яркая луна. Стянув через голову липкую сорочку, она, осторожно ступая, вошла по щиколотку в неподвижно-тёплую влагу. Остановилась, провожая взглядом лунные зигзаги, лениво покатившие к середине. Медленно пошла глубже, галька кончилась, пологое дно стало песчаным, плотным и ребристым как стиральная доска.

Когда вода дошла до бедер, Полина присела и, чуть оттолкнувшись, бесшумно поплыла. Она скользила всё дальше и дальше, плавно разводя руками, словно раздвигала тяжёлый бархат. Полина опустила лицо в воду и открыла глаза. Она хотела нырнуть, но от непроглядного мрака ей стало жутко. Вдобавок что-то мягкое коснулось её икры, она вздрогнула и поджала ноги.

Рыба, маленькая рыба, плотвичка, – скороговоркой убеждала себя Полина, но в сознание уже с неспешной жутью добротного кошмара вплывали белотелые утопленники с цепкими пальцами и синегубые наяды.

Полина развернулась и, стараясь не опускать ноги на глубину, спешными лягушачьими гребками поплыла к сизой прибрежной полосе. Решилась встать, лишь когда рукой нащупала дно.

На берегу, взъерошив руками волосы, она искала ночную сорочку. Пыльный свет луны растекался мелкой рябью по чешуйкам гальки, Полина крутила головой, поёживаясь и ворча вполголоса.

Вдруг она ощутила чьё-то присутствие, в тени сломанной ивы кто-то стоял. Она ничего не могла различить в темноте, но была уверена, что там кто-то прячется. Полина попятилась и уже хотела бежать к дому, как услышала:

– Думал, русалка. А это ты.

Из темноты в молочную муть лунного света выступил Лутц, он качнулся, словно оступившись, и со смешком добавил:

— А я вот сети, сети... проверял.

В руках Лутц комкал её ночную рубашку.

Полина застыла, не зная, что делать, лишь прикрыла ладонями низ живота. Её долговязое загорелое тело пересекали две дымчатых лунных полосы – поперёк груди и на мальчишеских бёдрах.

Лутц сделал ещё шаг, он был одного роста с Полиной. От него пахнуло горьковатым трубочным табаком и озёрной водой.

— Ты там не купайся, – сипло сказал Лутц, – там ключи. Там молдаванин утонул, дом мне строили когда. Так и не нашли...

Она почувствовала его руку на бедре. Луна качнулась, Полине почудилось, что берег дрогнул и поплыл. Тень от ивы загнулась и наползла на глаза, после, щекотно колясь щетиной, властно и горячо накрыла её с головой.

В непроглядной тьме сонно зажигались и гасли зелёные шары, между ними, кружась в зачарованном танце, плавно плясал мёртвый молдованин с белым как тесто лицом, задумчиво переступая босыми ногами и беззвучно прищёлкивая в такт костистыми пальцами.

13

Проснувшись поздно, Лутц, не открывая глаз, сонно потягивался под простынями, улыбаясь обрывкам ускользающего сна – снилось что-то зимнее и яркое, какие-то горы – он попытался припомнить что же там было ещё, но вместо этого вдруг проступило лунное озеро, дымчатая Полина с двумя бледными полосками на загорелом теле. Лутц замычал, как от зубной боли:

— Ох, погано-то как получилось... — засунув голову под подушку, он зло хлопнул сверху кулаком.

— Сколько ей? Пятнадцать? Шестнадцать? — думал Лутц, — ох, погано, погано, как же погано... Надо срочно пойти к ней, поговорить, объяснить.

Лутц скинул ноги на пол, сел на кровати. С похмелья голова слегка кружилась.

— Ага, объяснить, баран старый, что там объяснять? — Лутц швырнул подушку в угол, — Что я ей скажу? — он снова замычал, — Неважно, неважно, надо пойти. Тем более, завтра уезжать, хотя... может, это-то как раз и к лучшему... Ох, как же погано вышло...

Внизу проблеял клаксон.

Лутц выглянул. Из машины выкарабкивался Балдонис, долговязый блондин с мелким птичьим носом. Раскинув пушистые, в рыжих веснушках руки, он зычно заорал:

— А вот и мы! Принимай гостей, волчище!

Лутц, выругавшись, пошёл открывать.

С Балдонисом прикатили две девицы, сухощавая брюнетка, от которой попахивало чем-то горьковатым, как от пригоревшего батона, и задастая непоседливая блондинка по имени Марта.

На жаркой веранде сияла белая скатерть с пёстрыми отсветами от стаканов. Брюнетка проникновенно обращалась к Лутцу, приближая оранжево-загорелое лицо, а Лутц, опять позабыв её имя, рассеянно кивал и потягивал шампанское. Время от времени он щурился, пытаясь разглядеть что-то на том берегу.

Балдонис разложил своё мосластое тело в полосатой тени маркизы, на его золотисто-волосатых коленях егозила пухлявая

Марта, она заботливо кормила его виноградом.

Уже оживлённо планировались рыбалка и уха, брюнетка, поднимая к затылку руки и сияя сизыми подмышками, настаивала на купании и солнечных ваннах, Балдонис требовал стрельбы по мишеням, хищно поглаживая жирную ляжку капризной Марты. Марта капризничала и тоже желала что-то делать, но Лутц, уныло шпионивший за тем берегом, не расслышал что именно. В любом случае день пропал, – думал он, – видать – не судьба.

К ночи были найдены, развешаны и включены разноцветные гирлянды и веранда засияла как сельская ярмарка под Рождество. Азартно хмельной Балдонис со страстным артистизмом, нараспев, словно декламируя древние саги, рассказывал какие-то презабавнейшие истории. К тому времени его уже никто не слушал: Марта стонала в туалете, её тошнило, Лутц курил и, не таясь, мрачно глядел на часы. Безымянная брюнетка, ловко переплетя костистые ноги цвета копчёной камбалы и придвинувшись к нему вплотную, многозначительно щипала его за ягодицу.

Гостей выставить удалось лишь заполночь. Лутц, с головной болью, ненавидя всех и себя, сорвал иллюминацию, скомкал провода и закинул в темноту, подошёл к растерзанному столу, мимоходом пнув жалобно звякнувшее ведёрко для льда, налил полный стакан коньяка, зло выпил и пошёл спать.

14

С другого берега всех нюансов было не разглядеть, даже если смотреть через оптический прицел немецкого производства, –

жизнь на веранде казалась яркой и беззаботной. Почти что праздником. С пёстрыми фруктами на солнечной скатерти и шампанским в искристом серебре.

А уж под конец, когда включились эти чёртовы лампочки и веранда, засияв новогодней ёлкой, сказочно отразилась в озёрной ряби, Полина не выдержала и разревелась.

Наутро она решила, что непременно должна этому мерзавцу всё высказать. Не решив, что именно, твёрдо знала, что выскажет всё – по крайней мере, скажет, что он мерзавец. В лицо! Чтоб знал! Скажет, что он – предатель, именно предатель! Она не могла, да и не пыталась объяснить логику своей правоты, она была просто уверена, что права. У неё текли слёзы, она ожесточённо рылась в шкафу, вышвыривая оттуда на пол кофты, свитера и майки.

Лутц, мучимый похмельем, с отвращением собирал вещи в дорогу. Сверялся со списком, пил из горлышка холодную газировку, звучно рыгал и материл Балдониса, угробившего последний день отпуска. Про Полину он старался не вспоминать, вчерашний стыд, остыв, слился с мерзким похмельным настроением и уже не так донимал.

– И главное – без звонка! Вот ведь сука! – пыхтел Лутц, застёгивая латунную молнию на пузатой дорожной сумке вишнёвой кожи, купленной им во Флоренции, в той лавке рядом с отелем, что на площади с колоннами, где ещё фонтан с бронзовым кабаном.

Грохнула дверь. Яростно протопав кедами по лестнице, в гостиную ворвалась Полина. Уперев кулаки в угловатые бёдра, остановилась в дверях – сейчас всё ему выскажет!

Лутц, в трусах, с мятым несвежим лицом, рассеянно обернулся, плюхнул сумку на стол, босиком прошлёпал в ванну. Вернулся в халате, буркнул:

– Здорово, балерина.

Полина, увидев сумку, вздрогнула, но, тут же подобравшись, хрипловато спросила:

– Собираетесь, значит?

Лутц кивнул, хотел что-то сказать, тут зачирикал телефон, Лутц скорбно поднёс его к уху.

– Не поверишь, мне эта курва всю машину заблевала, Марта, представляешь?

– Представляю, – могильно отозвался Лутц, – я в душе, перезвоню. Сунул телефон в карман халата.

– Урод, – зло пробормотал он, – погоди, я сейчас, – кивнув Полине, пошёл на кухню. Он понял, что уже ничего не сможет объяснить или просто сказать Полине, что момент упущен, что надо было вчера, а сегодня лучше всего сделать вид, что ничего не было.

– Да, ничего не было, – бормотал Лутц, открывая холодильник. Оттуда пахнуло морозной гнильцой, Лутц поморщился и вытащил почти нетронутый торт – копчёная девица обклевала сверху все цукаты, а так - как новый. Не найдя крышки, он бережно опустил торт в пластиковый пакет. Нырнув в холодильник, выгреб замшелый кус сыра с красным боком, пару вялых апельсинов, огрызок, потемневшей на срезе, салями. Подумав, решительно свалил всё в мусорное ведро. С тортом вернулся в гостиную.

У Полины к тому времени незаметно улетучился весь кураж, прикусив губу, она сунула руки в задние карманы, не зная, что делать дальше.

Лутц протянул пакет:

– Держи десерт. Крышки нет, осторожней, там крем. Сверху. Розы.

Полина взяла, хмуро заглянула внутрь.

Вдруг Лутца пронзила досадная мысль, а главное, он был совершенно уверен, что и Полина подумала о том же – что вот такими же подачками – объедками и обносками, он платил пьянице Юфту за червей и раков.

Ох, нехорошо, нехорошо вышло, думал Лутц, соображая, как бы сгладить конфуз. Он нерешительно взял с камина бумажник, выудил четыре купюры, сложив их пополам, аккуратно опустил ей в нагрудный карман.

Полина вздрогнув, порывисто вскинула руку с тортом, словно защищаясь. Хватая ртом воздух и собираясь сказать что-то решительное, она вдруг поперхнулась и, громко всхлипнув, бросилась вниз по лестнице.

Выскочив на пятнистую от солнечных бликов площадку, она застыла на миг, после хищно метнулась к машине и, яростно раскрутив пакет, изо всех сил жахнула тортом по ветровому стеклу джипа. Пакет лопнул, и из прорехи по нагретому капоту поползла розовая гадость. Сверху, в окно высунулся испуганный Лутц.

– Вы! – Полина в бешенстве топнула кедом, – Вы такая сволочь! Такая сволочь! – и, сжав кулаки, она побежала вдоль берега. Деньги, две бумажки по сто долларов, одну пятёрку и одну десятку, она изорвала в мелкие клочья по дороге.

15

Деньги, конечно, я зря давал, не так поймёт, сопливая совсем, – досадливо думал Лутц, неспешно подгребая к поплавку дальней верши, – Ну да ладно – хорош об этом. Всё!
Заметив, прилипший к воде жёлтый листок берёзы, вздохнул: вот и ещё одно лето прошло. Да и быстро-то как...

Он сухо сплюнул в воду, к слюне тут же кинулись глупые мальки.

То ли дело в детстве, каникулы тянутся, тянутся, а тут – раз и всё. Не успеешь моргнуть. Нужно было Юфту верши поручить, ещё вещи собирать, справился бы алкаш, да и не тащить же рыбу домой.

Лутц тут вспомнил, что Юфта зовут Сигизмунд и улыбнулся, вот так имя досталось, а ведь и не человек, а сплошная насмешка, и ничего – коптит небо и в ус не дует... да уж, занятная штука – жизнь.

Он ещё успел подумать, что надо не забыть слить воду из труб, в том году дал маху – все полопались к чёртовой матери, пришлось менять. Не забыть. А в пятницу прилетает Храмов, из Лондона прилетает. Лиса и подлец Владимир Саввович Храмов прилетает из Лондона. В пятницу. Надо заказать тот японский ресторан, где с французами... Второй этаж, там, где эти... вроде как гейши. Они так занятно...

Лутц не успел додумать, что там так занятно, – он, перегнувшись, лёг грудью на упругий резиновый борт, подтянул поплавок и ухватился рукой за скользкий капроновый шкот.

И в этот момент его оглушила жуткая боль, словно в ухо ткнули гвоздём. Он сжал голову ладонями и, задыхаясь от беспомощности, повалился на дно лодки. Слепящее солнце било в глаза, мозг налился тугим звоном. Лутц кашлял, яростно хрипел, силился встать и позвать на помощь. Ноги, не находя опоры, скользили по резиновому дну, лодка прыгала, плясали чёрные макушки сосен, небо темнело и гасло.

Что-то зашипело, злобно, с присвистом. Лутц без особого страха подумал о змеях, но тут же с гибельной ясностью ощутил, как борта лодки обмякли, а дно, внезапно утратив упругость, стало податливым и с достоверностью кошмара начало прогибаться и уходить вниз.

16

Лутц всплыл на третьи сутки.

Той ночью Полина почти не спала, курила, неловко держа сигарету в трёх пальцах, щурясь от дыма и закашливаясь. Она возбуждённо бродила по кухне от двери к окну, хмуро поглядывая на озеро.

А утром, неожиданно сырым и пасмурным, она увидела его на берегу, – белое незнакомое лицо и особенно эти мраморные большие кисти рук, нелепо торчащие из рукавов, увидела, столпившихся вокруг деревенских, мрачно торжественных, словно приглашённых принять участие в каком-то языческом жертвенном ритуале.

Потом Полина торопливо шла по гальке, спотыкаясь и шлёпая тяжёлыми сапогами, они были велики на два размера, а она и носки забыла надеть. Пёстрые камни, ракушки, прибрежный мусор прыгали перед глазами, мельтешили, не в силах, однако, заслонить, стереть, перекрыть его лобастый профиль. Она подумала, что пока он там лежал, у него выросла щетина. Она всхлипнула и зло ударила кулаком по бедру.

Увидев впереди в камышах чьи-то удочки, Полина круто свернула и побежала вверх по песчаному откосу, увязая в осыпающемся песке и скользя по узловатым корням. Под соснами петляла тропа, блеклым пунктиром уползающая через потемневшие холмы до самого стыка с сырым морщинистым небом. На опушке Полина запуталась в сухой осоке, упала, до крови рассадив ладонь.

Сгорбившись на коленях, задохнувшись от бега и слёз, она принялась колотить кулаком в высохшую глину. Слизывая грязь и кровь, сердито плюясь розовой слюной, Полина орала в серые, оцепеневшие поля: "Дурак! Вот дурак! Ведь сам виноват! Сам!"

17

Расплаты за тропический август ждать долго не пришлось, весь сентябрь лил занудный дождь, а в начале октября врезал такой мороз, что озеро замёрзло за одну ночь.

Ей удалось раскопать в кладовке допотопный обогреватель с мятой тарелкой и спиралью, которая раскалённо пылала оранжевым, но всерьёз изменить температуру в комнате не могла.

Когда выпал снег, Полина наконец решилась затопить печь – чугунную уродину, пугавшую её кривыми вурдалачьими ножками и совершенно реальной возможностью угореть. Она волоком притащила на одеяле дрова из сарая, намяла бумажных комков, растерзав пару латышских книг по садоводству. Спички ломались и гасли, потом оказалось, что нет тяги, это уже когда по комнате поползли пласты сырого дыма и вонь жжёной бумаги.

Наконец сообразив, как повернуть заслонку и открыть печную вьюшку, Полина всё-таки развела огонь. Пламя, шустро проглотив наставления по культивации георгинов, нерешительно перебралось на дрова. Полина, скрючившись и молитвенно замерев у раскрытой топки, наблюдала с первобытным восторгом за крепнущим огнём, уже бойко плясавшим по поленьям.

Раскрасневшись от печного пекла, с горящими щеками, она сделала ещё пару вылазок за дровами. Снаружи быстро темнело, в прореху над соснами брызнуло алым и тут же, словно испугавшись, погасло, тугой ветер закручивал и гнал по застывшей воде озера затейливые смерчи, начиналась метель.

18

Полина проснулась заполночь в жару, её знобило. Ветер терзал сосны, хлопал чердачным окном, ей казалось, что там наверху кто-то скребётся и стонет. Она застыла, уставившись в потолок, по которому багрово бродили дремучие тени от умирающих в топке углей. Обратясь в воспалённый слух, она услышала, как ухает её сердце, – боже, такой грохот, – наверняка, тот на чердаке тоже слышит этот набат. Недаром замер. Вот гад! Тот, осмелев, нагло протопал в угол и там начал скрести железным когтем. У Полины от ужаса свело кожу головы.

– Эй! – неожиданно громко крикнула она.

Наверху что-то испуганно стукнуло, словно уронили толстую книгу, потом скрипнуло, потом звуки оборвались.

Затаился, гад, выжидает, Полина вытащила из-под кровати «монтекристо», попыталась зарядить, деревянные пальцы не слушались, скользили по маслянистой стали. Обессилев, клацая зубами и трясясь всем телом, она торопливо зарылась в одеяла. Вой ветра, мерный скрип сосен постепенно обрели цвет и пенистость морского прибоя, добавился южный зной, звон цикад и ещё что-то беспощадно жёлтое с синими колючими тенями пальмовых вееров, из которых вразвалочку вышел Лутц в белоснежной капитанской форме, с кортиком на боку и трубкой в крепких зубах. Полине никак не удавалось заглянуть ему в глаза, мешала тень от козырька его роскошной фуражки с золотыми листьями, желудями и якорями. Закусив мундштук и, то ли скалясь, то ли усмехаясь, Лутц протянул руку и произнёс:

— О, Вайраух! Чертовский элеганс.

Полина попятилась в сторону прибоя и кричащих чаек, отрицательно качая головой и пряча «монтекристо» за спину. И проснулась.

19

Угли погасли, горько пахло сырой сажей. Сизый, сальный сумрак втекал в окно, мутно намечая очертания скучного утра. Дымчатая хмарь беспомощно утопала по углам в густых провалах ночного мрака.

Полина, выползла из-под сбитых в ком тряпок и одеял, тяжко, по-старушечьи, опустила ноги на пол. Переводя дыхание, боком привалилась к стылым подушкам, безразличным взглядом обвела комнату. Шатаясь и ловя рукой стену, натянула на себя куртку, из рукава свесился жёлтый шарф, Полина зло выдернула его и намотала на шею. Вернулась к кровати, из вороха уже остывших тряпок вытащила винтовку.

В первый момент у неё так закружилась голова от звонкой, холодной свежести, что она даже не заметила, что метель закончилась, вздыбив на память гребни сугробов по берегу и расчистив до матового блеска застывшее озеро.

На ощупь ступая по ускользающему прозрачно-серому спуску,

незнакомому и чужому, Полина дошла до края, здесь когда-то начиналась вода. Осторожно поставив ногу на лёд, медленно перенесла тяжесть и сделала шаг. Остановилась, глядя вниз. Там, в бутылочно-голубом стекле застыли пузырьки летнего воздуха, ярко-зелёная озёрная трава, ажурная чешуйка сосновой шишки.

Кусочки того августа, только об этом, чур, не думать, – строго приказала себе Полина, вспомнив, зачем пришла.

Слабая, пьяно переступая ватными ногами, она двумя руками ухватила «монтекристо» за ствол и, неуклюже размахнувшись, швырнула. Ружьё лёд не пробило, звонко ударившись, закрутилось и заскользило к середине озера.

– Нет, так не годится, – пробормотала Полина недовольно, – там он его сразу приметит.

Она, опасливо скользя и расставив руки, будто канатоходец, приставными шажками, медленно стала продвигаться к ружью. Лёд едва слышно потрескивал, как семечки на сковородке.

Дошла.

Осторожно склонилась, на сталь ствола сизой пылью сел иней. Тронула пальцем – появилось овальное оконце.

Подо льдом вдруг прошла тень. Полина, встала на колени, закрывая ладонями свет с боков, уткнулась носом. В зелёных потёмках, бездонных и почти непроглядных, кто-то проскользил с тягучей неспешностью, бледно сверкнув белужьим брюхом. Там, кто-то, с грацией матадора, закручивал в ленивые спирали тяжёлые чёрные ткани, изредка загоралась пепельная подкладка, иногда проскальзывала багровая или песчаная лента.

Полина уже не чувствовала холода. Ей стало вдруг ясно, что всё утро она пыталась что-то мучительно понять и вот сейчас она найдёт подсказку. Она вспомнила то давнее детское ощущение – стоит заглянуть в трубку калейдоскопа и весь реальный мир тут же испаряется и уже нет ничего важней божественно сверкающей вселенной из разноцветных стекляшек и зеркал.

Она, похоже, даже угадала ритм озёрного танца, плавники (или крылья?) торжественно поднимались и опускались в такт, от них вверх неслись воздушные пузырьки, Полина была уверена, что видит стайку мальков, повторяющих затейливый танец, вот барином проплыл тонкогубый судак, вот блеснул латунным боком полосатый окунь. Лещ – кованый блин – пускал зайчиков, слишком увлёкся световыми эффектами и в такт никак не попадал.

Ей наконец удалось разглядеть и самого танцора, тот всплывал, плавно кружась. Венок из скользких матово-стеклянных лилий, мадьярские плутоватые глаза без блеска. Бледной рукой он поманил Полину и заскользил к середине озера.

Полина поднялась, посмотрела. Там, морщась лёгкой рябью, чернела полынья.

– Ключи, – вспомнила Полина, – там не отыщет.

Взяв «монтекристо» под мышку, она пошла в сторону незастывшей воды. Вот зашуршала под ногами сырая каша, лёд здесь был матовый, свинцовый и тонко пищал, будто кто-то ёрзал на соломенном стуле. Полина остановилась, не замахиваясь кинула «монтекристо» в полынью, ружьё без всплеска ушло под воду.

Полина подышала в озябшие ладони, сжав кулаки, сунула руки в карманы. Устало повернула назад.

Треснуло тихо, словно сломали гнилой сук. Полина ойкнула, берег и сосны взлетели как качели, она не успела испугаться, а лишь удивилась, что вода не такая уж холодная.

Шарф, зацепившись за край, другим концом неспешно змеясь, желтел в воде. Сырой воздух уже светлел, над озером занималось скучное балтийское утро.

Вирджиния 2011

КЛЮЧ ОТ КВАРТИРЫ

Под утро Семёну
Будицкому снилась монашка. В чёрном католическом
апостольнике, с загорелым лицом покойного Жана Марэ.
Недобро улыбаясь, она скалила крупные белые зубы и с
неумолимой плавностью придвигалась ближе и ближе, топыря
руки, словно собиралась ловить кур. Время от времени монашка
цокала зубами, как сердитая белка. Дробь с каждым разом
становилась всё громче, от последней трели Семён проснулся.
Кто-то нервно долбил в дверь.

Зло и испуганно матерясь, Будицкий выкатился из кровати,
прошлёпал через квартиру, к двери уже подбирался на
цыпочках. Прильнул к глазку. Темно – снаружи кто-то закрыл
глазок пальцем. Из-под двери дуло, Семён поджал пальцы ног
и, не дыша, сглотнул. Снаружи тихо скрипнуло.
«Ну что за...», он не успел додумать, наглец заколотил снова.
Семён вздрогнул и вкрадчиво спросил:
– Кто там?
– Открывай! Я уж думала, ты помер.
Будицкий втянул живот и распахнул дверь.
– А где ключ? – недовольным шёпотом спросил он.
– Ключ, ключ... – Сандра отстранила его, зашла. – Я околела
тут голая. Спит, как труп.

На Сандре, как всегда, был домашний халат в лиловую шотландскую клетку, застиранный и кособокий, тапки из искусственной овцы. Она прошла в комнату, повернулась, невысокая, скуластая, с парижской чёрной чёлкой и злыми цыганскими бровями. Уткнув кулаки в бока, возмутилась:
– Саймон, ну ты что? У меня двадцать пять... – вскинув руку с часами, уточнила, – двадцать три минуты. Ну?

Семён, наяривая зубной щёткой, с неприязнью разглядывал желтоватое отражение, оттягивал нижнее веко, бледное, как сырая курятина, тёр мешки под глазами. Прополоскал рот, с отвращением взъерошил остатки русо-пегих волос, покачав головой, скорбно произнёс: Да-а!

Под одеялом оказалось тепло, Сандра пылала как печка. Будицкий положил руку на мясистое бедро, малорослая Сандра на ощупь каждый раз удивляла крепкой полнотелостью. Семён закрыл глаза и прокрался к ягодице, убедительно округлой и неожиданно прохладной. Ретировался в сдобную теплынь живота. Поигрывая пальцами, скользнул вниз. Сандра шумно задышала, приоткрыв рот. Дохнуло мятной пастой и подкисшей парфюмерией. Семёну с его аллергиями постоянно казалось, что от её прямых чёрных волос пованивает кошками – у Сандры их было целых три. Кроме кошек у неё обитал муж по имени Чарльз, то ли аргентинец, то ли португалец, грустное потёртое существо, похожее на больного тапира в твидовом кепи и пальто-реглан с бархатным воротничком цвета горького шоколада. Семён, нарываясь на него в лифте, моментально потел ладонями, но любезно расшаркивался и нежно улыбался. Тапир молчал. Семён тоже. Он выходил на пятом, тапир уплывал на восьмом.

Светофор на Риверсайд Драйв снова перегорел, клаксоны за окном голосили на все лады. Такси орали контральто, легковушки – тенорами, грузовики гудели басами. «Симфония мегаполиса» невольно подумалось Семёну – обычно мысли к нему приходили в виде заголовков, анонсов, отбивок – сказывались тридцать лет радиожурналистики.

Будицкий принадлежал к тому разряду писак, у которых фразы напоминали пляжную гальку, жгучую и хрустящую: в его словесных конструкциях смерть непременно вырывала из рядов, страсти обязательно бушевали, победы были убедительны, а катастрофы разрушительны, сияли сразу все цвета радуги и всё росло как грибы после дождя. И это была всего лишь вершина айсберга, если разобраться в хитросплетениях, отбросив ложную скромность и говорить начистоту. Начинал он с панибратского «ни для кого не секрет», в середине тревожно возникал «но вот парадокс», финалом сразу за «извините за каламбур» следовал сам каламбур.

В ванной гремел душ, Сандра пела. Она никогда не закрывала дверь в ванную комнату – вот ведь дурацкая привычка! – с вялым раздражением подумал Семён. Приподнявшись, он глазами поискал сигареты, вспомнил, что кончились ещё вчера. Стена напротив кровати была выложена зеркальной плиткой, эту квартиру до Будицкого снимал некий Снуки – разудалый гомосексуалист из бродвейского кордебалета, гуляка и затейник, увы, ныне покойный. Семён поначалу хотел плитку сколоть, после всё руки не доходили, потом привык. Кстати, некоторые гости находили зеркальную идею Снуки весьма забавной. "О, сколько же вас, озорных проказниц, промелькнуло в этих стёклах!" – в отражении Семён увидел свою грязную пятку и кислое лицо в ворохе подушек.
– Моего на пару дней отправляют в Атланту, сегодня я ночую у тебя, – Сандра резко мотнула головой, закинув назад сырые волосы, бросила мокрое полотенце на кровать, – У тебя шампунь кончился. Ты что не рад?
– Да нет, я... Ты ключ-то...
Сандра грохнула дверью.

Будицкий поплёлся на кухню. Поставил чайник, зажёг газ. Зевая, открыл холодильник, там на средней полке синела початая коробка «Миллера». Кроме пива в холодильнике не было ничего. Семён задумался, с хрустом откупорил банку, махом выдул половину. Заморгал, зычно рыгнув, отёр губы рукой и медленно влил в себя остатки, поглядывая на репродукцию Миро «Поющая рыба».

– Странно, вроде не кошеварю, а стекло грязное...– Будицкий брезгливо тронул пальцем жирную желтоватую плёнку на раме. От курева, должно быть. Завязывать надо.

Благие порывы бросить курить, а заодно и пить, утеряв смысл, давно стали ритуальной частью каждого похмельного утра. Страстность порывов находилась в прямой зависимости от количества выпитого и выкуренного накануне.

Выцедив последние капли, Семен, привычным жестом смяв жестянку, кинул её в ведро под раковиной. А вот чай теперь явно ни к чему, решил Семён и, выключив газ, бодро направился в душ.

2

– Давай в час пятнадцать, чтоб уж наверняка... чёрт, батарея дохнет, – Семён закашлялся, отвернувшись от телефона, – если что, я из редакции звякну. Да, Сохо, Мортон стрит... От тебя пять минут.

Будицкий захлопнул крышку, сунул телефон в карман. Выудил бумажник, пересчитал наличные: те же тридцать семь долларов, что и вчера вечером.

На той стороне мутного вихрастого Гудзона тоскливо серели многоэтажки Нью-Джерси, фабричные трубы заброшенных заводов, слепые стены складов, уделанные циклопическими узорами граффити, одинокие тощие деревья. Ветер упруго тянул с севера, нагло сыпал колкой водяной пылью прямо в лицо. Семён, матерно выругав ноябрь, быстро пошёл вверх по восемьдесят восьмой в сторону Бродвея.

Главное, разобраться с деньгами. Чернодольского прижму – не вывернется. Вот ведь тварь! Семён плюнул на тротуар, тощая старуха с сивым зонтом отпрыгнула, метнув гневный взгляд. Топай-топай, карга! Будицкий чуть замешкался у входа в метро, после решительно пересёк Бродвей. Охренели вконец! Билет в один конец – два с полтиной, маразм!

Ладно, не в первый раз. Всегда тратил больше, чем получал, выкрутимся. В конце всё будет хорошо, если ещё не хорошо, стало быть, ещё не конец.

На углу Амстердам Авеню волновалась небольшая толпа, здоровенная синегубая негритянка в канареечной шляпе взывала непосредственно к Иисусу, требуя участия. Будицкий, посмеиваясь, протиснулся. У него в коллекции имелась парочка чёрных: не девки – огонь.

Так, авария. На мостовой, рядом с исковерканным велосипедом стонал курьер-китаец. Он лежал на боку, поджав ноги, словно у него прихватило живот. Вокруг валялись рваные пакеты и растерзанные коробки с малиновыми драконами и иероглифами. По асфальту белыми червями змеилась лапша, мелким жемчугом зеленел горошек, залитый густым томатным соусом. Томат вытекал из мокрой штанины китайца. Чуть дальше, уткнувшись бампером в бордюр, желтело такси. Шофёр, повернув к галдящей толпе тёртую кожаную спину, сипло бубнил в мобильник. До Семёна долетели обрывки русской речи:

– ... ну да, кровь. Хер его поймёт. Ну я ж говорю – козёл косоглазый! На велике, падла, как из-под земли...

И отчего это соотечественники так обожают шоферить? Работёнка потная, да и денег кот начхал. О, эта загадочная русская душа! Сам Будицкий евреем являлся лишь наполовину – по отцу, что было весьма удобно в зависимости от обстоятельств. Ещё студентом в Лонг-Айленде он понял, что девицы млеют от славянской белиберды: мы, русские, говорил Будицкий, безоглядно бросаемся в пучину страсти, в любви же сентиментальны и наивны как дети, душевная щедрость наша может сравниться лишь с хрупкостью нашей души. Мы летим на удалых тройках сквозь метель-пургу в звоне бубенчиков и перегуде цыганских гитар, бросаем к ногам избранниц все сокровища мира, включая соболей, икру и яйца Фаберже! И всё лишь за один благосклонный взгляд, за один невинный поцелуй. Вот такие вот русские кренделя, милые дамы.

Семён дождался зелёного, внимательно оглядевшись, прытко пересёк Амстердам Авеню. Неплохо, кстати, на ужин тоже китайщины заказать. Шанхайских кур в сливовом соусе, как там это называется у них? Или утку по-сечуаньски. Или всё-таки пиццу? Пусть уж Сандра решает, может, сама и заплатит.

Сзади уже визжали разноголосые сирены, две патрульных машины и «скорая» прибыли почти одновременно.

В Центральном парке оказалось неожиданно безветренно и тихо, пёстрые бегуны обоих полов, некоторые с колясками, другие с собаками, обгоняли Будицкого. Он с интересом разглядывал затянутые в трико крупы физкультурниц, иногда одобрительно хмыкал.

От выкрашенных в пожарный цвет жаровен тянуло горьковатой сладостью калёного арахиса. Пройдохи-воробьи юркали под ногами бегунов, подбирая сахарные крошки. Мобильные сосисочные сияли хромом и блестели заклёпками, напоминая космические скутеры марсиан из кинофильмов шестидесятых, впечатление довершали торговцы-арабы своими сизыми от щетины лицами и нечистыми руками в сырых нитяных перчатках с обрезанными пальцами. От марсианских скутеров валил пар и воняло прачечной.

На площадке рядом с Иглой Клеопатры пара полицейских в небесно-голубых шлемах важно восседала на холёных гнедых конях, лениво цокающих подковами и кивающих крупными головами. Приглядевшись, Семён обнаружил, что один полицейский – женщина, он слегка пофантазировал на эту тему, но, решив, что от полисвумен непременно должно разить конюшней, да и, скорее всего, она лесбиянка, Будицкий снова переключился на аппетитные ляжки резвых бегуний.

3

На третьем этаже висел неистребимый запах дихлофоса, эта вонь сопровождала всю карьеру Будицкого, то слабея, то усиливаясь, но никогда не исчезая полностью. Редакция казалась вымершей, Семён прошёл мимо пустых фанерных загонов с осиротевшими столами и вывернутыми в разные стороны конторскими креслами. Мятые бумаги на полу, на стенах журнальные вырезки и жёлтые записки с каракулями неотложных дел. «Да, похоже, конец…» – подумал Будицкий, с удивлением обнаружив брезгливую неприязнь к месту, которое считал своим на протяжении почти двадцати лет.

За его бывшим столом скучал тощий парень, подперев голову кулаками и уткнувшись в допотопный дисплей. Этот компьютер Будицкий получил в прошлом веке.

– Ты кто? – грубо спросил Семён.

Парень вздрогнул, растерялся и хотел встать, но передумав, лишь отъехал от стола и сложил руки на груди.

– Стажёр.

– Ну и как же тебя так угораздило? Стажёр.

Парень пожал плечами, огляделся вокруг.

– Кризис. Я после колледжа. Разослал шестьсот тридцать семь резюме.

– Ну-ну. Резюме.

Семён, хмыкнув, повернулся и направился к главреду.

– Мистер Дубицкий! – стажёр захлопал ящиками стола, – тут вот, вы забыли. Фото!

Полароид, цвета полиняли, остались лишь оттенки синего. На заднем плане – ультрамариновая статуя Свободы и кобальтовое небо над Гудзоном. На переднем – Семён Будицкий и Эдуард Шеварнадзе, оба светло-голубые.

– Знаешь кто это, стажёр? – Будицкий ткнул в круглую физиономию грузина.

Парень замер, изобразил лицом мыслительный процесс, осторожно предположил:

– Солженицын?

Чернодольский, неопрятный, с жирной шеей, пережатой тугим воротником, казалось, за эти полтора месяца обрюзг ещё больше. Вышел из-за стола, торопливо стиснул руку.

– Садись, садись, дорогой.

Семён, опускаясь в кресло, погладил обшивку, вытирая ладонь от главредовского пота. Усмехнулся в сторону двери:

– Стажёры.

Главред трагично рухнул в кресло, хлопнул себя по ляжкам, после закрыл лицо руками, прогундел сквозь пальцы:

– Всё, милый мой, финита! Крах Римской империи – последний день Помпеи.

После, встрепенувшись, заговорил с мрачной деловитостью:

– Госдеп срезал бюджет вполовину, оставили только на техперсонал. У меня все редактора – фриленсеры, ни одного голоса не оставили. Впору самому анонсы записывать. Вон, видал? – стажёры, мать их! Все бабки кинули на арабское вещание, Россия на хер никому не нужна.

– Погоди, погоди, а как же газ, нефть? Ракеты? Они ж Европу за яйца во как держат!

Семён сжал веснушчатый кулак, показав, как русские держат Европу. Чернодольский зло отмахнулся.

– Департаменту Европа до звонка, их же ничего, кроме собственной задницы не интересует. Европа!

– А Израиль?

Главред насупился:

– Израиль – другое дело.

Помолчали. За мутным окном гулял голубь и клювом долбил жесть карниза. Семён переплёл худые ноги.

– А как у тебя, – вкрадчиво начал он, – с бюджетом на стрингеров. Если, скажем, эксклюзив?

Чернодольский сморщился, страдальчески заёрзал в кресле:

– Сёма! Мне на шею эту стерву Лору Кларк из Департамента посадили, она теперь утверждает все материалы в эфир, я даже чек на такси без её визы не могу подписать. Тут Горхивер с месяц назад звонил, у него совсем дела плохи, потерял квартиру, жил у каких-то знакомых, потом его выгнали... Короче, я хотел помочь, так эта сука, представляешь...

Будицкому представлять не очень хотелось – Гришу он недолюбливал, но вообразить любимца радиопублики, великолепного Билли Рокосовского в грязной рванине, спящим в коробке из-под холодильника под пролётами Бруклинского моста – это было чересчур. Тем более, что у него самого денег на аренду хватит лишь до декабря. Семёна передёрнуло, он нервно зевнул и, перебив главреда, пошёл ва-банк:

– Лёня, у меня наклёвывается эксклюзивный материал, – Семён

понизил голос.

– Терроризм?

Семён отрицательно покачал головой.

– Ты серьёзно? – главред подался вперёд и зашептал: – У меня информация, конфедициальная, – он авторитетно кивнул наверх, – что нашу лавочку вообще хотят ликвидировать. Пока не решили, думают. Так что за убойную сенсацию я бы душу заложил... – Жалобно спросил: – Сём, ты не блефуешь? Очень негуманно было бы с твоей...

Семён оскорблённо встал:

– Я тащился через весь город, чтоб шутки шутить, да?

– Сём, ну что ты в самом деле? – забубнил Чернодольский, тоже вставая. – О чём материал-то? Иран? Хаммас?

– Пусть твоя стерва бабки готовит, – жёстко процедил Будицкий.

– А это что у тебя? – главред кивнул на полароидное фото.

– Мусор, – Семён смял карточку и сунул в карман.

4

Скучный Ист-Энд остался позади, Будицкий свернул с Ленгсингтон, по диагонали пересёк нервный Мид-Таун. Стальное шило Крайслера цепляло мохнатую изнанку туч, здания банков циклопами нависали над суетливыми пешеходами, у дверей-великанов с корабельной бронзой гигантских ручек и петель ёжились в узких пиджачках красноносые клерки, покуривая по-солдатски в кулак и зубоскаля.

Жутко хотелось курить. Семён остановился у журнального киоска, увешанного глянцем белозубых улыбок и трескучих заголовков. «Дженнифер говорит: Я продолжаю его любить!», «Трагедия Траволты – игра вабанк», «Признание Линси: я – лесбиянка!», «Как Браун изменял мне – фотоэксклюзив!», «Я – гей, я хочу убить себя», «Броснон на грани – импотенция или миф?»».

Россыпью продавали только ментоловые. Семён отсчитал полтинник, угрюмый мусульманин коричневыми пальцами выдал сигарету. Семён отошёл к стене, закрываясь плечом, прикурил. От первой затяжки голова закружилась, Будицкий затянулся ещё и, выдув белое облако, неспешно пошёл дальше.

– В Вирджинии курево стоит четыре, у нас – десять! Десять долларов за пачку вшивых сигарет! Уму непостижимо!– Семён зло сплюнул. Надо бросать, десять баксов – это ж просто грабёж!

Деловая толчея Мид-Тауна постепенно рассосалась, в Челси Семён прихватил в забегаловке банку «Буд-лайт» (два тридцать, включая налог), уселся в чахлом сквере на ребристую лавку. Выпил пиво залпом, как матрос, откинувшись, вытер губы тыльной стороной руки.

– Эй, мужик...

Семён повернулся, на край лавки, соблюдая дистанцию, присел негр.

– Мелочью помоги, а? – ласково улыбнулся он, выставив белоснежные зубы.

Будицкого всегда поражало, что у самого последнего афроамериканца зубы как у кинозвезды. Тем более что у звёзд зубы, как правило, искусственные – импланты. Тут же тоскливо вспомнилась потерянная вместе с работой медицинская страховка.

– Доллар или два? Не ел ничего... – Негр сделал доброе лицо: – А?

На негре была длиннополая лётная шинель – пуговицы с пропеллерами, шевроны, бронзовые крылышки в петлицах, а на голове тирольская шляпа с кокетливым пёрышком. Как всякий порядочный бездомный, он вдадел похищенной из супермаркета тележкой с горой пузатых пластиковых пакетов, набитых тряпьём. Тележка стояла тут же, за урной.

Семён с хрустом смял банку. "Вот так и я. К январю. С тележкой". Он прицелился и аккуратным навесом метнул жестянку в урну. Два очка.

– Совсем неплохо. Для белого, – засмеялся негр.

– Для белого, – передразнил Будицкий, два года игравший за
сборную университета. – Сам бы хрен попал, Джордан фигов.
Негр степенно поднялся, засучив рукав, залез в урну,
покопавшись внутри, извлёк банку.

– Пять баксов ставишь?

– Пять баксов! – возмутился Семён. – Да откуда у тебя пять
баксов?

Негр равнодушно пожал плечами:

– Главное, чтоб у тебя были.

– А если промажешь?

Негр задумался, снял шляпу, положил на лавку.

– Шляпу ставлю. Хорошая очень шляпа, европейская.

– Да на хера мне твоя дурацкая шляпа?

– Не ругай шляпу, ты её всё равно не получишь. Это залог, для
твоего спокойствия.

– Не-е, мне шляпа не нужна! С пером! Я что – охотник тебе из
Баварии?

Чёрная морда расплылась, с наглой улыбкой негр пропел:

– Сла-а-а-бо.

Сёма судорожно поднялся, отсчитал пять шагов от урны,
каблуком прочертил полосу в гравии:

– Вот. Отсюда.

Негр, поигрывая мятой жестянкой, встал у черты, сложил губы
дудочкой и метко, даже не задев краёв, вложил банку в жерло
урны. Выставил светлую ладонь:

– Пять баксов.

Семён, морщась, достал бумажник, порылся, нехотя выудил
купюру. Негр заржал и, страшно завращав глазами, от души
чмокнул президента Линкольна. Аккуратно сложив, убрал
деньги во внутренний карман. Взял с лавки шляпу, подумав,
нахлобучил на Семёна.

– Носи, земляк!

И, подхватив тележку, звеня подшипниками и посвистывая,
погнал в сторону Чайна-Таун. Семён хмуро проводил взглядом
чёрную шинель и маленькую сизую голову, подойдя к урне,
брезгливо сунул руку внутрь. Достав жестянку, занял позицию
у черты. Прицелился, бросил. Банка прочертила дугу и точно
вошла в урну.

– Вот так, – повернувшись к Чайна-Тауну, сурово процедил он.
– Семён Будицкий – Советский Союз!
После, поправив шляпу с пером, поглядел на часы, чертыхнулся и быстро зашагал из сквера. В Нью-Йорке наступил полдень.

5

Будицкий нашёл ресторан сразу, Мортон стрит 251, «Красный Кот». Зашёл, переводя дыхание, улыбнулся – забегаловка, денег хватит. Взял меню, пробежал глазами по правой колонке с цифрами, ничего, не смертельно, закажу салат. Гремя стулом, уселся за столик у окна и вытянул ноги. Десять минут второго.

Дочь в жизни Будицкого возникла четыре года назад, возникла неожиданно, позвонив по редакционному телефону. Сказала сразу, что от него ей ничего не нужно, просто мать просила позвонить. Он смутно припомнил её мать – жгучую Лорэйн Тадэску, чокнутую феминистку, вообразившую себя репортёром. Он подцепил её в аэропорту Франкфурта: валил снег, все рейсы отменили, она возращалась из Боснии, он из Хельсинки, она азартно рассказывала о геноциде, а он участливо хмыкал и подливал ей граппы. Симпатия оказалась взаимной: она глуповато улыбалась и трогала пальцем рыжие волоски на его веснушчатой руке, слушая байки про Москву, про пионерское детство и комсомольское отрочество. Тут же в пустом баре, уже глубоко за полночь, когда погасли красные шары над армией пёстрых бутылок, а снег за окном всё сыпал и сыпал, они подружились ещё ближе.
Прошло двадцать лет, Лорейн Тадеску сожгли в прошлую пятницу в крематории Святой Троицы в Бруклине, её дочь звонила Семёну лишь потому, что обещала матери.

Держа меню в вытянутой руке и близоруко щурясь, Семён пытался прочитать про еду, красные коты, явно из вредности, набрали всё слепым, сливающимся в курчавую канитель, курсивом.
– Карпаччо из лосося, под сливовым..., нет, сливочным соусом,

с каперсами и молодыми побегами террагона, – это что за хрень? – и ржаными тостами с сыром пармезан. Так... Крутоны из пармской ветчины с мадерой и грецкими орехами.

Семён поёрзал, от пива началась изжога.

– Та-ак. Бразильские креветки в клубничном маринаде, завёрнутые в копчёный канадский бекон и запечённые до хрустящей корочки, спаржа в соусе шампань с ананасовым сиропом и тёртым миндалём. Господи, жрать-то как хочется!

Семён, сглотнув, бросил картонку на стол и уставился в окно. На той стороне коренастые мексиканцы-усачи, похожие на усердных скарабеев, выгружали из белого пикапа коробки с клеймом «Хрупко!», над ними, беззвучно хлопая крыльями, перелетали голуби, к фонарю был прикован велосипед ядовито-лимонного цвета.

– Привет!

Нина Тадэску, двадцати четырёх лет, дочь. Семён порывисто встал, улыбаясь всем лицом, неловко приобнял её, клюнув подбородком в макушку. Он почти на голову её выше. Похлопал по спине, сел.

– Выглядишь прекрасно, – бодро сказал он, щурясь и подмигивая. На самом деле Нина выглядела щуплым подростком в мешковатом бежевом плаще и туристских ботинках с мокрыми усами шнурков – ей не досталось ничего из аппенинского набора генов знойной Лорэйн. С самой первой встречи Семёна поразило, насколько Нина похожа на его мать (до замужества – Анну Владимировну Соколову, парикмахершу из Подлипок, что по Ярославской дороге), то же пресное славянское лицо, худосочный хвост сивых волос, чуть раскосые светлые глаза.

Семён внезапно подумал, что Нина когда-нибудь умрёт. Как умерла его мать, как скоро умрёт и он сам. Мысль банальна, просто до этого она не приходила ему в голову.

– Слушай! Давай купим тебе приличный плащ? Или пальто, а? Тут, в Сохо, все эти Донны Карен и Габбаччо, вот сейчас пообедаем и купим!

Семён, вытянув шею, бодрым жестом подозвал официантку.

Нина заказала салат «Ди-Флорентино»с овечьим сыром и кедровыми орехами.

– Ну что это за еда, вот смотри, закажи эти креветки, – Семён, протестуя, тыкал в меню, но тыкал в цену. Потом заказал такой же салат. Шесть девяносто плюс шесть девяносто, плюс налог, плюс чаевые.

– Ну и как работа? – спросил Семён, закинув локоть за спинку.

– Нормально.

– Нормально? Это ж «Бритиш Петролеум»! А она – нормально. Она пожала плечами, разглаживая салфетку на коленях.

Принесли еду, Семёну зверски хотелось мяса, он темпераментно пережёвывал зелень и разглядывал дочь, поедавшую свой салат со смиренностью крольчихи, мелко и часто двигающей челюстями. Появилось чувство досады, обычное при их нечастых встречах. Как же страстно Семён желал иметь дочь, похожую на него, весёлую, длинноногую мерзавку, которая бы хохотала ярким ртом, закидывая назад гриву золотых волос, не обращая никакого внимания на вывернутые шеи мужчин и змеиное шипенье дам. Дочь, с которой можно было бы цинично разбирать плюсы и минусы её любовников и поклонников, состоятельных, с положением, банкиров и адвокатов, имя которым – легион. Которая бы называла его «папаша» и ласково чмокала в ухо, обдавая самым модным парижским ароматом. А тут – крольчиха!

– Ты там в пи-ар? – Семён пытался наколоть вилкой вёрткий кедровый орех.

– Нет.

– А где? Я думал в пи-ар, разве нет? Дай мне визитку. У тебя нет с собой? Ну как же так, всегда надо при себе иметь визитки, ты что! Давай я с тобой сейчас в офис пойду, у тебя когда обед кончается?

Нина взглянула на голое запястье:

– Двадцать минут.

– Какая у тебя там должность? Маленькая начальница, да? На встречи тебя приглашают, со всякими шишками? Кофе, пирожные, спутниковая связь со штаб-квартирой в Лондоне. Я знаю, знаю.

Нина, жуя и не поднимая глаз от тарелки, кивнула. Крольчиха.

– Да, не сладко вам пришлось после того взрыва в заливе, акции на двадцать процентов упали. Я, кстати, сейчас работаю над аналитическим репортажем по нефти. Путин, олигархи. Экспансия, нефтяной шантаж Европы. Ты там, случайно, ничего не слышала в этой связи?

Кедровый орех убегал и никак не давался. Нина мотнула головой:

– Не слышала.

– Ну ведь какие-то связи закулисные должны быть? Ну как без этого? Наверняка же они там под ковром договариваются и о ценах, и о сферах влияния, ну? Тем более – русские. У них вся политика на нефти держится.

– Я не знаю.

Будицкий бросил вилку и, взяв орех пальцами, съел.

Принесли счёт. Семён возмущённо отстранил Нинину руку.

– И не думай! Ты что! Я приглашал – я плачу!

На улице Нина сразу заторопилась, вывернулась из Сёминых неуклюжих объятий, кивнув, зашагала в сторону Уолл-стрит. Чёрные сомовьи усы шнурков весело запрыгали по мостовой.

Мексиканцы на той стороне устроили перекур, толкаясь и гогоча, оживлённо галдели. Будицкий сосредоточенно комкал ресторанный счёт, смяв в тугой маленький комок, зло швырнул его в грязную решётку водостока.

– Сволочи... – пробормотал Семён.

Он вынул мобильник, батарея моргала на нуле. Набрал Чернодольского:

– Ну что ж, дружище, – со зловещим сарказмом медленно проговорил Семён, – есть у тебя эксклюзив. Сенсация. Готовь тридцать минут в прайм-тайм.

Мобильник пискнул и умер.

6

Щепетильностью в профессиональной сфере Будицкий не страдал никогда, на компромиссы с собой шёл охотно, он видел в манипуляции фактами творческий аспект журналистики. Он называл это – «взглянуть на проблему под интересным углом». Семён подтасовывал, нивелировал, мухлевал – да, безусловно! – но он никогда не фабриковал целый репортаж от начала до конца.

Совесть тут была ни при чём, Будицкого удручала лишь вероятность оказаться уличённым, пойманным. «Однако, история цивилизации, – рассуждал он, – на моей стороне. Чем чудовищней ложь, тем охотнее в неё верят – так, кажется, говорил хромой доктор. Это раз. Во-вторых, пример из новейшей истории: ведь удалось же предыдущей администрации облапошить и ООН, и собственных граждан пачкой фальшивых фотографий, да парой липовых шифровок? Всё потом оказалось блефом. Враньём от начало до конца. И чем громче клялся усатый диктатор, что никакого ядерного оружия у него нет, тем зловещей и убедительней казались расплывчатые контуры на зернистых картинках.

А в-третьих... В-третьих, Семёну было нечего терять.

Быстро хлебнув из жестянки и прикурив от бычка новую сигарету, Будицкий набросился на клавиатуру:
«Нефтяной колосс «Бритиш Петрлеум» так и не смог оправиться после апрельской катастрофы в Мексиканском заливе. К смертельно раненному льву»... – тут надо про запах крови, что на запах крови уже слетались грифы-стервятники... или лучше сбегались хищные – или голодные? – шакалы? Хорошо бы ввернуть что-нибудь про русского медведя, русский медведь тоже учуял запах крови и вылез из берлоги... отлично, отлично, просто гениально!

Телефон на столе забренчал, Семён показал ему кукиш:

– Подёргайся ты теперь, гад!

Включился автоответчик, голос Чернодольского с тревожной вкрадчивостью произнёс:

– Сёма, срочно, повторяю, срочно позвони мне. Твой мобильник сразу скидывает на запись. Срочно позвони, архиважно!

Это было уже пятое сообщение от Чернодольского за последний час. Семён полазил по сети, украл несколько абзацев из разных статей, кое-где изменил слово-другое, по большей части оставил всё как было.

– Так, ретроспективку тут надо кинуть, нука-ся... Он залез в архив CNN, скопировал абзац и целиком вставил в свой текст:

«Нефтяная платформа «Deepwater Horizon» затонула 22 апреля. После взрыва и затопления нефтяная скважина была повреждена и нефть из нее поступала в воды Мексиканского залива. Нефтяное пятно окружностью 965 километров приблизилось на расстояние примерно 34 километра к побережью штата Луизиана. Оно создало угрозу пляжам и районам рыболовного промысла, которые играют важнейшую роль в экономике прибрежных штатов».

– Супер!

Телефон снова зазвонил, Семён снял трубку:

– Не кипятись! Всё под контролем. Ты лучше анонсы пиши, голос дай побасовитей, Климовича вызови, пусть он начитает. Музычку подложи какую-нибудь пафосную, типа «Калинки» что-ли, ту что хор военный поёт. Текст в анонс такой...

Семён отхлебнул пива. Придушил окурок, закурил новую сигарету, затянулся, выдул паровозную струю в потолок. По дороге домой он купил две пачки «Кэмела», литровую бутыль текилы и коробку японского пива. Оплатил кредиткой, аванс придёт в понедельник. Хотел купить и продуктов на вечер, каких-то деликатесов праздничных, но плюнул, решил не терять времени – пусть уж Сандра хозяйничает. Жизнь налаживалась.

– Такой, значит, анонс: Нефтяная петля на шее Европы и Соединённых Штатов – кто затягивает удавку? Тайная сделка века – Кремль берёт под контроль Вашингтон, Лондон и Берлин. Новая парадигма – русские пришли, русские остаются! Эксклюзивный репортаж Симона Будицкого, ну и так далее.

– Ну ты хоть в двух словах объясни о чём конкретно идёт речь? – взмолился Чернодольский, пыхтя, – мне же у этой суки Лоры надо будет утверждать. И материал, и бюджет.

Семён зло задышал в нос:

– Знаешь Лёня, – угрожающе начал он, – знаешь, сколько мне отвалят за этот материал в Ассошэйтед? Знаешь? А я пришёл к тебе. По дружбе пришёл, двадцать лет...

– Ну я-то тут причём? – заорал Чернодольский. – Ты на моё место встань. Ну?

Возникла пауза. Семён вошёл в роль и действительно разъярился. Прижав трубку плечом, он выудил из шуршащего чёрного пакета бутыль, ногтями сорвал пластик, чпокнул пробкой. Не найдя стакана, сделал большой глоток из горлышка.

– Семён? – осторожно позвал главред.

Будицкий отпил ещё, пожалев, что не прихватил лимон.

– Семён, если этот твой репортаж выстрелит, я госдеповской стерве поставлю ультиматум, чтоб контракт с тобой подписала. А?

Семён решил, что пережимать тоже не стоит и смилостивился:

– Конфиденциальное инфо, Путин через русских олигархов покупает «Бритиш Петролиум».

Чернодольский на том конце, похоже, перестал дышать. Потом тихо спросил:

– Кто источник?

– Источник надёжен на сто.

– Кто?

– Я тебе гарантирую...

– Кто источник? Не могу я такое в эфир выпустить без уверенности в достоверности информации. Я ж свою шею подставляю!

Будицкий представил жирную шею главреда и хлебнул текилы.

– Если это окажется фуфлом, меня ж под зад коленом в тот же миг! И без выходного пособия.

Вот и правильно, злорадно подумал Семён и, отхлебнув ещё, вкрадчиво сказал:

– У меня свой человек в Би Пи.

– Кто? В каком отделе? Что за человек?

– Веряк, я тебе говорю. Человек работает в стратегическом планировании американского отделения фирмы. Здесь, в Нью-Йорке.

– Может, он тебе мозги пудрит?

– Нет, не может. Это моя дочь.

7

Раскрыв компьютер на животе и закинув на стол ноги в чёрных туфлях, не так давно парадных, а вот уже потасканных и пыльных, Будицкий вносил финальную правку. Текст вышел на славу, особо забористые пассажи Семён, смакуя, зачитывал вслух.

Пыжась от хмельного восторга, он по-цыгански щёлкал пальцами и задиристо вскидывал голову, ему уже почти хотелось скандала, он жаждал схватки и крови: «Пусть эти мерзавцы из «Бритиш Петролеум» выступят с опровержением, пусть! Они столько врали про аварию, про взрыв, подкупали учёных, публиковали фальшивые фото и видео, занижали цифры в десятки раз – кто им поверит сейчас? Поверят мне, журналисту Будицкому. У меня будут брать интервью на главных телеканалах, я стану заветным гостем на ведущих ток-шоу! Я буду нарасхват!

А если ещё и Кремль начнёт отбояриваться, о! – Семён хлопнул в ладоши. – Об этом можно только мечтать. Русским веры ни на грош.

За окном вдруг посветлело, из голубой прорехи плеснуло солнцем и комнату насквозь пробил пыльный жёлтый луч. В нём ленивыми пластами плыл табачный дым. Раздался стук в дверь. Семён запутался в кресле, чуть не грохнул ноутбук на пол, кое-как выбрался, открыл.

– Рано как-то, нет?

На Сандре был неожиданно восточный халат с драконами. В комнате солнце зажгло алый переливчатый шёлк, драконы оскалили зубастые пасти и заиграли золотыми чешуйками тугих тел. Сандра хитро взглянула исподлобья, выставила в разрез круглую коленку. Медленно развела полы, под конец рывком распахнув настежь. Под халатом оказалось чёрное бельё, в рюшках и бантах красного цвета, тюлевых и колючих на вид, смутно напомнивших Семёну похоронные украшения бывшей родины. Лак на ногтях тоже был гробовой – тёмно-бордовый.

Сандра выгнула бровь. Улыбнувшись, запахнула халат.

– Это – на десерт! О, у тебя текила. Да погоди ты, неужели нельзя подождать, ну что это такое, Саймон, убери руки, в самом деле.

Но Будицкий блудливо ухмылялся и, ухватив Сандру за плечо, притянул к себе. В жилах загуляла шкодливая обезьянья кровь, он уже настойчиво теснил драконов на её шёлковой груди. Она вдруг засмеялась, глуповато и беспомощно, как от щекотки и, сбросив халат, ухвтила Семёна за ремень и властно потянула его к кровати.

Сандра свирепо охала, вцепившись в решётку кровати, её потные бедра выскальзывали из пальцев Семёна, как крупные бледные рыбы. Под коленом застрял лифчик и больно впивался гробовыми кружевами в кожу. Белая спина Сандры, вся в росинках пота, была усеяна россыпью мелких тёмных родинок, по ложбинке позвоночника вилась едва заметная дорожка чёрных волос.

Семён сипло дышал ртом, воздуха не хватало, сердце раздулось и мучительно ухало. Он часто представлял свою смерть, как это может произойти. Именно так. Боль молнией пронзит грудную клетку, сердце лопнет как бурдюк (он опять представил себе этот страшный чавкающий звук), тело конвульсивно дёрнется и безжизненно рухнет на мятые простыни. Подруга (юная и длинноногая) испуганно забьётся в угол, закусив край подушки, утирая крупные слёзы. А он, костенея красивым лицом, будет лежать недвижимо и строго, подобно Адаму на микеладжеловой фреске. О да, это стройное мускулистое тело, с дымкой золотистых волос на груди и вкруг укрощённых гениталий, уже никогда больше...

Загремел телефонный звонок. Включился автоответчик.
– Семён! Ну ты меня и подставил! – Чернодольский вскрикивал угрожающе. – Семён! Возьми немедленно трубку!
Будицкий замер. Сандра зарычала:
– Fuck! Don't stop!
Но Семён в два прыжка оказался у стола и уже кричал в телефон:
– Да, да! Что ты орёшь? Кто подставил?
– Ты!
– Кончай голосить, объясни по-человечески!
Чернодольский судорожно вдохнул, как всхлипнул:
– Я подписывал твой материал у Лоры. Она потребовала назвать источник. Я сказал – информация надёжная, из первых рук, твой источник работает в нью-йоркской штаб-квартире. Лора – давай имя или материал не выйдет в эфир... Короче, я

сказал, что это твоя дочь.

– Ну ты сволочь! Мы ж договорились!

– Договорились? – главред перешёл на вкрадчивый тенор. – Лора при мне звонила в Би Пи – нет там никакой дочери.

– Вы совсем чокнулись! Как звонила? Вы же её под удар... совсем охренели!

– Под какой удар – не работает она там.

Сандра натянула на колени простыню, гневное негодование сменилось любопытством, она слушала непонятные русские слова, пытаясь угадать, о чём идёт речь. Изредка, поглядывая в зеркало, поправляла чёлку.

Семён присел на ледяной край стола, зло спросил:

– Ну и кого же твоя лягавая Лора Кларк в Би Пи искала?

– Кого? Госпожу Будицкую.

– Недоумки! У неё фамилия матери, Тадеску, Нина Тадеску!

На том конце возникла мёртвая тишина. Семён длинно и с душой выматерился и нажал отбой. Нужно позвонить Нине, предупредить. Он набрал номер её сотового, его сразу скинуло на автоответчик. Рабочего номера у него не было, он нашёл сайт «Бритиш Петролеум», нашёл номер нью-йоркского отделения. Время 4:47. Набрал номер, выслушал кучу магнитофонной информации, наконец добрался до оператора. Мягким баритоном попросил соединить с Ниной Тадеску. Какой департамент? Не уверен. Не можете найти? Странно... Должна быть. А не могли бы вы соединить с отделом кадров? Весьма признателен.

– Тадеску? – спросило контральто с округлым вирджинским акцентом. – А вы кто?

Слово застряло в горле, Семён выдавил:

– Родственник. У нас несчастье в семье, тётя из Сан-Франциско погибла при пожаре. Мне выпала тяжкая доля оповестить Нину.

Отдел кадров сочувственно шмыгнул:

– Какой ужас. Сейчас я посмотрю.

На том конце зацокала клавиатура. Минуты через полторы вирджинский акцент с удивлённым разочарованием произнёс:

– Нет, не могу найти. А отдел какой – не знаете?

– Там что-то вроде с восточной Европой, Россией, точно не скажу.

Контральто вдруг оживилось:

– Да, вспомнила – Тадеску! Она у нас два месяца стажировалась. Летом. Отдел «Планирование и развитие». Контракт с ней не подписали, русский у неё совсем неважный оказался. А там работа напрямую с Россией.

На улице совсем распогодилось, солнце порыжело и двинулось на закат, путаясь в голых сучьях Ривер-Сайд парка. Комната была наполнена ярким вечерним светом. Семён поглядел на своё отражение – мосластое, бледное, с нехорошими, как у самоубийц, глазами, отвернулся и тихо опустился на угол кровати.

8

Сандра заказала китайской еды из забегаловки на углу. Принесли быстро, минут через десять. Уселись на кухне, Семён, замотавшись в простыню, мрачно тыкал палками в куски утки, брокколи, угрюмо топил длинные стручки фасоли в коричневом вязком соусе. Отпивал текилу из стакана, безразлично, не морщась, как лимонад.

Сандра ела с аппетитом, изредка вздыхая. Безошибочный женский инстинкт советовал ей помалкивать. Иногда она понимающе кивала чёлкой и хмурила гнедую бровь. Лангусты в ананасовом соусе с ростками молодого бамбука оказались выше всяких похвал.

– Какая сволочь, – недобро улыбаясь, прошептал Семён по-русски и горестным каторжным жестом уронил лицо в ладони, – Какая сволочь...

Сандра заботливо подлила в его стакан текилы. Шумно вдохнув, придвинула к себе и скорбно принялась за тунца в миндальной подливке со спаржей, шанхайским рисом, шафраном и лепестками жасмина.

У Семёна задёргалось веко, он исподлобья хмуро поглядел на неё.

– Чего ты уставилась-то? – по-русски сказал он, – ты жри вон своих лангустов.

Сандра удивилась, опрятно промакнула губы комком салфетки. Семён наклонился над столом и ласково зашептал:

– А понимаешь ты, курва американская, что я свою родную дочь предал? Родную дочь, единственную во всём мире… Мразь я, сволочь, дрянь. Поняла? Ведь никого же нет у меня, ни родных, ни друзей, даже приятелей не осталось. Только такие вот потаскухи старые, как ты. Кошелки штопанные! А молоденьких уж нет, – Будицкий осклабился и юродивым фальцетом пропел – разбежалися-я-я! Кому ж плешивый, нищий козёл нужен? Правильно – никому!

Он махом влил в себя текилу. Грохнул стакан об стол и быстро заговорил с хриплым присвистом:

– Мне ж пятьдесят три! И кто я? А – никто! Ноль! Ничтожество, червь, безработный журналист, считай, бездомный. Ни страховки, ни пенсии. Давно бы уж удавился, если б не трусил, – боюсь, понимаешь ты! Страшно в петлю лезть или башкой в духовку! И с моста сигануть боязно. Кишка тонка! Так и буду гнить в канаве. Потому что – трус!

Сандра жевала рыбу, прикидывая, не пора ли вмешаться и взять ситуацию под контроль: Саймона иногда заносило, не без этого, но нынешнее шоу явно выходило за рамки.

Будицкий замолчав, остервенело тёр красные глаза, потом внезапно вскочил и заходил по кухне. Простыня сползала, он её придерживал локтём.

– Это как же так вышло? – бормотал он, уже не обращаясь ни к кому, – ведь не могло, нет-нет, не должно… и с кем? со мной! Я интервью брал у Горбачёва, там у Стены. Я ж Войновича на «Свободу» рекомендовал, а Жорик Пинскер у меня на посылках бегал, я с Бродским, с… Иосифом! – на «ты», я с самим Ельциным водку...

Он оступился, качнулся, чуть не упав, влетел коленом в газовую плиту, отозвавшуюся низким гулом духовки. Заскулив, согнулся и принялся тереть ногу. Потом, внезапно смолкнув, выпрямился, цепко схватил хлебный нож и быстро полоснул себя по запястью. Красные кляксы брызнули на линолеум, потекли по белому пластику, расплылись на простыне. Семён оторопело замер и начал медленно сползать по стенке.

Через двадцать минут голый Будицкий с белым, растерянным лицом, сутулясь на кухонной табуретке, нянчил подмышкой перебинтованную руку. Сандра, примостившись рядом, кормила его стручками зелёной фасоли, обмакивая их в густой коричневый соус.

– Нет, ты точно уверена, что зашивать не нужно, точно? – в третий раз спрашивал Будицкий, тревожно заглядывая ей под чёлку. – Вон, кровищи-то, кровищи сколько.

И кивал в угол кухни, где, среди окурков и битого стекла, пламенели багряными пятнами скомканные обрывки простыни.

– Вот микстурки хлебни, суицидник.

Семён, вытянув кадыкастую шею, мелкими глотками отпил из поднесённого Сандрой стакана.

– Как это я по-дурацки в обморок-то, а? – хихикнув, проговорил он.

За окном стемнело, вдали желтели жиденькие окошки Нью-Джерси, отражаясь, они подрагивали в мяслянистой воде Гудзона. Семён заметно порозовел и, оглаживая здоровой рукой упругую округлость Сандриной ягодицы, с детской завистью наблюдал за огоньками самолётов, набирающих высоту и покидающих Ла Гвардию.

– Ожил, – цинично констатировала Сандра.

Семён хмыкнул и с той же глуповатой улыбкой потянул за пояс халата. Узел легко развязался и полы плавно разошлись.

– Ой, доктор! – дурашливо проблеял Семён, – вы же голый! – наклоняясь и ловя губами крупный сосок, коричневый и солоноватый.

– Погоди, я свечи зажгу, – Сандра, ласково отпихнув его и, легко ступая босыми ногами, прошла на цыпочках в комнату. Повернулась, махнув чёлкой: – Чего сидишь, иди сюда.

Будицкий понуро подошёл, уткнул лицо в её тёплую шею и пробормотал загробным голосом:

– Меня уволили, мне за квартиру платить нечем... Это – конец.

Сандра поглаживала его белёсые, прямые волосы, слабые – сквозь них светилась бледная кожа головы. Тяжко, по-бабьи, вздохнув, она с мягкой уверенностью сказала:

— Саймон, не кисни, кончай свой славянский пессимизм разводить. Я завтра же позвоню Кэнди Ли, она курирует какие-то благотворительные фонды Сороса, деньги там, конечно, не ахти, но...

— И курить брошу, завтра же, — гундосо пробормотал ей в шею Будицкий, признательно шмыгнув носом.

9

К трём часам ночи свечи оплыли и погасли, лишь в одной, на дне янтарной лужицы умирал чахлый фитилёк. В утробе подъезда, поднимаясь, заурчал лифт. Устало выдохнув, остановился на пятом. На лестничной клетке что-то зашуршало, негромко стукнуло в кафель, словно поставили стул.

Замок, тихо щёлкнув, беззвучно провернулся. Входная дверь пискнула и приоткрылась. Тусклый свет диагональю лёг на пол прихожей, в дверной проём нерешительно просунулась мужская голова в кепке. Голова застыла, прислушиваясь: где-то тикали часы, за окном, подражая прибою, прошуршали ночные шины. Протиснувшись по-крабьи в прихожую, мужчина притворил дверь. Он поправил клетчатый шарф и нервно поднял воротник. Постояв, опустил его, потом поднял снова. Переминаясь с ноги на ногу, мужчина принюхался, сморщив мясистый нос, — из комнаты тянуло приторной свечной гарью.

Освоившись, он осторожно двинулся вдоль коридора. Склонясь над спящим чёрным зверем, оказавшимся вблизи скомканным халатом с драконами, он, странно всхлипнув, икнул.

Комната казалась зыбкой, стены неустойчиво покачивались в такт с пугливым огоньком догорающей свечи, потолок оживал и уплывал, стараясь поспеть за скользящими по нему лучами автомобильных фар. Мужчина остановился у стола. Озираясь, отразился в зеркале, блеснув багровым потным бликом на лице. Медленно повернулся к кровати, вглядываясь в хаос подушек и простыней, снова икнул, конвульсивно подавшись вперёд, словно пытаясь что-то проглотить. Из-под одеяла торчала бледная матовая нога с чёрным лаком на ногтях.

Мужчина постоял и медленно побрёл на кухню, но тут же

вернулся и пальцем утопил фитиль в воске. Ванильный чад тут же заполнил комнату.

На кухне луна уже перекроила скучную геометрию кафеля, раскидав по стене молочные ромбы оконного переплёта. Мужчина подошёл к газовой плите, тронул крайний вентиль. Конфорка бодро зашипела. Он выкрутил ручку до упора, после повернул вторую, за ней третью и четвёртую. Зачем-то снял кепку и помахал над плитой, разгоняя газ.
Выйдя из квартиры, медленно закрыл замок на два оборота и опустил ключ в карман пальто. На лестничной площадке, у стены стоял допотопный чемоданчик с медными уголками, обтянутый тёртой шотландкой. На боку цветная наклейка «Барселона, отель «Амбассадор». Мужчина, прихватив чемодан, вошёл в лифт и поднялся на восьмой этаж.

Войдя в свою квартиру он, не снимая пальто и не включая свет, прошёл в ванную. В темноте достал из кармана ключ, поднял его над унитазом и, мгновение подержав, отпустил. Ключ скользнул вниз юркой тенью и мирно булькнул. Мужчина спустил воду, а потом долго намыливал руки лавандовым мылом, глядя в чёрный овал зеркала.

Вирджиния 2011

БОГЕМСКАЯ РАПСОДИЯ

— Монотипия? –

переспросил я и распахнул окно. Внизу, на теневой стороне Амстердам-авеню выгружали рояль, мрачно торжественный, похожий на роскошный гроб. Я уже в десятый раз пожалел, что не остановился в отеле.

Хью со скукой разглядывал свои босые ноги. Он сидел в майке и пёстрых трусах с орнаментом из рождественских ёлок. В окно тянуло июльской духотой, асфальтом и подгоревшими сосисками.

Жара казалась материальной, я чувствовал, как рубаха постепенно прилипает к спине. С отвращением завязывая галстук, я вежливо объяснил Хью, что такое монотипия, в чём преимущества акриловой монотипии перед масляной, как надо готовить холст, что лучше использовать для клише – металл или пластик.

Хью уныло кивал лобастой головой с симметричными залысинами. Из-за его плеча на меня строго взирал

Солженицын, вырезанный из какого-то журнала. Рядом был прикноплен Чехов, а выше всех – Лев Толстой, похожий на деревенского Зевса. Хью писал диссертацию по «Войне и Миру», его русский был почти безупречен, что я отчасти считал и своей заслугой. Особенно в разговорной, идиоматической области. Познакомились мы лет десять назад, когда он защищал диплом на русской кафедре Нью-Йоркского университета. Я тогда привёз в Сохо свою первую выставку.

– Ну так может всё-таки... – для очистки совести спросил я.

Хью молча пошевелил большими пальцами ног.

Я вытащил бумажник. Пересчитал наличные, проверил карточки, визитки. Раскрыл приглашение: «Агора-Галери», Брум-стрит, 65.

– Брум-стрит – это Виллидж? – спросил я.

– Челси... Ты ж на такси?

Я кивнул.

– Ключ не забудь. Я спать буду. Сначала работать, потом спать. А не шляться ночью и вести богемскую жизнь.

– Богемную, – по привычке поправил его я. – Богемский – это хрусталь. Из бывшей ЧССР.

Сунул ключ в карман пиджака, хлопнул дверью. Дожидаться лифта не стал, допотопный монстр скрипел где-то в районе пятого. Прыгая через две ступеньки шумно понёсся вниз. На площадке второго чуть не сбил девицу. Она уронила пакет, из которого с весёлым стуком выкатились зелёные яблоки. Мы вместе стали собирать.

– Вы не знаете Мак-Милан, Мэгги... старушка такая... старенькая?

– Старенькая? А вы её внучка? – пошутил я.

– Нет, – девица отчего-то смутилась и покраснела. Южный акцент – Теннесси или Алабама, фермерский загар, выгоревшая до белизны коса – она мало чем отличалась от наших румяных селянок или ядрёных хохлушек.

– Конечно знаю. Мак-Милан, а то! – Я рассмеялся, настроение у меня было превосходное, хотелось дурачиться и шутить. – К ней как раз племянник приехал. Хью зовут, из Бостона. Шестой этаж, квартира тридцать один.

2

Лу Паркер оказалась тощезадой художницей с цыганскими бровями и родинкой, размером с изюмину, на правой щеке. Я направился прямиком в бар.

Монотипии, объединённые в серию с неясным названием «Вагинальные кружева», напоминали подмокшие и заплесневелые крышки кадушек, в каких солят огурцы. Одинаково круглые доски полуметрового диаметра висели на одной высоте и с равными интервалами. Каким образом Лу удалось наклепать две дюжины таких близнецов и при этом не свихнуться, я не понял.

Публика прибывала. Кондиционеры натужно гудели, высоченные окна постепенно запотели. Стало промозгло, как в остывшей бане. Разговоры слились в плотный, низкий гомон, похожий на зуд шмелиного роя. Тонкошеея журналистка с птичьими ухватками брала интервью у художницы. Та, жеманно обхватив себя за талию, другой рукой делала изящные жесты, помогая сформулировать свою вагинально-кружевную концепцию. Эта была одна из тех минут, когда мне стыдно, что я тоже художник. Я залпом допил шампанское, решив переключиться на бурбон.

— Лосев! — кто-то рухнул сзади мне на плечи. Я обернулся. Сияя, как мокрый баклажан, меня пытался облобызать Эдисон-Иммануил Вашингтон — двухметровый негр, в молодости начинавший как сутенер в Гарлеме. Сегодня Эдди — один из самых влиятельных арт-дилеров Манхеттена. От Гарлемских времён на шее у него осталась синяя татуировка — выколотое затейливым курсивом слово «Печаль».

Он припечатал меня к своей груди, ощущение, что ты прижат к капоту грузовика — тепло и жёстко:

— Джизус, бро! А красив-то, мать твою! Надо выпить.

* * *

Эдди владел тремя галереями в даунтауне, одной в Бруклине и ещё дюжиной по всему миру. Он был делягой, но честным делягой. Он был сукиным сыном, но весьма симпатичным сукиным сыном. Когда я первый раз появился в Нью-Йорке без имени, без связей, с рулоном посредственной мазни под мышкой, Эдди оказался единственным, кто согласился выставить меня.

Мы выпили. Упругий вечерний луч играл на разноцветных бутылках. Эдди что-то говорил о «Сотбис», я не очень слушал, разглядывая витражные отсветы на белой рубахе бармена. За его спиной клубилась шоколадная тень, почти Караваджо. Я рассеянно подумал, что по сравнению с Караваджо вагинальная кружевница Паркер, как, впрочем, и все сегодняшние живописцы выглядели пигмеями. Караваджо был приговорён к смерти за убийство, бежал, спал с кинжалом под подушкой, спасся во время шторма, но был ограблен попутчиками и высажен на пустынный остров, где сошёл с ума и умер в возрасте тридцати девяти лет. Мне сорок один, я только что развёлся во второй раз, закончил ремонт в пятикомнатной квартире на Патриарших, купил последнюю модель «ягуара». В бытовом плане я точно переплюнул Караваджо.

– Ты знаешь, – перебил я Эдди, – у Караваджо в «Снятии с креста» нет самого креста. Он его не написал. Вот это гений!

– Да хрен с ним, с Караваджо, – Эдди поправил лимонную бабочку на шее. – Пойдём я тебя лучше с Манфредом познакомлю. Восходящая звезда исландского стич-арта. Вон он со своей балериной.

Звезда напоминала постаревшего Буратино, обряженного панком. Шарнирные движения сопровождались скрипом чёрной кожи в стальных заклёпках и звоном пирсинга – лишь в левом ухе я насчитал семь железных колец. Манфред жевал деревянную зубочистку и был пьян.

– Таня, – балерина протянула мне ладонь, сильную и горячую.

– Русская? – удивился я.

– Нет. Неважно. Долгая история, – балерина без церемоний разглядывала моё лицо. Взгляд у неё был тяжёлый, как у человека, страдающего похмельем. Её тугое платье было не длиннее свитера, ладная, вздёрнутая грудь, лаковые сапоги цвета свежей крови. Если её друг производил впечатление сломанной игрушки, то Танины движения завораживали кошачьей мускулистой гибкостью.

– Скука тут... – сказала Таня и облизнула губы, пунцовые и пухлые, словно она целовалась на морозе. Я вспомнил такие же губы, десятый класс, каток на Чистых. Бурбон и разница во времени делали своё дело, в подпитии я сентиментален.

– Я Рихтера купил. Поехали – буду хвастаться, – Эдди, не дожидаясь ответа, потянул нас к выходу. По дороге чмокнул художницу в родинку и что-то сказал ей на ухо. Та рассмеялась, плотоядно обнажив розовые дёсны.

3

Рихтер был хорош. Я не большой поклонник абстрактной живописи – считаю экспрессионизм Поллака проявлением белой горячки, а колористический символизм Ротко следствием классической депрессии. Называлось полотно «Клетка № 5». Никакой клетки там не было, были полосы в красно-фиолетовом колорите, словно сырую картину уронили лицом вниз и протащили по дощатому полу. Получилось красиво, напоминало закат на южных островах.

Эдди разлил коньяк. Шарнирный Манфред, гулко цокая сапогами, шлялся по периметру зала, натыкаясь на углы и рассеянно разглядывая картины. Я вспомнил, что в этой галерее я когда-то работал. Там, на втором этаже была моя мастерская. Вместо аренды я оставил Эдди одну из своих работ.

* * *

Я поднялся наверх, запах в мастерской был тот же – пахло сосновым маслом и красками. Низкое солнце просочилось в щель Бродвея и наполнило комнату латунным блеском. Я вдохнул тёплый пыльный воздух и закрыл глаза.

– Лосев? – балерина произнесла как Лосёфф, но поправлять я не стал.

Повернулся. При ярком свете её кожа казалось пепельно бледной, неживой. Она стояла в дверях скрестив руки и расставив ноги в своих маскарадных сапогах, подавшись выпуклым лобком вперёд. В ней было что-то отталкивающее, уличное. Но одновременно что-то манящее, гипнотическое. Я подумал, что примерно так должен выглядеть дьявол. Она тихо затворила дверь.

– Ты женат? – спросила Таня.

– Иногда. А ты действительно балерина?

– Вроде. Не классика, современный танец. Контракт с Линкольн-центром.

У меня идиотская манера в английском копировать собеседника. Я как попугай моментально перенимаю стиль и интонации того, с кем разговариваю. Даже голос становится выше, когда я беседую с женщиной. У Тани был хрипловатый баритон – или это называется контральто?

Она протянула руку и дотронулась до моей щеки – чуть коснулась горячими пальцами. От неожиданности я вздрогнул, чтоб сгладить неловкость усмехнулся. Вместо смеха вышел какой-то скрип – в горле пересохло, страшно захотелось пить.

От её руки горьковато пахло травой, дымом – едва уловимый осенний запах. Она смотрела мне в глаза тем же оловянным, похмельным взглядом, смотрела пристально, не моргая. Не испытывая никакой неловкости. Было слышно, как за окном по карнизу бродит голубь, курлыча, поклёвывая что-то и стуча в жесть клювом.

– Тебе нравится Караваджо? – спросил я первое, что пришло в голову – молчать дальше я просто не мог.

В галерее что-то грохнуло и со звоном разлетелось по полу. Я с облегчением рванул дверь и, перегнувшись через перила, крикнул:

– Вы там живы?

Эдди ржал густым басом, Манфред матерился, пиная сапогом пёстрые осколки – всё, что осталось от здоровенной китайской вазы. Мы с Таней гуськом спустились по хлипкой лестнице: я шёл за ней и видел, как она тянула вниз своё платье-свитер, стараясь придать ему пристойный вид. Манфред зло взглянул на нас и сказал что-то. Наверное, выругался по-исландски.

– Всё! – Эдди хлопнул в ладоши. – Пошли жрать – угощаю!

4

Снаружи уже стемнело, улица кишела жизнью, огни куда-то текли, моргали, мокро отражались в тротуаре. Здоровенный, как дом, автобус пронёсся мимо, обдав лицо душным жаром. Грохот и лязг, гудки машин, гомон бесконечной толпы – всё это напоминало какую-то адскую фабрику. Меня качало словно матроса, вдруг показалось, что город перевернули вверх дном. Вечерний Нью-Йорк давит будто пресс, здесь заново приходиться учиться ходить. Я задрал голову – в узкую щель глядело небо. Оно было тёмно-малинового цвета.

Ресторан назывался «Бикон», мутный янтарный свет, высокие потолки, хищные, кованые лампы – невнятный декор под арт-нуво. У бара чёрный рояль. Нас усадили за круглый стол с жёсткой белой скатертью. Белизна явно смутила Эдди и он выложил на стол свои гигантские клешни, похожие на вратарские перчатки.

Неожиданно пахнуло лесным костром – у дальней стены на древесных углях жарили мясо. Тут же совсем по-деревенски была сложена поленница из берёзовых чурбачков. Мне захотелось в подмосковный лес, куда-нибудь под Дубну, и чтоб был сентябрь и даже мелкий дождик. Я взглянул на часы, стрелка подбиралась к четырём по Москве. Я так и не сообразил дня или ночи. Возник плешивый сомелье с учтивым французским акцентом, Эдди прогнал его. Потребовал для всех пива.

* * *

– Рембрандт! Ну и что? – Манфред фыркнул, – У них там просто фотоаппаратов не было. Чего он там намазал, твой

Рембрандт? Портрет мамаши? Иисус Христос в полный рост? Так я вот сейчас... в момент...

Он выудил телефон и начал нас щёлкать – сначала Эдди, потом меня.

– Вот вам... Рембрандт. Поняли? В творце главное фантазия, порыв, а не это ваше рисование. Живопись там всякая...

Он говорил со странным акцентом, побулькивая, так в мультфильмах изъясняются мелкие рыбёшки, вроде ставриды. Мне даже стало любопытно взглянуть Манфредово творчество. Таня время от времени трогала меня за колено под столом и таскала жареную картошку с моей тарелки.

* * *

Я устал жевать и отодвинул тарелку. Голова кружилась, я прикрыл глаза: Рембрандт не только разгадал волшебный рецепт мерцающей светотени Караваджо, Рембрандт разбил миф о непризнанном гении: он стал знаменит и богат годам к тридцати. А вот после всё покатилось под горку – умирал он в нищем еврейском квартале на окраине Амстердама.

На десерт принесли коньяк. Когда я мыл руки и разглядывал в зеркало своё красноглазое лицо, из зала донеслась музыка и кто-то зычно запел. Потом раздались крики, шум и возня. У меня возникло нехорошее предчувствие, внутренний голос советовал мне не спешить, но я всё-таки вышел из туалета.

Несколько человек пытались оттащить Эдди от рояля. Рояль гремел, Эдди отбивался ногами, продолжая петь и аккомпанировать. Получалось у него совсем неплохо, что-то вроде Рея Чарльза, я никак не ожидал, что у Эдди таланты и в музыкальной области. Полиция появилась на удивление быстро, музыканта скрутили и, сшибая стулья, выволокли вон.

Я выскочил на тротуар. Полицейский «форд» истерично взвыл, замигал и, распугав людей и транспорт, исчез, увозя от нас в ночь Эдисона-Иммануила Вашингтона.

– Что? Что это!? Что это было?! – кричал я в лицо балерине. Они с Манфредом стояли под фонарём. Манфред пытался прикурить, но картонные спички не горели и ломались.

– «Ангел на хлопковом поле», спиричуэлз. Типа песня протеста, – сигарета прыгала в её губах. – Их негры пели, рабы. Эдди сказал, что покажет этим белым свиньям. – Таня выхватила у исландца спички, сходу зажгла и прикурила. Выдохнув белое облако, закончила, – Ну вот и показал. Джизус, бро...

Наш вечер, очевидно, подошёл к концу. Я деловито взглянул на своё московское время, там было начало седьмого. Неизвестно утра или вечера. Манфред предложил ещё выпить. Я отказался, сославшись на усталость и перелёт. Таня спросила где я остановился. Я ответил, подходя к обочине и высматривая такси.

– Отлично, – констатировала она. – Заедешь к нам, Манфредовы творения посмотришь. Тут крюк небольшой. Считай, по пути.

Нужно было сказать нет. В этом я был уверен. Но молча открыл яичную дверь такси, туда ввалился исландец, за ним, путаясь в длинных ногах, полезла балерина Таня. Последним втиснулся я.

5

Оправдались худшие предположения: небольшой крюк вылился в сорок минут езды. Оливковый шофёр-индус в тугой как шампиньон чалме, рванул по Сорок Второй, выскочил на Квинсборо-бридж. Манхеттенская иллюминация осталась позади. Жёлтые фонари врывались в салон, выхватывая бледный профиль балерины. Её тазовая кость остро впилась мне в бедро, я вжался в дверь, но она снова придвинулась. В такси кисло пахло пряностями. Манфред молчал, лишь без конца ёрзал, скрипя кожаными штанами по клеёнке сиденья.

Индус гнал по мрачным улицам Квинс, по тротуару в лужах тусклого света валялись мятые мусорные баки, пустые коробки и обрывки газет, мимо пролетали заколоченные дома, кирпичные стены в абракадабре граффити. Людей на улице не было вообще.

* * *

Я не герой, но я дрался в Текстилях, меня грабили в Подлипках, пробили голову кастетом в пивбаре на Покровке – у меня была обычная московская юность. Здесь, в Квинс, я кожей чувствовал опасность.

Долго ехали вдоль заброшенной фабрики, потом начался пустырь. За пустырём мы пронеслись по кромке чёрного озера, на том берегу среди мелких кустов стояли машины с притушенными фарами.

– Это что за светомаскировка? – спросил я.

Таня засмеялась:

– Тринити-парк. Место случки у педиков.

Я проводил глазами парк, машины геев, отражённый в воде молочный свет подфарников. Потом мы въехали в черноту, ни звёзд, ни луны видно не было, изредка вспыхивали огни, неясно – далеко ли, близко, они не освещали ничего и только сбивали с толку.

Неожиданно машина встала – мы приехали. Манфред распахнул дверь и проворно выкарабкался наружу, за ним Таня. Я понял, что платить придётся мне, вытянул деньги из бумажника и, сложив купюры, просунул в щель в плексигласовой перегородке. Сказал – сдачи не надо. Индус ласково поглядел на меня в зеркало своими чёрными, как перезрелая вишня глазами. Кивнул.

Индус уехал, мы остались у глухой кирпичной стены без окон и с узкой дверью, похожей на чёрный ход. Здание напоминало склад. Начал накрапывать дождь, я сунул бумажник в задний карман и, хотя было душно, зачем-то поднял воротник пиджака. Балерина взяла меня под руку, Манфред, раскачиваясь, рылся в куртке, что-то искал. Таня дышала мне в ухо табачным теплом.

«А вдруг они вампиры?» – от этой мысли мне стало веселей, я попытался вспомнить, что я знаю из этой сферы. Ничего кроме креста, чеснока и осины в голову не пришло. Манфред наконец отыскал ключ и, икнув, мотнул головой в сторону двери.

Художники, по большей части, люди невежественные. Особенно живописцы. Дизайнер привязан к объекту, ему необходимы знания в смежных областях, свежая информация по теме. Иллюстратор скован текстом, этому приходится много читать. Живописец свободен. Особенно, если он работает вне традиции. У такого художника возникает иллюзия, что он создаёт правила, что он творец. Почти бог.

Манфред не признавал подрамников, он приколачивал холсты прямо к стене. Не было у него и кистей, он пользовался малярными валиками и аэрозолями для покраски машин. Мастерская, просторная, но с низким потолком, напоминала гараж. Это и был когда-то гараж: в углу сгрудился железный хлам, я разглядел станок для бортовки колёс. Бетонный пол в липкой черноте смазки, двойные ворота выходили во внутренний двор. Я спрятал руки в карманы и стоял, стараясь ни к чему не прислоняться.

Первым делом Манфред выудил из заляпанного холодильника бутыль аквавита. Разлил в невероятно грязные стаканы. Я служил на Кольском, там посуда была чище. Алкоголь - отличный дезинфектор, успокоил я себя и проглотил дозу. У напитка оказался приятный вкус детского лекарства. Манфред тут же налил ещё.

Аквавит ударил в голову, внутри стало тепло. Я улыбнулся – в принципе они славные ребята, зря я так строго. И если каким-то нуворишам нравится его мазня и они готовы платить тысячи – почему нет? Да и кто я такой чтоб судить его? Ведь сам не лучше... Ну закончил Суриковский, ну умею рисовать, могу отличить барокко от рококо – ну и что? – по сути такая же шлюха – делаю, что хорошо продаётся.

Манфред стал показывать свои ремесленные хитрушки: вытащил какие-то трафареты, что-то жарко объяснял, постоянно сбиваясь на исландский. Таня сидела верхом на табурете, расставив ноги в красных сапогах. Она наблюдала за ним и тоже улыбалась. Манфред подошёл к холсту, начал брызгать краской. Резко пахнуло аэрозолем, он увлёкся, скинул куртку в на пол.

– Ненавижу эту вонь, – сказала Таня. – Пойдём, я тебе свою студию покажу.

* * *

Мы шли бетонными коридорами. Несколько раз свернули, потом поднялись по узкой лестнице. Таня распахнула дверь и включила свет. Неожиданная белизна ослепила. Зеркало во всю стену раздвинуло и без того большую комнату. Я увидел себя – мятого и некрасивого и её – стройную и длинноногую. Она походила на цирковую лошадь, себя сравнивать мне не хотелось. Я повернулся к ней.

– Да-а... – нужно было что-то сказать. – Это... очень мило.

Таня подошла к стерео, чуть покопавшись, нажала кнопку. Я ожидал, что угодно, но только не это: из динамиков с умильной торжественностью полился «Вальс цветов». Я сначала не понял, что это Чайковский, было ощущение чего-то знакомого: мандариновые корки, колючие хвойные ветки, заиндевевшее окно за которым беззвучно валит снег.

Таня закружилась. Медленно, сонно поплыла вместе с тягучими скрипками. Запрокинув голову и улыбаясь.

Постепенно разгоняясь, она крутилась всё быстрее и быстрее. Внезапно остановилась и протянула мне руки. Я засмеялся и замотал головой.

– Давай, давай! Ну! – она притянула меня к себе.

– Да не умею я, не умею, – смеясь, я попытался вырваться, но она оказалась неожиданно цепкой.

– Я научу.

Таня умело ухватила меня и повлекла за собой, громко отсчитывая такты. Я смирился. Стараясь не отдавить ей ноги, я косолапо переступал, при каждом повороте видя своё нелепое отражение. Было что-то мучительно жалкое в позе, в моих движениях.

– Расслабься... два... три... Расслабься... два... три...– повторяла она, кружа меня.

Я расслабился. И неожиданно всё стало получаться. Ритм сам подхватил меня, я, оказывается, своим старанием только всё портил. Мы кружились. Я сжимал её ладное, мускулистое тело. Мне стало душно, я на ходу снял пиджак, отбросил его. Галстук душил меня, узел не подавался. Её торопливые пальцы пришли на помощь, потом она рванула ворот рубахи. Прижалась горячими, мокрыми губами к моему горлу. От её волос пахло горечью и потом. Я чувствовал ладонью, как бьётся быстрая жилка у неё на шее. Или это билось моё сердце?

* * *

Хлопнула дверь. Манфред был совершенно пьян, он держался за косяк, другой рукой сжимал полупустую бутыль аквавита. Вальс продолжал греметь, Таня по-кошачьи выскользнув от меня, сделала шаг в сторону стерео. Я, отвернувшись, старался незаметно стереть помаду с лица.

Манфред резко качнулся вперёд – я видел в зеркало – но не упал, а со всего маху ударил Таню бутылкой по голове. Осколки брызнули по сторонам, Таня замерла. По её лицу побежала красная струйка, с подбородка закапало на пол. Она удивлённо посмотрела вниз, потом на Манфреда. Тот, покачиваясь, спрятал отбитое горлышко за спину.

Таня кончиком языка слизнула кровь и, не размахиваясь, хлёстко ударила Манфреда кулаком в лицо. Он отлетел к стене. Она с балетной грацией развернулась и двинула ему ногой по рёбрам. Манфред рухнул на пол. Но падая, успел ухватить её за лодыжку. Они сцепились на полу, и покатились, лягаясь и мутузя друг друга.

Я наконец пришёл в себя, нужно было разнять их. Ухватив Манфреда за шкирку, я пытался оттащить его. Раздался треск, он не отпускал её платья. Я рванул и Манфред отлетел вместе с платьем. Таня лежала раскинув руки. Я увидел круглую грудь, белую, с маленькими кругляшками сосков, плоский мускулистый живот. Ниже, из колгот, выпирал тугой бугор мужских гениталий.

7

Гулкие коридоры, лестницы, переходы. Я выскочил на улицу, но продолжал бежать. Царапая лицо рукавом, пытался стереть помаду, запах был неистребим. Дважды меня вырвало. Перешёл на шаг лишь у озера. Машин там почти не осталось. Когда я проходил мимо, спортивный «мерс» поморгал мне фарами.

Моросил невидимый дождь, тёплый и неторопливый. Дорога едва угадывалась, изредка попадались тусклые фонари на деревянных столбах. Была удивительная тишина: я слышал шорох дождя, свои шаги и больше ничего. На горизонте мутным облаком мерцал Манхеттен.

* * *

На пустынном перекрёстке, за кладбищем, мне посчастливилось поймать такси: издали увидев огонёк на крыше, я бросился вслед, крича и размахивая руками. Машина остановилась, я, хватая ртом воздух, назвал адрес. Таксист-негр равнодушно кивнул.

Хлопнув дверью, я растянулся на заднем сиденье. Колени дрожали, я положил на них руки, но руки дрожали тоже. В голове неуёмные скрипки пилили Чайковского. Я зажмурился, тихо шепча: раз-два-три, рав-два-три, раз-два-три.

В лифте я рылся по карманам, ключа не было, ключ остался в пиджаке. А пиджак остался... Я стиснул зубы и замычал.

Хью открыл дверь почти сразу. Я прямиком прошёл на кухню и, отодвинув грязные тарелки, припал к крану. Эликсир жизни – тепловатая водопроводная вода оказалась невероятно вкусной. Хью тихо присел на табурет. Я устало выдохнул и вытер рот рукавом:

– Ты чего не спишь?

Хью сидел, зажав ладони между коленей, сидел и улыбался. Без очков лицо его казалось совсем мальчишеским. Уже начало светать, серый свет плоско лежал на столе, на полу. Из коридора послышался стук босых пяток, я повернулся. В дверном проёме возникла моя утренняя фермерша с яблоками. Косу она распустила, а рубаха Хью доходила ей почти до колен. Фермерша улыбнулась и сказала:

– Доброе утро. Меня зовут Лина.

* * *

Пройдёт два года, в сентябре я приеду на крестины Андрея. Наташа у них родится ещё через год. К тому времени Хью и Лина переберутся в Вермонт, Хью облысеет совсем, его сделают завкафедрой русской литературы местного университета. Там, в Мидлберри, когда-то читал лекции Солженицын.

Лина будет сидеть с детьми, заниматься хозяйством – большой дом, две лошади, гуси, четыре акра земли с прудом, в котором я буду ловить жирных карасей, а после собственноручно жарить их в сметане. Большое солнце, нежно персикового цвета, будет скатываться за быстро темнеющие холмы и красить туманные горы на канадской территории в розовый цвет. Лина пойдёт укладывать спать детей, а мы с Хью останемся сидеть на веранде и будем молча смотреть, как гаснет небо.

У меня удачно продадутся две работы на «Кристи», я переберусь на Котельническую. В квартиру, где некогда жила балерина Уланова. С видом на Устьинский мост и Василия

Блаженного. К счастью, гостиницу, заслоняющую храм, к тому времени уже снесут. Я так и не женюсь, хотя пару раз буду весьма близок к этому. Как говорит Хью – значит, не судьба.

Вирджиния 2011

ПАРАДОКС ЛЕВИТАНА

У Гриши Горхивера, узкогрудого мужчины с грустным лицом хворой птицы, была досадная привычка тормошить собеседника за пуговицу. Ещё Гриша просил называть его Грэгори, он так и представлялся: «Грэгори Горхивер, радиожурналист». При этом сильно жал руку и долго не выпускал её из небольшой, прохладной ладони, тут же начиная плотоядно разглядывать пуговицы вашего пиджака.

Непременно (это уже ухватив вас за пуговицу), независимо от темы, оповещал, что родился и вырос не где-нибудь, а в Камергерском переулке. Был страшно этим горд, называя себя коренным москвичом, будто здесь, в Нью-Йорке этот факт мог кого-то впечатлить.

Он действительно вырос в тех горбатых закоулках столицы, неглинская шпана из нищих коммуналок частенько поколачивала его и выворачивала карманы: гришина очевидная национальность, папина профессорская «Волга» и круглые окуляры в роговой оправе представлялись хулиганам достаточными поводами для битья.

И хотя Гришу уже давно никто не колотил, очки его по-прежнему были починены изолентой и подкручены проволокой, напоминая самодельный мопед. Гриша неизменно одевался в серое, причём другие цвета и оттенки на нём выглядели тоже разновидностью серого. Ещё он был рассеян, много и неопрятно курил, соря везде пеплом и плюща окурки в цветочных горшках.

Впрочем, всё это не имеет ни малейшего значения, поскольку Гриша обладал Голосом. Именно с заглавной буквы. Покойный Серёжа из новостной группы называл это парадоксом Левитана, имея в виду не унылого певца среднерусского пейзажа, а Левитана-от-советского-информбюро. Пусть от Серёжиного надтреснутого баса барышни тихо млели и начинали загадочно улыбаться, но до волшебного баритона Горхивера ему было ох, как далеко.

2

Впервые я услышал этот божественный голос много лет назад. Сквозь трескотню гэбешных глушилок сочный радиобаритон звучал из моего коротковолнового «ВЭФа» словно сигнал из далёкой, почти фантастической галактики.

Эфир моей родины был суров и однообразен начиная с бойкого марша утренней гимнастики и кончая неизбежно пугающим вступительным аккордом полуночного гимна. Между этими музыкальными номерами исполнялся неизменный матросский танец из балета «Красный мак», суматошные украинские частушки и несколько оперных арий.

И вот на фоне вселенского уныния и бесконечных побед и на бескрайних просторах, столь созвучных славянской душе и погоде, вдруг, зычно раздирая каждую букву «р», некто невидимый и великолепный прорычал:

— В эфир-ре Билли Р-р-рокоссовский и его музыкальный хит-пар-рад!

Этот неземной Билли виделся мне статным красавцем-блондином, белозубым балагуром с ямочкой на мощном подбородке, как у парней с рекламы американского табака. Шутки его были верхом остроумия, музыкальный вкус – безупречным, а его коронное: «Лови волну, бэби!» величайшей фразой в истории радиовещания.

Потом, спустя много лет, Гриша уверял меня, что псевдоним был взят не столько из соображения благозвучности, сколько из осторожности – часть Горхиверов ещё проживала там (при этом он мотал лысоватой головой куда-то вбок, словно предлагал выпить) – за железным занавесом.

3

В тесной студии на Лексингтон-авеню, подложив под ноги увесистый том телефонной книги, – иначе ботинки не дотягивались до пола, что раздражало и отвлекало его, Гриша поправлял "уши", подкручивал штангу микрофона и, придушив окурок в треснутой гжельской чашке, слушал, как Серёжа в соседней студии дочитывает новости.

Потом шла отбивка станции.

После режиссёр Лариса включала Гришин джингл – бешеный гитарный рифф из «Хайвей стар» с лихим выходом:

— В эфире — Билли Рокоссовский и его музыкальный хит-парад!

Тут Гриша преображался: подавшись вперёд, будто вспыхивал изнутри и, подмигивая всем лицом скучающей Ларисе, кричал:

— Лови волну, бэби!

Представление начиналось.

Если начистоту, то к рок-музыке Гриша относился флегматично или, как он сам определял — индифферентно. Как всякого приличного еврейского мальчика его учили скрипке, что, однако, не переросло в закономерную ненависть к классической музыке. Да и тогда, в камергерские годы, в меру культурные родители особо не настаивали, так что сейчас Гриша отчасти благодаря им предпочитал Георга-Фридриха Генделя Джимми Хендриксу.

Бреясь и куря одновременно, Гриша, старательно высвистывал увертюру к Фигаро. Поглядев в глазок, отпирал дверь: год назад этажом ниже нашли зарезанного. Спускаясь по лестнице, Гриша старался не наступать на иглы и пустые «дозы» — да, районичик, конечно, не ахти — Бруклин, чего вы хотите? — приходится экономить.

С личной жизнью тоже не клеилось. Напористо бодрых американок Гриша побаивался, а эмигрантские дамы, даже из тех, кому и терять-то уже было нечего, на Гришины ухаживания не откликались, фыркали и поводили плечами.

Следует упомянуть Розиту, круглолицую, коренастую и чернобровую. Она почти не говорила по-английски, а вскоре после того случая уволилась со станции.

Тем ноябрём Гриша писал голос на джинглы и застрял до полуночи: ни с того ни с сего магнитофон начал жевать плёнку и всё пришлось переписывать заново.

По карнизу заколотил то ли дождь, то ли град. Бледные отражения потекли по стеклу, там Розита короткими красными руками сматывала шнур пылесоса. Охнув, зацепила и свалила ворох бумаг с Гришиного стола. Гриша ринулся помогать.

Во тьме кладовки, гремя вёдрами и роняя швабры, он овладел Розитой неуклюже и впопыхах. Запомнился жаркий луковый дух с примесью мексиканских специй и вонь мокрых тряпок и хлорки, от которой под конец его замутило.

«Вот такая личная жизнь, сплошной конфуз», – смущённо думал Гриша, спускаясь в подземку и позвякивая мелочью в просторных карманах пальто. Он часто фантазировал о богатстве, с наглой белизной яхт и золотом вензеля на кованых воротах; но реальность пообтесала его мечты, они полиняли и съёжились.

Теперь ему мечталось робко, на худой конец, думалось о достатке: приличной квартире с окнами в Центральный парк и чёрном лимузине. Хотя прав у него не было, да и водить он так и не научился – боялся:

«Пусть будет шофёр! – дерзко придумывал Гриша, – да, негр в белых перчатках!» Но тут же осаживал себя, понимая, что с шофёром – явный перебор.

После пары рюмок дрянной текилы Гриша с загадочно-просветлённым лицом разглядывал кирпичную кладку гаража напротив: ему грезились мерцающие канделябры и голые спины каких-то томных дев. Девы порочно смеялись, откидывая назад породистые головы.

– И чтоб никакого лука! Шанель и Диор,– сглатывая слюну, шептал Гриша, – Шанель и Диор! Лови волну, бэби!

Он, безусловно, верил в своё светлое будущее. Не вникая в чепуховые детали, был убеждён, что лучшие дни на подходе. Да и как может быть иначе, неспроста ведь судьба наделила его Голосом?

4

Гриша получал бездну писем, точнее, корреспонденция приходила на имя Билли Рокосовского и радиостанции «Новая волна».

Приходили письма из таких дыр и медвежьих углов, о которых Гриша и не слыхивал. Шутки ради он даже прикнопил административную карту си-си-си-пи (как принято было называть историческую родину на станции) в своём фанерном загончике, небрежно именуемом «офис». Вооружившись сильным увеличительным стеклом, он выискивал населённый пункт очередного отправителя и втыкал туда швейную булавку с головкой под бирюзу.

Постепенно вся карта расцвела бирюзовыми глазками, коробка опустела к марту, на сей раз Гриша купил сразу две, подклеив чек к перечню своих канцелярских расходов.

К гордости примешивалось удивление: Гриша не подозревал, что его радиоголос, усиленный долларами налогоплательщиков (или, по версии совпропаганды, долларами спецслужб) элементарно долетал до Курил, Калининграда и Сухуми.

В Ханты-Мансийской школе номер три, что в Кондинском районе, был создан тайный фэн-клуб имени Билли Рокосовского. Тайные члены записывали на свои «Яузы» все Гришины программы, разучивали аккорды к песням, а секретным девизом клуба стало «Лови волну, бэби!». Ханты-мансийские фанаты умоляли выслать фото кумира.

Гриша, чуть поколебавшись, отослал им ксерокопию с карточки актёра Берта Ланкастера, снабдив её кучерявым автографом.

Берт Ланкастер отсылался по разным адресам и восторженным девицам, у Гриши для них была заведена отдельная папка: письма те терпко благоухали ядрёной болгарской парфюмерией.

Но более всего Гриша поражался той лёгкости, с которой корреспонденция доходила.

– Как же так? Оказывается, всесильное гэбе не только не в состоянии заглушить идеологически вредную радиостанцию, но и не в силах остановить поток писем и позволяет им беспрепятственно пересекать границу?

Гриша окидывал взглядом бирюзовое море булавочных глазок и скептически щурился – что-то там явно не так! – или стальной кулак проела ржа, или ежовость рукавиц утратила былую колкость – с Лексингтон-авеню было не разглядеть.

5

Стремительно лысея и преступно экономя на всём (даже
сигареты искуривались в самый фильтр), Гриша продолжал
втыкать бирюзовые булавки и продолжал ждать чего-то
важного в жизни. Прожитые годы считались лишь подготовкой,
однако, постепенно их количество стало вызывать
беспокойство. Иногда вдруг прихватывало сердце, и всплывала
тоскливая мысль, что всё важное на самом деле уже прожито, да
и важным-то назвать это можно лишь с большой натяжкой.

Хотя, отчего? Ведь помимо грозных хулиганов был ещё и
утренний дымок над дачной тропинкой, и крепкий стук
антоновки в ночном саду, и соседская Ленка Фомина, и рыжие
мандарины в крапинках конфетти под ёлкой, и поджаристая
корка французской булки за семь копеек. А главное –
ощущение безусловно гарантированного счастья. И как же так
вышло, что теперь не то что грядущее счастье, а даже смысл
существования и тот выискивался с невероятным трудом?

Гриша ёжился, стучал по дереву, запрещал себе даже мысленно
произносить слово «неудачник». Оглядывался вокруг: Серёжа
страстно пил, Витька Нёмов гонялся за юбками, занося каждую
победу в блокнотик тиснёной кожи на завязках, главред
Чернодольский коллекционировал что-то художественно-
историческое, Снетков сочинял телеграфные стихи, рубя под
корень самого Бродского.

Правда, у Гриши был хит-парад. Поначалу Гриша даже рассчитывал въехать на нём в светлую жизнь, но с годами стало ясно, что это и есть самое светлое, это и есть сама жизнь.

Странным манером эфемерный Билли Рокосовский, Гришина выдумка, фантом, постепенно уплотняясь, налился жизнью и вскоре стал даже реальней своего тусклого родителя. Этот чёртов Билли, балагуря в микрофон, ронял гнусные намёки на свои амурные приключения, бахвалился убойным свингом на поле для гольфа, хвастал приёмистостью нового «феррари». Гриша ловил себя на том, что он завидовал Билли, иногда даже классово ненавидя хамоватого везунчика и дамского любимца, но сам при этом стойко отбивался от Серёжи и Нёмова, упорно тащивших его на Брайтон к каким-то «невероятно сдобным хохлушкам з Полтавщины».

В конце зимы Гриша подцепил вирус, весь Нью-Йорк тогда сморкался, кашлял и чихал, говорили, что-то про вьетнамский грипп, который никакими антибиотиками не возьмёшь. С температурой под сорок, в горячечном полубреду, Грише приснилось, что он сидит в парикмахерском кресле, спеленатый белой простыней и бреет его киноактёр Берт Ланкастер. Всё лицо намазал пеной, сбрил брови, принялся за волосы. Гриша пытается закричать – куда там – пеной рот забит, хочет вырваться – руки-ноги словно кандалами к креслу приковали. А Ланкастер, гад, бреет и бреет...

6

Заварила эту кашу Дора Леонардовна, мелкая, почти что карлица, обер-сплетница "Новой Волны". Она, загородив выход из архива своим небольшим тельцем, (Гриша, со стопкой бобин до подбородка, как раз собирался в монтажную) умильным голосом сказала:

– Грэгори, а вы слыхали, что некто Рокосовский включён в состав жюри "Грэмми"?

Гриша растерялся:

– Как Рокосовский? Какой Рокосовский?

– Билл, – сияя, сообщила пигалица, – Билл Рокосовский. Я уж было подумала, не наш ли это Грэгори Горхивер воссиял? – и, по-болоночьи осклабясь, заглянула в глаза.

Гриша что-то промямлив, протиснулся в коридор, но запнулся и с грохотом рассыпал по полу все кассеты. Собирая, бормотал:

– Какой ещё Билл? Нету никакого Билла...

После этого Билли Рокосовский был замечен и другими сотрудниками радиостанции: старик Лавренюк, желчный религиозный обозреватель, бывший власовец, без левой руки, сразу после летучки рассказывал, что некто Рокосовский в сопровождении четырёх девиц (Гришу тогда ещё удивило – почему именно четырёх?) сорвал в Лас-Вегасе баснословный куш (!) – старик потряс над головой сохранившимся кулаком – какие-то невероятные миллионы (!!), которые тут же с треском прокутил за ночь.

Братья Хороших, Гера и Макс, спортивные хроники, зажав Гришу в угол, толкаясь и перебивая друг друга, заливали про вакханалии за кулисами конкурса "Мисс Америка", с азартом подростков в деталях живописуя развратное поведение Рокосовского и конкурсанток.

Проплывавшая мимо, красуля Ланская томным контральто объявила:

– Враки! Никаких девиц. Рокосовский – гомосэксуал!

Хохляцкий говорок её придал последнему слову особенно обидный привкус, ещё сильней расстроив Гришу.

Поползли слухи, что Рокосовский – гей, упоминался Элтон Джон, порочный Фредди Меркьюри, тайные оргии в эксклюзивных клубах аморального Сан-Франциско.

– Срам! Содом и Гоморра! – радостно восклицала карлица Дора Леонардовна, – в чистом виде, Содом и Гоморра!

Гриша прекрасно понимал, что над ним посмеиваются, он и до этого был излюбленной мишенью редакционных остряков, но отчего-то бесился. В конце концов, Билли Рокосовский принадлежал ему и только ему. Билли был его чадом и творением, его идолом: какое право имели всякие там однорукие радиопаршивцы вообще произносить это имя, а уж тем более марать его в грязи!?

Вконец расстроенный Гриша, поймал на выходе главреда Чернодольского и, вцепившись в пуговицу его твидового лапсердака, сбивчиво и, путаясь в деепричастных оборотах, потребовал прекратить "глумление и инквизицию". Чернодольский мрачно кивал лысой головой, пучил глаза и надувал щёки, силясь не расхохотаться.

Удивительным образом имя Рокосовского вынырнуло пару раз и вне редакции: Гриша подслушал его в обрывке разговора двух продавщиц, другой раз Билли выглянул в толчее автобуса сложенным пополам газетным заголовком:

...ной скандал...

...лли Рокосо...

7

В том августе стояла изнуряющая жара, асфальт плавился и покрывался дырочками от шпилек и каблуков. Обессилевшие кондиционеры работали на износ, дребезжа пропеллерами и грозя сорваться и улететь.

В телевизоре чугунного Феликса подцепили крюком, он качнулся и повис. Никто не проронил ни звука, лишь Ангелина Вениаминовна из «Культурных вех» громко прошептала:

— Ни х...я себе...

И тут всех словно прорвало: поднялся гам, потный главред Чернодольский, толстый и по-бабьи задастый, гремел кулаком по столу, перекрывая шум:

— И наша заслуга! Без ложной скромности!

Молниеносно возник алкоголь, кто-то плеснул в Гришину чашку. Протискиваясь и весело толкаясь плечами, он долго чокался, после залпом выпил.

А когда дым слоистыми волнами стал вытекать в коридор, Лариса пошла пятнами и – запела, Гриша под шумок придвинулся и невзначай приобнял Зиночку из отдела писем.

Но Зиночка так зыркнула на него, что он, закашлявшись, быстро засобирался домой. Уже в лифте до него донеслось:

– Без ложной скромности!

Ласково улыбаясь своему мутному отражению и гулким пролётам Бруклинского моста, Гриша в блаженной истоме покачивался в такт, повторяя вслед за колёсами: «И наша заслуга... И наша заслуга...».

Жизнь оказалось не такой уж бестолковой штуковиной.

8

Снег выпал только в январе, город притих и посветлел. Кураж к этому времени иссяк, нервная удаль сменилась тревожным ожиданием. Уволили Нёмова и прикрыли пару программ; Серёжа перестал бриться и моментально зарос бородой до самых глаз. В глазах застыла тоска и угрюмое желание надраться до чертей.

К неистребимому запашку дезинфекции добавился в редакции и повис тяжкий дух обречённости: сокращение штатов.

Гриша запрещал себе думать об увольнении, сторонился шушукающих по углам коллег, прятал глаза, натыкаясь на сочувственный взгляд. Ныло в груди, тупо и тягуче, спрятав лицо в ладонях, Гриша шептал:

– Я – Билли Рокосовский, меня обожают от Курил до Калининграда, вон – письма!

Он неуверенно повторил всё это в кабинете Чернодольского. Даже принёс ворох мятых листов с наклеенными сердцами и пёстрыми надписями.

Главред с мрачным лицом, серым и обвисшим, тяжело поднявшись, молча сгрёб письма и, тщательно скомкав, выбросил в мусорную корзину. Гриша шмыгнул носом, перевёл взгляд с корзины на чашку, на кромке красноглазая муха ехидно потирала мохнатые ладошки.

— Но ведь хит-парад, — совсем безнадёжно пробормотал Гриша, — хит-парад вне политики...

— Вот именно! — отрубил Чернодольский, — У них там теперь свобода, мать их ети! Демократия! Каждая шелудивая собака теперь в эфире. И у каждой – по хит-параду!

Гриша совсем скис и опустил голову. Главред зарычал, грохнул кулаками в стол и взмолился:

— Ну я-то что могу поделать, дорогой мой!? Всё! Завтра – последний эфир.

9

Гриша не спал всю ночь, накурился так, что уже и не мог затягиваться. Когда окно засветилось мутью, встал, побрёл в ванну, постоял перед зеркалом, задумчиво ероша жидкие волосы. Не умываясь, оделся и вышел.

На станции все уже знали, отводили глаза. Серёжа, пьяно всхлипывая, больно прижал Гришино лицо к своему прокуренному свитеру:

– Эх, брат! За что боролись!?

И страдальчески выматерился.

В студии, подложив под ноги справочник и придвинув микрофон, Гриша слушал конец выпуска новостей. Прозвучала заставка. Неистовой гитарной трелью ворвался гришин джингл:

– В эфир-ре Билли Р-р-рокоссовский и его музыкальный хит-пар-рад!

Последний аккорд джингла отразился электронным эхом и умер. Стало невероятно тихо. Гриша сидел с ласковым лицом и простодушно улыбался. Он представлял себе эту великолепную тишину, повисшую от Курил до Калининграда. Потом аккуратно снял наушники и, стараясь не топать, вышел из студии.

Манхэттен проглотил Гришу: закрутив волчком, оглушил гудками и рёвом, адовым грохотом подземки, вырывающимся сквозь решётки мостовой, воем полицейских и пожарных машин.

В себя Гриша пришёл лишь под вечер, на скамейке где-то на Парк-авеню. Уже стемнело, сверху сыпало мокрой ледяной крупой. Она таяла на лице и щекотно стекала вниз по щекам и подбородку.

Напротив, через дорогу, сиял вестибюль особняка, люстры янтарными зигзагами отражались в отлакированном асфальте, похожий на адмирала малиновый швейцар важно вышагивал взад и вперёд, сверкая цирковым золотом аксельбантов.

– Да-а, земляк, живут же люди!

Рядом с Гришей, привольно закинув назад локоть, сидел здоровенный негр. Лицо его было похоже на мокрый баклажан, в огромном чёрном кулаке он сжимал пакет, из которого торчало дуло бутыли.

– Хлебнёшь? – чёрный великан подмигнул и ослепил удивительным количеством зубов.

Гриша кивнул. Неизвестный алкоголь обжёг горло, Гриша закашлялся, негр, смеясь, постучал его по спине. Закурили.

К парадному напротив подкатил длинный лимузин, адмирал вытянулся и раскрыл зонт. Шофёр, поправляя белые перчатки, вышел и, степенно обойдя авто, распахнул дверь.

Со скамейки разглядеть пассажира не удалось, он, небрежно закинув шарф, нырнул под тень зонта и скрылся в дверях вестибюля.

– А ты говоришь... – негр всласть затянулся, – деньги! Этот по музыкальной части на радио, говорят, голос какой-то неслыханный. Уникум... А сам, тьфу, не то поляк, не то еврей... – и тут же спохватившись, – а ты не еврей случайно? А то подумаешь ещё... Я ж не в смысле обидеть. Ведь я вас, белых, и не отличаю... мне что поляк, что еврей – все на одно лицо.

Гриша печально усмехнулся:

– Да нет, всё нормально, земляк.

Вирджиния 2010

ИГРА В СНЕЖКИ

Сразу после полудня повалил такой снег, что Краснохолмский мост исчез прямо на глазах, а Устьинский едва угадывался на две трети, утонув дальним концом в белом мареве. Со стороны Таганки противоположного берега не стало видно, и неширокая река превратилась в таинственное море: сразу за гранитным парапетом темнела стылая, подёрнутая дымкой вода, дальше она светлела, а ещё дальше просто уходила в никуда.

Машины по набережной едва ползли, на ходу обрастая снежными горбами. Колёса, шурша, месили снег – казалось, что где-то рядом перешёптывается целая армия. Город притих, постепенно утратил углы, став рыхлым и мягким. Цвета сперва поблекли, после пропали вовсе, превратившись в разные оттенки белого.

Хотя, если пристально смотреть прямо вверх, то на небе можно различить розоватый отсвет. Так сказал Марек, ловя языком снежинки. Он стоял, запрокинув голову, широко раскрыв рот и высунув язык. Мотя дурашливо хихикнул, пихнув приятеля локтём в бок. Он хватал снежинки влёт, как барбос, и никакого там розового отсвета наверху не различал.

Шестой урок отменили, и приятели плелись вниз по Радищевской привычно толкаясь, лениво зубоскаля и подначивая друг друга. Марека на самом деле звали Славик Крыжановский, это был интеллигентный мальчик, высокий и бледный, с голубой жилкой на виске, в чёрном шарфе, дважды закрученном вокруг шеи и дублёной куртке из рыжей овчины.

Саня Мотанкин, в кургузом драповом пальто и плешивой кроличьей ушанке, чернявый и остроглазый, запросто мог сойти за цыгана. Его, разумеется, дразнили и просто Мотей, и Тётей-Мотей, но у него было и другое, обидное прозвище, от которого он моментально зверел и дрался в кровь даже со старшеклассниками. Прозвище это было Гитлер. Классе в четвёртом Мотанкин посадил кляксу под нос и Катька Сокова воскликнула: «Ой, Мотя-то наш – вылитый Гитлер!». Мотанкин, которому Катька тогда очень нравилась, сдуру вскочил и заорал «Зиг хайль!». Через год Катьку папа-дипломат увёз в Венгрию, а неприятная кличка осталась.

Дойдя до угла телефонной станции, приятели остановились у серой трансформаторной будки с черепом и надписью "Не влезай -- убьёт!". Здесь их пути расходились. Марек сворачивал направо, он обитал в левом крыле высотки, в квартире с дубовым паркетом и подлинником Айвазовского в массивной музейной раме. Квартиру эту дали бабке Крыжановского – Зое Станиславовне. В юные годы она устанавливала Власть Советов где-то на Западной Украине и её лично знал полководец Ворошилов. Фотография и именная сабля подтверждали этот факт.

Этажом выше жила певица Зыкина, к ней по утрам ходил баянист, тщедушный аккуратный человек с футляром, похожим на детский гроб. Когда они репетировали, баяна слышно не было вовсе, зато зыкинский голос звучал будь здоров – Марек запросто мог разобрать слова.

Путь же Мотанкина от трансформаторной будки вёл вниз, прямо к набережной. Он ютился в общежитии Устьинской фабрики, где его мать, круглолицая, румяная тётка, трудилась (по ироничному совпадению) мотальщицей. Мотанкин-отец отбывал срок за вооружённый грабёж. На свадебной фотографии в деревенской раме с приклеенной мишурой Санин батя выглядел настоящим жиганом. Свет в комнату почти не попадал, два окна выходили на тротуар и фонарный столб, к которому была приделана жёлтая жестянка автобусной остановки восьмого маршрута. Окна располагались так низко, что были вечно заляпаны брызгами от проходящих мимо машин. Этажом выше жила семья мастера Хвощёва, там никто не пел, но когда Хвощёвы собачились, Мотя тоже без труда мог разобрать каждое слово.

– Ладно. Бывай, Марчелло, – Мотя снял варежку и с мужской обстоятельностью пожал руку. – Контрольная завтра.

– Мне хана, – уныло отозвался Марек, он слепил снежок и теперь, рассеянно озирался, выбирая цель.

– Может сдерём, – без особой надежды сказал Мотя, загребая рыхлый снег в ладонь. – Вон, Кутя в тебя по уши, ты ей только свистни, даст без вопросов.

– Даст... – Марек размахнулся, бросил и промазал. Он метил в дорожный знак на обочине, но комок, едва долетев до столба, спикировал в снег, беззвучно утонув в неприметной лунке.

– Мне банан никак нельзя, – мрачно произнёс Мотя. – Мамашу в декабре Чума вызывала, сказала, будут из школы гнать, если что.

– Да ладно... – успокоил приятеля Марек. – Меня тоже тыщу раз грозили гнать.

Марек не знал, догадывался ли Мотанкин, что его из школы в любом случае отчислят. Если не в этом году, так в следующем. Если не за успеваемость, то за поведение. Что сам факт пребывания Моти в специальной школе с углублённым изучением ряда предметов на иностранном языке являлся полной несуразицей.

Мотанкин зло сплюнул, слепил снежок, резко замахнулся.

Снежок со смачным хрустом угодил прямо в центр знака. Это был «кирпич», на нём уже наросла белая шапка и знак напоминал красномордого казака в папахе набекрень.

– Фига! – Мотя сам изумился. – Ты видал?

– Лихо... – завистливо пробормотал Марек. До знака было никак не меньше двадцати метров. Подумав, добавил с притворным безразличием:

– Случайность.

Мотя зыркнул исподлобья, снова сплюнул – плевался он знатно, почти с той же лихостью и шиком, что Алик, атаман местной таганской шпаны.

– Случайность? А помазать слабо? «Паркер» ставишь?

Марек писал настоящим «паркером» с толстым стержнем, с прищепкой в виде стальной стрелы и клеймом «Made in USA». Отступать было поздно.

– Лады! «Паркер» против твоей финки!

– Фи-ига себе! Вшивая ручка против настоящего оружия! Клинок из специальной стали, и до сердца достаёт!

– Сдрейфил!

– Я?!

Мотя приходил в ярость моментально, лицо у него тут же бледнело, а глаза из серых становились ярко-голубыми.

– Ну не я же, – Марек достал из внутреннего кармана «паркер» и пощёлкал кнопкой перед Мотиной физиономией.

Финка, явно тюремного изготовления, была единственным сокровищем Мотанкина, он заботился о ней, как о живой: лелеял, аккуратно точил до бритвенной остроты, полировал наборную ручку куском замши, даже сам смастерил чехол, тайком отрезав край от солдатского одеяла, под которым спал.

Лишиться финки казалось немыслимым. Однако, потеря лица тоже была неприемлема. Мотя, закусив губу, достал финку и бережно опустил на притоптанный снег:

– «Паркер» на бочку!

Марек, ухмыляясь, положил ручку рядом.

Мотанкин, бледный и спокойный, слепил комок и, почти не целясь, с силой метнул. Знак звякнул консервной банкой, шапка снега беззвучно слетела в сугроб.

– Бляха-муха! – выругался Марек, а Мотя заорал и, хлопнув в ладоши, радостно сгрёб трофеи.

– Учись, Марчелло, пока я жив!

Настроение у Марека испортилось вконец. И не ручки ему было жаль, чёрт с ним, с «паркером» – батя новый привезёт. Мерзко было оттого, что какой-то Мотанкин, хмырь из общаги, ханурик, Гитлер поганый, обставил его. Обчистил по полной программе. Обчпокал, как ребёнка.

– Слышь, Мотя, – Мареку стоило огромных сил, чтоб не влепить по счастливой физиономии Мотанкина. – А слабо на всё помазать?

Мотя не понял. Продолжая улыбаться и щёлкать «паркером», он простодушно спросил:

– Это как – на всё?

– Ну, вот, ты ставишь «паркер» и финку...

Мотя, чуя подвох, насторожился:

– А ты?

– А я ставлю Виннету...

Мотанкин перестал дышать: шанс завладеть Виннету казался просто немыслимым. Во-первых, Виннету – вождь. На нём парадный головной убор из орлиных перьев, в руку можно вставить томагавк, нож или кольт. Во-вторых, у Виннету белый конь, с которого снимается сбруя и седло, к седлу крепится лассо и кобура с винчестером. В третьих...

– Слабо? – Марек, усмехаясь, скинул с плеча спортивную сумку. Взвизгнула молния, и на снег опустился Виннету на белом коне.

Искушение оказалось непреодолимым. Мотя покраснел, он снял шапку и, скомкав, сунул в карман пальто. Потом, что-то бормоча, положил под ноги пластмассовому вождю нож и «паркер». Выпрямился. Хрипло буркнул, не глядя на Марека:

– Не слабо.

Снежок пролетел совсем рядом.

Марек, не спеша расстегнул сумку, присел на корточки, стал сдувать снежинки с индейца и, ласково улыбаясь, поправлять сбрую и амуницию. Тихо беседуя с вождём, он не обращал на Мотю ни малейшего внимания. Тот, крепко сжав кулаки, мрачно наблюдал за счастливчиком. Потом, словно решившись, Мотя позвал:

– Крыжановский!

Марек, будто удивившись, что Мотя ещё тут, спросил:

– Чего тебе?

– Давай ещё раз.

– У тебя нет нифига, – снисходительно усмехнувшись, проговорил Марек.

– Я палец ставлю. Мизинец.

Марек растерялся:

– Это как?

– Ну как на зоне. Если продую – отрежу палец.

Марек недоверчиво хмыкнул, познания о тюремной жизни он почерпнул, по большей части, из «Графа Монте-Кристо». Но в целом затея показалась ему любопытной, и он вернул конника на место. Рядом с финкой и «паркером».

Мотанкин насупился, потемнел лицом и действительно стал похож на Гитлера. Он скинул пальто в сугроб, зачерпнул рукой снег. Не сводя глаз с цели, он слепил снежок, замер на миг и с силой метнул.

Снежок пролетел на полметра выше знака.

Снег продолжал сыпать. Мотанкин понуро опустил руки, снежинки в его тёмных волосах волосах не таяли и Мареку казалось, что Мотя седеет на глазах.

– Мотя…

Мотанкин молчал.

– Слышь, Мотя, – осипшим, не своим голосом позвал Марек. – Я тебя прощаю.

Тот будто не слышал, потом повернулся:

– Прощаешь? Ты что ж думаешь, Мотанкин – гнида? Мотанкин – грязь? – с пугающим спокойствием проговорил он, глядя Мареку в глаза. – Что только, вы, чистенькие, масть держать можете?

При этом «вы» он злобно кивнул в сторону высотки, островерхий силуэт которой едва проступал сквозь снежную пелену, будто мираж заколдованного замка.

Снег падал и падал. Марек видел, как губы у Моти побелели и затряслись, он видел, как Мотя наклонился, поднял финку и отбросил чехол в снег. Видел, как приятель оттопырил мизинец и приблизил лезвие к основанию пальца, словно собирался откромсать сучок.

Мареку стало жутко, он повернулся и побежал в сторону высотки. Ноги вязли в снегу, он поскользнулся и упал. Вскочил и помчался снова. Тут за спиной раздался вопль, пронзительный, словно забивали какое-то животное. Марек оглядываться не стал, а побежал ещё быстрее.

***

Палец Моте пришили. Под конец восьмого класса его всё-таки выперли из школы, а ещё через семь с половиной лет Мотанкина зарезали в пересыльной тюрьме под Владимиром.

Снег начал валить прямо с утра. Станислав Крыжановский пребывал в прекрасном настроении, он возвращался из "Плазы", где ему удалось наконец уломать Ван-Холлена и подписать контракт. Развалясь на заднем сиденье «линкольна», он дымил сигарой и глядел, как за окном мельтешат мохнатые снежинки. Прямо на глазах островерхая громадина небоскрёба Крайслера, сначала потускнела, став плоской, как декорация, а после почти исчезла. Розоватый силуэт башни со шпилем напомнил Станиславу высотку на Котельнической, где он вырос.

Крыжановскому стукнуло сорок пять, к этому времени он уже не сомневался, что Господь приберёг для него специальный план и наделил невероятной интуицией.

Именно чутьё подсказало Станиславу немедленно вернуться из Бельгии в Москву: он безошибочно уловил ветер перемен и из начинающего дипломата удачно трансформировался в олигарха средней руки. Именно интуиция помогла принять решение за два года до конца века перевести все деньги в Америку и выхлопотать вид на жительство. Тогда над ним подшучивали и называли перестраховщиком.

Обосновался он в Вестчестере, купив почти настоящую усадьбу с колоннами и тенистым прудом. Зачем-то завёл лошадей с конюхом, хотя верхом ездить остерегался. Зато вполне сносно научился играть в гольф.

Занимался он, по его словам, торговлей со странами бывшего Союза, говоря о своём бизнесе, он делал руками неопределённые жесты, словно оглаживал что-то круглое, вроде надувного пляжного мяча. Адрес его офиса – Нью-Йорк, Бродвей, Эмпайер Стейт Билдинг, производил на соотечественников чарующее действие. На самом деле это была тесная контора из двух комнат без окон, в которой Станислав не появлялся, устраивая деловые встречи в «Распутине» или «Самоваре» у Барышникова. Наиболее достойных клиентов выгуливал в Лас-Вегасе, арендуя самолёт и пентхаус в «Белладжио».

Фамилию Крыжановский здесь выговорить никто не мог: местным дельцам он представлялся как Кей-Джи, на его визитке вместо имени были выбиты золотом всего две буквы «K J». Его революционной бабке подобная вивисекция славной фамилии явно бы не понравилась, но Зоя Станиславовна уже семнадцать лет как перебралась в Новодевичий колумбарий и из-за подобных пустяков не расстраивалась.

Уже выросли сугробы, провода превратились в ватные шнуры, деревья побелели и обрели строгую величавость. Застряли на Сорок Второй. Сидеть в пробке было глупо, настроение начало портиться. Станислав стукнул перстнем в перегородку (такой перстень он подметил у английского лорда, с которым играл в гольф в Майами, Крыжановский тоже носил его на мизинце, а на чёрном камне выгравировал золотом свой вензель – KJ). Шофёр опустил стекло.

– Аммар, что там по радио?

– Мидтаун стоит, затор до Сто Десятой.

– А по набережной, в смысле, по Ривер-Сайд?

– Те же дела, сэр.

Станислав хмыкнул, поёрзал.

– Ладно, я пешком... Проветрюсь. Завтра, как обычно.

– Окей, сэр. Не простудитесь.

– И ты не кашляй. Бывай!

Хлопнув дверью, Станислав, ловко лавируя между машин, добрался до тротуара. Улица и площадь были забиты, уже никто не сигналил, снег неумолимо падал и падал, шапки росли, автомобили теряли форму и цвет, превращаясь в сугробы. Стало тихо и площадь со статуей грустного Колумба в центре напоминала заснеженное кладбище.

Станислав свернул в Центральный парк. Туфлям, купленным во Флоренции, очевидно, пришёл конец, Станислав засмеялся, махнул рукой и смело зашагал по целине, оступаясь и проваливаясь. Выпросив за доллар у конопатого пацана, с лицом двоечника, картонку, он, в стае визжащих детей, скатился с ледяной горы. Кто-то вполне ощутимо засадил ему по рёбрам, но Крыжановский, хохоча до слёз, съехал ещё и ещё раз.

Собачники вывели своих питомцев, те, ошалев от снегопада, носились и гавкали, валялись в снегу, визжа от счастья и суча задними ногами. Станислав собак недолюбливал и относился к ним с недоверием и брезгливостью. Слюнявые морды, после которых надо мыть руки, прыжки, вонючая шерсть – что в этом хорошего? Крыжановский подозревал, что собаки догадываются о его чувствах и платят той же монетой.

На главной аллее к нему подлетел коренастый крепыш-ротвейлер и ни с того, ни с сего облаял его.

Станислав отпрыгнул и крикнул хозяйке – краснолицей толстухе:

– На поводке надо! Я сейчас в полицию позвоню, и вас, и вашего фашистского кобеля арестуют! И усыпят!

Тётка испугалась, взмолилась, тут же пристёгивая карабин к ошейнику и шлёпая концом поводка по лоснящемуся крупу пса.

Станислав ещё немного покуражился, даже угрожающе вынул мобильник, а после, заскучав, повернулся и, насвистывая, пошёл к западному выходу. Снег начал редеть и сразу посветлело. В этой части парка росли старые липы, со стволом в два обхвата и такие высоченные, что даже не верилось, что липы могут вымахать до такой высоты. Девчушка лет тринадцати, худая и голенастая, в мохнатой русской шапке с ушами, завязанными на подбородке, неуклюже замахивалась, пыталась попасть снежком в ствол липы. За ней внимательно наблюдал доберман, провожая очередной неточный бросок поворотом узкой шучьей головы. Он послушно скучал, сидя у ног хозяйки. Станислав, проходя мимо, быстро слепил снежок и точно всадил его прямо в середину ствола. Девчонка и пёс одновременно повернули головы. Станислав засмеялся:

– Учитесь, пока я жив!

Девчонка захлопала в ладоши и крикнула:

– А ещё?

Станислав подошёл. У девчонки были румяные щёки, сопливый нос и большие, тёмные глаза.

«А может я зря тогда на Куте не женился?» – неожиданно подумал Крыжановский, – «Теперь вроде и бабы – высший сорт, а желания ноль... Видать, момент упустил. Да, всё хорошо в своё время».

Он слепил снежок. Девчонка внимательно наблюдала за его руками, словно пыталась запомнить все нюансы. Доберман тоже не сводил с него пристальных глаз. Он привстал, натянул поводок и негромко заворчал. Хозяйка цыкнула и пёс, насупясь, замолчал, продолжая исподлобья следить за Станиславом.

Тот, чуть рисуясь, прицелился, после картинно замахнулся и влепил снежок рядом с первым.

– Су-упер! – восторженно протянула девчонка.

– Тут главное уверенность, – тоном доброго ментора заявил Станислав. – Представь, что ты уже попала в цель. Ещё до того, как метнула снежок.

– Это как?

– Ну вот, смотри, – Станислав зачерпнул пригоршню снега. – Ты ещё когда лепишь...

Доберман заворчал и вдруг звонко гавкнул. Станислав вздрогнул, девчонка по-взрослому прикрикнула на пса:

– Тубо, Ади! Тубо!

Станислав, косясь на собаку, продолжил:

– И вот, когда снаряд уже готов... – он сделал шаг, одновременно плавно разворачивая корпус и медленно занося руку назад, – Мы концентрируем всю нашу волю на...

В этот момент собака одним прыжком сбила Станислава с ног, тот упал навзничь, забарахтался, пытаясь оттолкнуть зубастую морду от себя. Пёс рычал, рвал в клочья шарф, подбираясь к горлу.

Девчонка сперва опешила, потом стала бегать вокруг, пытаясь поймать конец поводка:

– Фу! Адольф, фу! – истерично кричала она, видя, как на снегу появляются яркие брызги. – Фу!

***

Полиция приехала быстро, минут через пять, чёрный сержант без лишних слов ухватил добермана за ошейник и тут же у липы пристрелил. Крыжановского, с грехом пополам через заносы, по тротуарам и сугробам доставили в ближайщий госпиталь на Амстердам-Авеню. Он потерял много крови, ему наложили семь швов на шею и грудь, удалось спасти кисть и пришить большой палец. Мизинец же с перстнем найти так и не смогли: то ли его сожрала чёртова псина, то ли в суете нечаянно затоптали в снег. Кстати, по данным статистов, тот снегопад в Нью-Йорке оказался рекордным за последние сто лет.

Вирджиния 2011

СЧАСТЬЕ С ДОСТАВКОЙ

$В$ыбор был жалок, выбора, считай, не было: Армадилло, Джо-Банан и Горилла. Мещерский провёл пальцем по пыльному ядовито-жёлтому пластику Банана, стукнул костяшками в панцирь Армадилло – тот отозвался пустой бочкой.

– Никого нет дома, – хохотнул хозяин, отхлебнув из банки, – Не тяни резину, Ник, кого берёшь? Не невесту ж, честное слово!

Мещерский смутился:

– Можно примата?

Сказал и отчего-то покраснел, словно стянул мелочь с прилавка. В лавке было душно, он вытер мокрый лоб.

– Примата? – хозяин, выцедив остатки пива, заученным жестом ловко смял жестянку. – Можно примата.

1

Костюм состоял из мохнатого комбинезона с молнией от горла до промежности и большой головы, внутри которой по непонятной причине разило рыбой. Потом Ник догадался, что это, скорее всего, из-за клея – он читал где-то, что клей иногда варят из костей. Этот явно сварили из рыбьих. В глазах маски были проделаны две дыры, но видимость оставляла желать лучшего. Мещерский поправил голову, приблизился к зеркалу, поднял руки и зарычал. Стало смешно и жутко. Он пожалел, что отец его не видит.

Мещерский-старший – потомок худосочных краковских баронов, голубоглазый крепыш, с гусарскими пшеничными усами и бритой головой, смуглой и гладкой, словно отшлифованной солнцем, обожал при гостях вдаваться в мрачные средневековые подробности своего рода. Над камином в гостиной висела массивная дубовая рама с генеалогическим древом Мещерских. Пергамент под стеклом сохранился неважно, пожелтел, а левый край обгорел, так что часть родни по женской линии навсегда канула в лету.

Будучи мужчиной невысокого роста, отец, выпячивая грудь, покачивался с каблука на носок и говорил нарочито низким голосом, слова произносил не спеша и с достоинством. От польского акцента он так и не отделался. Из-за гулкой акустики гостиной Нику всегда казалось, что отец сердится и гудит, как шмель в одну ноту: бу-у-у.

Аристократизм не помешал отцу стать хватким дельцом: он мастерски спекулировал на Нью-Йоркской бирже, по большей части на зерне, и успешно играл на скачках.

«Азарт у Мещерских в крови, – сжимая крепкие кулаки, пылко заявлял он, – Лошади – наша фамильная страсть!»

Ник, очевидно, пошёл в мать, тихую религиозную латышку – лошади ему были до лампочки. Он вообще не был азартен, толстую книгу без картинок предпочитал поездке на ипподром. С чисто польским упрямством Мещерский таскал сына на ненавистные скачки, водил в конюшни, заставлял пить пиво с краснолицыми приятелями. Поздней Ник узнал, что отец на бегах беззастенчиво жульничал: подкупал палёных жокеев, платил букмекерам за имена фаворитов, иногда сам заряжал заезды.

Когда Ник объявил, что хочет изучать философию, отец молча и пристально взглянул на него. Это был странный взгляд, так обычно смотрят на калек и неизлечимо больных – с сожалением и гадливостью. В кабинете на втором этаже часы пробили половину какого-то часа, металлический отзвук долго бродил по пыльным комнатам, покрасневшим от заходящего солнца. Нику вдруг стало тоскливо и пусто.

Через неделю он уехал в Германию, в Хайдельберг. Отучился на философском три семестра, немецкая рациональность, поначалу боготворимая им, постепенно осточертела и стала напоминать тупость и ограниченность. На второй год Нику даже показалось, что германский Ordnung заразен: поймав себя за сортировкой носков по цветам спектра, он спешно перебрался в Милан.

В Италии увлёкся историей искусств, сначала Ренессансом, потом античностью. После культурно девственной Америки, наивно полагающей, что история началась триста лет назад, Италия поразила Мещерского: он, как зачарованный шагал по щербатым ступеням Форума, бродил по аллеям виллы Боргезе и внутри гулкого мрака Пантеона, ночевал тайком в Колизее, в каникулы безуспешно пытался устроиться гидом в Ватикан, в результате подрядился на раскопки в Монте-Мильори. Там же, в апельсиновых рощах, среди дорических капителей и безносых статуй, безнадёжно влюбился в Харпер, взрослую тусклую англичанку в стальных очках. Худел, томился и страдал до сентября.

2

Вернувшись в Нью-Йорк в начале мая, Мещерский удивлённо обнаружил, что ни его диплом, ни его знания здесь никому не нужны. Помыкавшись, он нашёл унизительное место внештатного консультанта в «Еврейском вестнике», скорее напоминавшем богадельню, чем издательство. Платили там оскорбительные гроши, о том, чтобы снять свой угол, не могло быть и речи. И он продолжал жить с родителями.

Отец, пыхтя контрабандной «гаваной», ехидно подкручивал сивый ус и приговаривал:

– Выждэ як Заблонски на мылэ...

Ник не знал, что там у пана Заблонского вышло с мылом, но чувствовал, что отец только и ждёт, когда сын, наконец, признает свои заблуждения, повинится и попросит о помощи. Мещерский-старший наверняка простит, и, конечно же, поможет, с воодушевлением обзвонит всех, и в конце концов найдёт ему – сыну и наследнику – подобающее место, с достойным жалованьем и благозвучным титулом. Надо лишь попросить.

Отцветал жасмин, над парком висел птичий гомон, Ник вырвался из подвальных лабиринтов «Вестника» и, растянувшись на тёплой траве, глядел на облака. Рукопись некоего Гр. Казовского о влиянии иудаизма на городскую поэзию прошлого века он сложил пополам и сунул под голову.

За пригорком упруго били в мяч, иногда он взмывал в небо и, мгновенье повисев, словно разглядывая окрестность, стремительно падал вниз. День выдался такой же свежий и звонкий, как этот бодрый мяч. Именно в такие дни хочется принимать важные решения и отправляться в дальние путешествия.

Подбежал пудель, чёрный, с мягкими шарами шерсти на ногах, восторженно тыкаясь мокрым носом в лицо и шею, предложил дружить. Ник засмеялся от щекотки, приподнялся, погладил горячий собачий бок. Сзади кто-то свистнул и пудель исчез.

Ник, продолжая улыбаться, перевернулся на живот. Пахло влажной землёй, вдруг, в густой зелени травы, прямо перед собой он увидел птенца. Птенец, беззвучно разевая клюв с жёлтой каймой, глядел на Ника большим, полным ужаса, глазом.

Ник растерянно осмотрелся, ища гнездо. В пятнистых от полуденного солнца клёнах галдели скворцы. Мещерский встал, беспомощно озираясь, и пытаясь что-нибудь придумать. Птенец испуганно встрепенулся, запищал и, взволнованно суча кургузыми крыльями, бросился вприпрыжку от Ника.

– Глупый, глупый, куда ты? Там дорога! Я сейчас... погоди, куда же ты! – Ник подхватил рукопись. – Вот чёрт, коробку бы...

Отчего-то дотронуться до птенца руками он не мог, брезгливость и страх боролись в нём с желанием спасти птицу. Он наклонился, сложил рукопись совком, птенец, путаясь в траве, пустился наутёк и выскочил на дорожку.

Загорелая мамаша в чёрных рейтузах, стягивающих сильные ляжки, коротконогая и крепкая как гриб-боровик бесшумно и стремительно катила широкую коляску на дутых пупырчатых шинах. Внутри коляски, в тени брезентового тента сидела пара близнецов, серьёзных и щекастых, таких же загорелых, здоровых боровичков, как и мамаша.

Ник крикнул «Осторожно!», когда птенец уже оказался под колесом. Мамаша, не сбавляя темпа, прокатила мимо и вошла в рябую тень. Солнечные зайчики шустро запрыгали по её плечам и брезенту коляски.

Ник, стараясь не смотреть на дорожку, поплёлся к воротам. Стая разноцветных велосипедистов плавно обтекла его. На выходе Мещерский остановился у урны, опустил туда рукопись и, выйдя в толчею города, медленно побрёл к метро.

3

Почему именно Вермонт Ник и сам толком не знал. Ему казалось, что это наиболее подходящее место, чтобы отрастить бороду и стать плотником.

Когда он ехал из аэропорта, уже заходило солнце, по зелёным, пустым холмам гуляли пятнистые чёрно-белые коровы и отбрасывали тонконогие, фиолетовые тени. На горизонте смутно проступали невысокие горы, закат выкрасил их несерьёзным розовым цветом и Мещерскому казалось, что они сделаны из фруктовой пастилы. Вермонт напомнил ему север Италии и он, уткнув лоб в тёплое окно автобуса, чуть не заплакал от вдруг накативших переживаний.

Он снял комнату в двухэтажной развалюхе на окраине Мидлберри у двух студентов местного университета, которые по непонятной причине решили не ехать домой на летние каникулы. В запущенном саду, среди разлапистых, умирающих от старости яблонь, эти два оболтуса часами перебрасывались бейсбольным мячом или пили пиво, лежа напротив друг друга в детских надувных бассейнах. Мещерскому, который был всего на несколько лет старше, они казались непонятными, как инопланетяне.

Сразу подвернулась работа. Строили то ли ферму, то ли ранчо, Ник так и не узнал – дальше фундамента проект не двинулся. Денег ему не заплатили.

Мещерский не унывал и через пару дней устроился курьером. В тесной лавке, похожей на огромную кладовку, торговали сувенирами, напитками, цветами и мелкой всячиной.

Хозяин по имени Майк, большой, грубый и краснолицый – вылитый разбойник или скупщик краденного из американского фильма, был вспыльчивым мужиком, на компромиссы не шёл из принципа, любые возражения воспринимал, как личный вызов. Свои кулачища любовно называл «мои колотушечки». Жирные руки Майка покрывала вязь разноцветной татуировки – там цвёл волшебный сад: из кельтских узоров выплывали грудастые русалки с мечами и окровавленными топорами, из затейливых орнаментов торчали клыкастые морды упырей, выползали змеи с острыми раздвоенными языками. На груди и частично на упругом брюхе красовался орёл с хищным клювом, под ним было выколото готическими буквами «Не забудем 11-ое сентября!». В молодые годы Майк играл в какой-то металлической группе, с тех времён остались линялые плакаты и потрёпанный «Стилетто-бас», похожий на чудом уцелевшую жертву автокатастрофы. Покрытый шрамами ветеран висел на стене душной каморки без окон, именуемой хозяином «директорский офис».

В обязанности Мещерского входила доставка цветов, воздушных шаров и прочей ерунды. Заказы принимала Джилл, глуповатая тётка за тридцать с недоуменным выражением только что выловленного сазана. Она жила с Майком, их отношения Нику казались странными. Бывший рокер мрачно говорил:

– Тухло-дело, парень. Смотрю я вечером на эту камбалу, а про себя думаю – то ли в койку её тащить, то ли зажарить с паприкой и сметаной.

Джилл обладала единственным, но бесполезным талантом – принимая заказы, она безошибочно определяла национальность клиента по телефону.

– Так! Жёлтый. Вьетнамец, – медленно опустив трубку, голосом жрицы вещала она. Выдержав паузу, добавляла, пуча глаза, – Норд-Вест, провинция Сон-Ла.

Мещерский развозил заказы на дряхлом магазинном пикапе. Судя по облезлым черепам, набитым по трафарету на дверях и крыльях, автомобиль относился к славным рок-н-рольным годам. На пониженных оборотах движок кашлял и глох, завести его можно было лишь разогнав с горы. Поэтому Ник, стараясь не сбавлять обороты, носился как угорелый по пустым сельским дорогам, чуть опустив окна и вдыхая запах тёплой, сохнущей на солнце травы. До упора открывать окна было нельзя, машина был забита надутыми шарами, которые скакали по салону, как зайцы и только ждали подходящего момента, чтобы улизнуть на волю.

4

Мещерский быстро загорел, похудел и будто даже подрос. Из бороды, правда, ничего не вышло – на скулах и подбородке проросли какие-то пушистые клочья, Майк сказал, что это не солидно и сказывается на репутации фирмы.

Побрившись, Ник внимательно разглядывал своё огрубевшее от солнца лицо, белые морщинки у глаз, острые славянские скулы, впервые до конца осознавая, что детство кончилось и началась настоящая жизнь. Ещё он с неприязнью обнаружил сходство с отцом, хотя черты Мещерского-старшего и проступали лишь намёком, этот факт здорово расстроил Ника. Он строго взглянул в зеркало, пальцами зачесал назад выгоревшие русые волосы, нахмурил брови и вышел из ванной.

В конце июня Майк нанял Миранду. Она закончила первый курс где-то в Фениксе, штат Аризона, и приехала домой на каникулы. Длинноногая, с ангельскими кудряшками Ботичелли и по-детски пухлыми, розовыми, будто мокрыми, губами, она появлялась в лавке не раньше десяти. Каждое утро, страдая от похмелья, Миранда слонялась по магазину с бутылью ледяной колы, постоянно прикладываясь к ней и звучно, по-мужицки, рыгая.

— Тухло-дело, кудря? – сочувственно заглядывал в карие девичьи глаза сердобольный Майк, – Ну, лечись, лечись.

Бескорыстный родительский рефлекс бездетного Майка его сожительница-рыба толковала по-своему, она грозно пучила глаза и ворчала что-то про малолетних засранок без стыда и совести, у которых ещё и сиськи-то не выросли, а они, паскуды, уж норовят взрослым мужикам в штаны залезть. Может Джилл и была права, ревнуя хозяина, Мещерскому новенькая тоже нравилась.

Миранда раскопала в подсобке миниатюрную гавайскую гитарку-юкалеле, настроила её и, подражая Мерилин, запела сладким, воркующим голосом. Пританцовывая, она прохаживалась меж полок с чипсами, крутила ладным джинсовым задом, улыбалась и строила глазки. Она пела про то, что лучшие друзья девушек – это бриллианты, поскольку на верность мужчин надеяться смешно.

Мещерский, с кротким лицом, любовался ей, вспоминая солнечные коридоры Уффици и златокудрых ангелов божественного Сандро, понимая, что такие девушки не про него. А Майку, откровенно глазевшему на её бёдра, в голову вдруг пришла гениальная идея – он так и заявил «гениальная!» – и тут же потащил Ника в кладовку выбирать костюм.

— Чудно-дело, старик! Горилла – это вещь! Всё правильно – так и назовём: «Красавица и Чудовище»... Хотя нет, это фуфляк, надо позабористей типа... э-э-э, «Счастье с доставкой» – воодушевлённый Майк, алчно откупоривая новое пиво, уже звонил на местное радио, требовал разместить рекламу со скидкой, угрожал и ругался. Тут же, по телефону, был составлен текст, где «праздник» рифмовался со словом «проказник» (имелся ввиду, очевидно, Мещерский-Горилла), выбрана музыкальная подложка. Майк настаивал на каких-то гитарных запилах, но его удалось отговорить, ссылаясь на неподготовленность целевой аудитории. Мучительно морща бандитское лицо, он согласился на Вивальди.

5

Так наступил июль, самый чудесный июль в жизни Мещерского. В воздухе висел запах цветущего клевера, хотя клевер уже и отцвёл, дороги плавно разбегались по ярко-зелёным холмам, игрушечные амбары и силосные башни под красными крышами казались милыми декорациями, нарисованными специально для оживления пейзажа.

Утро начиналось с жаворонков и пронзительной синевы, а после полудня выплывали мохнатые, летние облака. Их ленивые тени ползли по кукурузным полям и лугам с добродушными коровами.

Каким-то образом каждый день складывался ловко и удачно, словно кто-то толковый отмерял и взвешивал все его ингредиенты: смех Миранды, её рука с полоской солнца, ледяной колючий лимонад, медовый запах нагретых роз, ртутный блеск реки в мареве горизонта.

Заказов было много, дурацкую рекламу про «Счастье с доставкой», от которой Мещерскому становилось стыдно и он сразу начинал покашливать и тереть глаза, крутили несколько раз в день. Чаще всего они обслуживали детские дни рождения и праздники. Привозили подарки и цветы, разноцветные воздушные шары.

Они бывали на простых фермах и ранчо, где пахло конюшней, компостом и копчёной корейкой, их приглашали в богатые усадьбы с коваными воротами и каменными львами. Полосатые шатры, белые худосочные стулья на лужайках, галдящая детвора сливались в голове Мещерского в бесконечный пёстрый праздник, перетекающий изо дня в день.

Обычно за милю до цели, они съезжали на обочину, Ник влезал в мохнатый костюм, Миранда хохотала, держа обезьянью голову на коленях – её Ник надевал в последний момент.

Горилла за рулём неизменно вызывала неистовый восторг: горилла давила на сигнал, после вылезала из машины, потешно приседая, подпрыгивала и размахивала лапами. Начиналась раздача подарков. Дети висли на волосатых ногах, карабкались, пытаясь забраться на плечи, били по большой, гулкой голове, страшно орали, визжали, короче, вели себя как дети.

Закончив с тортами, цветами, шарами и прочей чепухой, Миранда открывала, обещанный в рекламе, концерт. Мелюзгу эта часть программы интересовала не очень, доорав дикими голосами «Happy Birthday», они кидались врассыпную, а вот папаши в белых рубашках и с пивом тут же вальяжно подтягивались, замыкали круг и, добродушно щурясь на солнце, слушали и оценивающе разглядывали исполнительницу. Там было на что посмотреть: гибкая и длинноногая, в ковбойских сапогах и коротких шортах, вернее сказать, это были оборванные по кромку задних карманов тугие, линялые джинсы, плоский загорелый живот, затянутая узлом под грудью рубаха, под которой ничего не было – папаши цокали языком и подмигивали друг другу со значением.

Мещерский вполне разделял их восторги, но он был на службе, он плясал в меру сил, отчаянно потея и задыхаясь от темноты и душной рыбной вони. Сквозь дырки глаз, словно рваный кинофильм, ему показывали чехарду голубого и зелёного, макушки яблонь, жирную руку с перстнем, сжимавшую потный «Будвайзер», иногда туда попадало медовое плечо или ангельский завиток на потной, румяной щеке. Иногда голова съезжала набок и тогда наступала ночь. Приглушённо, как через подушку, доносилось треньканье юкалеле и обрывки песенных фраз.

Под занавес Миранда исполняла «Michelle» – верный хит, припев с непонятными французскими словами подхватывали и папаши. Расстрогавшись, лезли за портмоне и бумажниками, совали чаевые.

Изнемогая от жары, Ник забирался за руль, гудел на прощанье. Всё тело чесалось, словно по коже сновали мелкие пауки. Миранда с неспешной грацией тоже усаживалась в машину.

Жеманно улыбаясь, она посылала папашам воздушные поцелуи. Ник давил на газ. За первым же поворотом, съехав с дороги, он вываливался из кабины и, охая и чертыхаясь, сдирал с себя гориллью шкуру. В контору он приезжал в трусах и майке.

Иногда им удавалось урвать час-полтора и заскочить на озеро или речку, Миранда выросла под Мидлберри и чудесно ориентировалась в хитросплетении сельских дорог и, похоже, знала все пляжи на местных озёрах. Их было четыре. Речка Оттер-Крик, не широкая, но стремительная и чистая, брала начало в местных горах и делила городок пополам. У мельницы – заброшенного кирпичного дома, похожего на острог, река взрывалась шумным водопадом и, ворча, проносилась под мостом, пузырясь и играя бурунами. Если перегнуться через перила и глядеть прямо в воду, то начинало казаться, что летишь – у Ника тут же начинала кружиться голова, а когда Миранда, раскинув руки, бесстрашно ложилась на перила, он в испуге хватал её сзади за пояс, прикасаясь костяшками кулака к гладкой и тёплой коже.

Обессилев от купания, они падали на облезлые лежаки, молча глядели на серебристую рябь воды, призрачные блики на белых бортах лодок и яхт, на марево акварельных холмов, утекающих к сизым, словно полинявшим, горам на горизонте.

Миранда слизывала языком капельки воды с верхней губы, её загорелый локоть был словно покрыт оранжевым лаком, от пупка едва приметная золотистая дорожка спускалась и исчезала под резинкой. У Мещерского перехватывало дыханье, во рту становилось сухо и он плёлся за лимонадом в полосатый ларёк под каштаном.

Пили газировку, после считали доход, делили чаевые. Хозяин на чаевые не претендовал и у них в день выходило по сорок-пятьдесят на каждого. В выходные получалось вдвое, а то и втрое больше. Мещерский складывал деньги в жестянку из-под бельгийского шоколада, к середине августа там уже было под две тысячи.

6

Лето казалось бесконечным, но август промчался безжалостно быстро, по утрам от реки уже тянуло свежим холодом, а закаты, незатейливые, всего в две гуашевых краски, наступали сразу после обеда.

Миранда уволилась. Двадцать седьмого августа она улетела обратно в Феникс, штат Аризона.

Так кончилось лето.

Наступил скучный сентябрь. Майк хотел найти замену Миранде, но быстро остыл, плюнул и забыл. Теперь одинокая горилла развозила цветы и подарки, уныло раздавала шары и фальшивым голосом пела «Happy Birthday» для родившихся под знаками Девы, а после и Весов.

Заказов было мало – два-три в неделю, остальное время Мещерский помогал Майку по магазину, таская коробки и расставляя товар на полках. Или сидел в подсобке, уткнувшись в книгу и по несколько раз перечитывая один и тот же абзац. Иногда он доставал сложенный пополам листок, расправлял его и, шевеля губами, шептал телефонный номер. Он знал эти цифры наизусть, ему просто хотелось ещё раз увидеть эту пузатую восьмёрку и эту двойку с забавным, как у терьера, хвостом, потрогать их пальцем.

Он чуть было не позвонил в Феникс сразу же после её отъезда, но отчего-то решил, что надо выждать хотя бы пару дней. Прошла тоскливая неделя, началась другая. Чем больше дней громоздилось между ними, тем безнадёжнее он смотрел на телефон, прикрученный к грязной стене в подсобке, тем очевидней ему становилось, что он уже не позвонит Миранде никогда. Ник впал в какое-то оцепенение, бродя по магазину, он бесцельно переставлял на стеллажах пыльных гномов, резных медведей и прочий сувенирный хлам. Мещерский смотрел на забытую в углу юкалеле, трогал струны – гитара жалобно и нестройно тренькала в ответ.

Начались дожди, уныло потянулись серые беспросветные дни. «Никакого лета не было, – зло говорил себе Ник, – Забудь!»

Не было и того последнего дня, когда они с Мирандой, отработав утренник в Вудбридж, летели сквозь пятнистую берёзовую рощу. Полосатые тени скакали по дороге, Миранда вдруг горячей ладонью накрыла его руку. От неожиданности он дёрнул руль и пикап пьяно завилял из стороны в сторону.

– Остановись, – вполголоса сказала она.

Ник заглушил мотор и сразу стало невероятно тихо, словно их накрыло толстым ватным одеялом. И лишь потом, постепенно, словно на полароидном снимке, звуки проступили сперва тонким звоном мошкары, после пересвистом щеглов и мерным стуком дятла в соседнем лесу. Под конец, где-то на другом конце света, печально и едва различимо протрубил локомотив.

По клетчатому воротнику Миранды ловко семеня лапками ползла божья коровка с четырьмя точками. «Четыре года, – пришло в голову Нику, – Для них это, наверное, глубокая старость.» Букашка перебралась через шов, остановилась на краю. Чуть помедлив, раскрыла крылья и вылетела в окно.

Миранда вздрогнула, улыбнулась. Она хотела что-то сказать, но передумав, придвинулась и поцеловала его в губы.

– Эй! Проснись!

Ник вскинул голову. Над ним стояла Джилл, она перекрасила волосы в сиреневый цвет, а он это заметил только сейчас.

– День рождения, торт заказали, – сказала она. – Кегельбан у старой бойни знаешь? За ярмаркой?

Мещерский устало кивнул. Встал, пошёл надувать шары.

– Пьянь какая-то, – добавила вслед сиреневая Джилл. – Поаккуратней там.

Ник, не оборачиваясь, кивнул.

7

Моросил дождь, один дворник заело, другой, занудно скрипя, размазывал грязь по стеклу. Мещерский почти наугад съехал с шоссе, с размаху влетел в лужу, дал по тормозам. Скинул скорость и медленно покатил по ухабам, раскачиваясь, как на волнах. Воздушные шары весело запрыгали по кабине, гориллья башка, жутко зыркнув дырками глаз, скатилась с сиденья на пол.

Вот навесы пустой ярмарки, заколоченная карусель. Потянулась высокая кирпичная стена. За поворотом сквозь серую штриховку дождя проступил тёмный силуэт кегельбана, похожий на военный ангар. У входа мокли два грузовика, к заднему стеклу одного был приклеен флаг Конфедерации, на бампере другого Мещерский прочёл: «Добро пожаловать в Америку! Теперь – говори по-английски». Рядом со входом стояла ржавая бочка, в неё колотил дождь, а по поверхности плавали раскисшие окурки.

Джилл оказалась права. Компания из пяти парней добивала уже вторую коробку «Миллера», смятые банки валялись повсюду, на полу стояла ополовиненная бутыль бурбона. Компания заняла две центральных дорожки, больше в кегельбане никого не было. Мещерский зашёл и остановился. Воняло потом, спортивной обувью и машинной смазкой. Из-за мутного стекла конторки на него оторопело глядел хозяин, мясистый усач, похожий на тоскливого Бисмарка, как, если бы, не став канцлером Германии, Бисмарк ограничился кегельбаном. Мещерский разглядел в стекле и своё отражение – белый торт, связка воздушных шаров, горилла.

Они заорали все разом, кто-то с грохотом уронил шар, кто-то заржал – гулкое эхо запрыгало по пустому залу. Мещерскому захотелось бросить торт и убежать, но вместо этого, он, медленно переступая плоскими мохнатыми ступнями, побрёл к ним.

Гогоча и толкаясь, они обступили Ника, рыжий именинник в картонной короне выхватил торт, кто-то окурком ткнул в шар, Ник вздрогнул, все хором заржали.

– Дать макаке выпить! – густым говяжьим басом проорал кто-то сбоку.

В дырки глаз Ник видел, как чьи-то руки наливают в пластиковый стакан бурбон. Видел чей-то оскаленный рот с пеньками зубов и мокрой розовостью дёсен. Чьи-то выпученные бесцветные глаза.

– Пусть споёт сперва! – приказал говяжий бас.

Все подхватили:

– Пусть споёт! Давай, мужики! Раз-два – взяли!

Ник почувствовал, как его подхватили под мышки, поволокли, сквозь рыбную вонь разило пивом. Всё происходило с банальной предсказуемостью кошмара, словно он уже видел этот сон. Его приподняли, поставили на шаткий стол.

– Пой, макака! Не выдрючивайся, по-хорошему пой. Давай, ну! С днём рождения, Бадди, с днём... Ну!

Парни пели, а рыжий, ухмыляющийся Бадди в картонной короне, обклеенной золотистой фольгой жрал торт прямо из коробки, запуская толстые пальцы в белые кремовые розы.

Ник замутило, он смотрел на них сверху. Задыхаясь, бормотал:

– Отвяжитесь, отстаньте от меня. Что я вам сделал? Умоляю, оставьте меня в покое.

Присев на корточки, он нащупал край стола, неуклюже спрыгнул и, шатаясь, пошёл к выходу.

Песня оборвалась.

– А ну назад, падла! – заорал тот же бас.

В дырки глаз Ник видел дверь, приближалась она невероятно медленно, словно он шагал сквозь тягучий прозрачный сироп.

– Су-ука! – завизжал кто-то сзади. – Не уважает, мартын! Глуши макакаку!

Мещерский был уже рядом с дверью, когда услышал топот. Он видел этот сон, он знал, что будет дальше.

Кто-то прыгнул Нику на спину, обхватив ногами вокруг пояса. Ник упал вперёд, маска сбилась на бок, ободрав ему бровь. Он уже ничего не видел. Его перевернули, кто-то сел на грудь, кто-то лил сверху пиво, кто-то бил по рёбрам. Потом кто-то, очевидно Бисмарк, зло проорал:

– А ну, выблядки, кончай бардак! В полицию звоню!

Мещерский не помнил, как он добрался назад. Прошмыгнув в магазин и, прикрывая рукой саднящую бровь, он прокрался в подсобку. Майк, распаковывающий коробку со стаканами, крикнул ему в спину:

– Как там? Джилл гнала мандраж, что тухляк там.

Ник захлопнул дверь, прижался к ней спиной и пробормотал:

– Нормально... – и повторил, крикнув в щель, – Всё нормально, Майк.

– А то, я уж сам туда собрался, гляжу – тебя долго нет, думаю – расклад не тот, – забубнил хозяин, – надо выручать...

В магазине что-то грохнулось и рассыпалось со стеклянным звоном. Майк зычно выматерился.

Ник провёл языком по губам, слёзы и кровь оказались похожими на вкус.

Снаружи, кряхтя и ругаясь, Майк собирал что-то с пола.

– Да! – вспомнив, буркнул он, – твоя Миранда звонила, номер свой оставила... Чёрт, куда я записал-то... вот ведь... Погоди, сейчас найду!

В подсобке рассвело. Мещерский, глупо улыбаясь, сполз на пол и хотел крикнуть, но сумел лишь сипло прошептать:

– Майк, милый, не ищи, у меня есть, есть, есть.

Virginia, 2011

val@bochkov.com